새로운 문명의 유리행성 2

지구 문명의 변혁을 위한 새로운 모델

새로운 문명의 유리행성 2

지구 문명의 변혁을 위한 새로운 모델

신현대

목차

저자의 말   6

14장 유리 행성의 첨단 과학

제11일   11
3 지방 '단' 행정부 과학연구단지   12
첨단과학위원장 환대   13
연구단지에서 생산단지로 용품생산   15
생명체 발생의 환경과 원인   19
움직이는 생물과 식물은 상호 작용으로 살아간다.   21
지구와 유리 행성에 물이 어떻게 만들어지나요?   23
행성의 대기권과 물은 어떻게 일정하게 유지될까?   24
지구 행성과 유리 행성은 생명체다   24

15장 유리 왕국 법의 제도

제12일   29
마라도   29
법장과 만남   31
경찰, 검찰, 사법이 통합된 법무부   32
제도의 공정성 문제, 악의 근본은 거짓말   33
13대 유리왕 청탁과 거짓말   34
먹이사슬의 지혜   35
동물은 먹이를 저장하지 않는다   36
기득권 보호를 위한 법   37
유치원 때부터 인문학 공부   39
용서란   39
문명은 교육에서   40
거짓말과 직무 유기   41
실물전쟁과 문명전쟁   42

16장 수로 아 가족을 만나다.

제13일   47
가족이 큰 박수로 의인승절을 축하 기념한다.   51
우주운행 에너지는 회전에서   53
위대한 한글   55

의인승절 기념행사	57
수로 아 20년 전의 여정	58
호사인의 유리 행성 소감	60
다시 5번 홀에 모인 가족 만찬	61

17장 지구 행성의 호사인

제14일	65
경찰과 의사의 진단	67
혜지와 가족의 등장	68
비밀 블랙박스 영상	71
호사인은 여전히 누워서 자고 있다	72
유니 병원 특수실로 입원하다	73

18장 관광의 천국

제15일	77
나무들의 생존 전쟁	84

19장 유리 행성을 지키는 방위부

제16일	91

20장 8일간의 신혼 관광 여행

제17일	105
동방의왕 유적지	111
동방의왕 생가	113
전시관	113
동방의왕을 구한 도시진 성검	115

21장 어두움을 이긴, 정평 도원장의 유적지

제18일	123
선인을 구한 별 장군, 인자왕으로 추대	126
정평과 철의 선사	128
오성검은 100의 검법이다	129
정평 도원장과 10인의 선사	130
독서가 문화가 된 유람	131

22장 빛에 점령당한 태약의 궁 유적지

제19일 135
100인의 화형장 135
정평 주성진 도시진 성검, 태약의 광검에 쓰러지다 136
신기루의 감마검에 태약이 무너지다 137
태약 성검과 500유람의 악당조직 137
500여 악인을 의인으로 변장 138
각 무리 장에 충성과 임무 부여 138
3일의 잔치와 태약의 신궁 139
1무리 장 마성이 광검을 개발한다. 140
태약의 정보 활동 141
남방대왕의 꿈 141
물물교환에서 통화를 발행해 시장체제로 경제를 발전 142
성검의 위력 143
악인들의 세상은 불공정하다 144
악인을 물리친 4성검 동방의왕을 유리왕으로 추대 145
역사의 불꽃 토론 146

23장 짝을 찾는 사랑의 공원

제20일 - 생명을 탄생시킨 포근한 봄 153

24장 심해 관광

제21일 165
꿈의 심해여행 165
수로 아 인류 사랑 167
바다 청소 화물선 169
육지보다 3배 넓은 바다의 먹이 사슬 173
심해의 인어 공주 176
꿈속의 현실 179
심해 핵융합시설 건설 계획 181

25장 황혼의 천사들

제22일 187
죽음에 소망을 둔 내세관 190
신선의 무지개 총무 192
한글과 한국어를 유리 왕국의 언어로 통일한 이유 195

7동의 황혼의 천사 집	196
황혼의 천사가 시혼의 천사를 돌본다	197
사후세계를 믿는 시혼 세대	197
우주 성서 교칙	198
법이 공정해야 문명사회	201
시혼의 천사 장례절차	203

26장 죄의 옷을 벗다.

제23일	207
1~12번의 교도형 실상	209
교도 총장의 만찬 초대	214

27장 환상적인 남극, 얼음 도시

제24일	227
남극의 환상	229

28장 유리 왕의 만남과 귀향

제25일	235
고대의 두 의식 선사	235
법과 교육의 중요성	240
청정에너지 전기생산	242
능력에 따라 지위 업무가 맡겨짐	242
유리왕과의 점심	242
작별의 환영 무대	243
해성의 귀환 환영 연설	243

29장 깨어나다.

기자회견을 시작한다	253

저자의 말

생각있는 사람이라면 누구나 지금보다 더 나은 새로운 문명과 문화를 갈망한다. 저자는 이러한 욕구를 받아들여 지구 행성으로부터 240광년의 거리에 떨어져있는 유리 행성을 설정해 아름다운 문명을 그렸다.

14장
유리 행성의 첨단 과학

제11일

　인류는 맹수들에 비해 강한 존재가 아니었다. 그래서 모여 사는 집단이 필요했다. 가족이 모여 살고 이웃과도 모여 큰 집단을 이루며 사회를 이루어 나갔다. 하지만 맹수들도 집단 사회를 이루며, 이들이 인류를 공격하면 속수무책이다. 그래서 인류는 무기를 만들어 대처하기 시작했다. 처음에는 막대기를 사용하다가, 돌덩이를 갈아 무기를 만들고, 칼을 만들고 활을 만들고 하여 맹수들을 장악해 나가기 시작했다. 마지막으로 불을 만들어 사용하기 시작하면서 인류는 무적의 일인자가 되었다. 천적이 사라진 인류는 인구가 급속히 늘기 시작하면서 영역 다툼이 시작되었다. 집단이 커지면서 국가가 탄생했고, 국가 간에 서로 영역 다툼이 일어나기 시작하면서 전쟁이 시작되었다. 그러면서 무기가 발달하기 시작하고 과학이 무기 개발에 참여하기 시작했다. 그리고 첨단의 무기를 선점한 국가가 최강대국으로 등장했다. 무기 개발에 첨단과학이 참여하므로 지구 행성 국가들은 과학의 발전이 그 나라 국력을 좌우하게 된다고 볼 수 있다. 다시 말해 지구의 과학은 문명에 대한 공헌보다는 무기 개발에 협조하면서 기득권의 전쟁 놀음에 협조하는 측면이 많다.

　그리하여 호사인은 유리 왕국의 과학은 어느 정도며 과학이 어떻게 유리 행성 유람에 혜택을 주는지가 궁금해진다.

　온 세상이 하얀 세상이 되었다. 하늘에서 내리는 눈들이 땅이나, 풀 위에나, 나무 위에서나, 모든 공간에 수북이 쌓여 신비한 세상을 만들어 동심의 세계에 들어온 느낌이다.

　호사인은 말한다. "너무 아름다워요. 저 눈들은 기온의 에너지가 만들어 낸 작품이지요."

　수로 아가 응답한다. "과학에도 호기심이 많군요. 맞아요. 우주의 모든 아름다움의 현상은 온도라는 열에너지가 만들어내지요. 즉, 열이라는 에너지가 핵융합은 물론, 원소의 화합을 통해 수많은 형질과 형상의 물질을 만들어내지요."

　호사인은 믿음이 가지 않는다는 듯 고개를 흔든다. 수로 아가 다시 말한다. "오늘은 3 지방 '단' 행정부에 있는 과학연구 단지를 방문합니다. 그곳에는 유리 행성의 최고의 권위를 자랑하는 과학자가 있습니다."

　호사인은 눈을 크게 뜨며 수로 아를 바라본다. "최고의 과학자가 유리 행성의 첨단과학을 설명할 것입니다."

　수로 아는 지구과학위원장으로서 호사인에게 설명한다. "과학의 발달 경로에는 3가지가 있습니다. 첫 번째는 수학이고, 두 번째는 현미경이며, 세 번째는 망원경입니다. 망원경의 발달은 거시적 우주의 세계를 볼 수 있게 되었고, 현미경의 발달은 미시적 세계에서 생명의 탄생 비밀까지 근접하게 되었으며, 수학은 이들의 발전을 공식적으로 체계화하였지요."

　호사인은 생각한다. 그 지긋지긋한 수학, 아주 작은 것을 볼 수 있다는 현미경, 먼 곳을 볼 수 있다는 망원경의 인식인데, 이러한 것들이 첨단과학의 중추적 역할을 하고 있다는 수로 아의 설명에 깊은 감명을 받는다.

　"망원경의 발달로 100억 광년의 별까지 관측 및 질량과 성분 측정이 가능해졌지요. 이는 빛을 분석하여 질량과 성분을 측정할 수 있는 광학발달의 성과입니다. 현미경은 원자의 세계를 볼 수 있으며 원소의 화합과 세포의 내부까지 들여다보며 생명의 세계를 연구하기에 이르렀지요."

3 지방 '단' 행정부 과학연구단지

　비행차는 넓은 분지를 배회하며 안착 지점을 인지하고, 서서히 내려앉기 시작한다.

　느낌으로 보아 많은 연구소가 들어서 있는 것을 알 수 있었다. 지금까지와 달리 넓은 평지와도 같은 것이다. 하지만 위에서는 건물의 그림자도 나타나지 않는다. 마치 한가롭고, 여유로운 아름다운 느낌마저 든다.

넓은 잔디광장 위에 살며시 내려앉은 비행차에서 수로 아와 호사인이 차에서 나오니, 찬바람이 얼굴과 콧등을 예리하게 강타한다. 주위에는 하얀 눈이 쌓여 있다. 여유로운 평지 같지만, 연구소 같은 건물들이 수없이 들어서 있다는 것을 느낄 수 있었다. 또한 100m 전방에 높은 전광판이 눈에 들어온다.

호사인과 수로 아는 전광판 앞으로 걸어간다. 전광판에는 한눈에, 3 지방 '단' 행정부 과학연구 단지의 전경이 눈에 들어온다.

40~50m의 높은 나무들이 눈이 쌓인 채로 마치 울타리처럼 타원형의 연구단지 둘레에 빽빽이 들어서 있었다. 그리고 연구단지 너머로는 높은 산이 연구단지를 내려다보고 있는 듯 우뚝 솟아 있었다.

전광판을 자세히 바라보니, 호사인과 수로 아가 서 있는 가장 가까운 연구 건물에 첨단과학 연구원장이란 글자가 쓰여있다.

수로 아는 크게 기뻐하며 말한다. "오늘은 저기 보이는 첨단과학원장을 만나기 위해 여기에 온 것입니다. 첨단과학원장이 과학의 모든 궁금증을 모두 풀어 줄 것입니다."

첨단과학위원장 환대

호사인은 벅찬 마음으로, 수로 아는 조심스레 문을 두드린다. 안에서 들려오는 "들어오세요." 하는 소리와 함께 문이 열린다.

안으로 들어서니 넓은 직무실이 과학 서적으로 빽빽이 둘러싸여 있다. 그런데 인적이 없다.

수로 아가 이상하다는 듯 고개를 갸웃하며 큰 소리로, "첨단과학위원장님." 하고 부른다. "들어오세요." 하는 소리가 분명하게 들린다.

호사인과 수로 아가 소리 나는 쪽을 향하니 문이 보인다. 호사인과 수로 아가 문으로 다가서니, 문이 자동으로 열리며 귀빈 접대실처럼 잘 꾸며진 거실이 눈에 들어온다.

안으로 들어서니 창가에 날씬하고, 중후함이 넘치며, 예리한 눈동자의 멋진 사나이가 호사인과 수로 아를 바라보며 환하게 웃는다.

"어서 오세요. 먼 곳까지 오시느라 수고가 많았습니다." 하며 손을 벌려 환영한다.

"여기 직무실은 고서들이 많기에 아무나 들어 올 수 없답니다."

그는 포근한 의자에 자리를 권하며 마주 앉는다. 그리고 일어나 차를 직접 만들어 찻잔에 들고 와서 차를 권하며 친근한 분위기를 만든다. 첨 장은(첨단과학원장 줄임말) 호사인을 심도 있게 바라보며 이야기한다.

"유리 25억의 유람은 지구 행성에서 온 호사인의 일거수일투족을 지켜보고 있답니다. 전에는 지구 행성에 대해 상상으로만 여겼지만, 호사인을 통해 지구 행성을 아주 가깝게 느끼며, 사랑하고 있답니다.

지구 행성은 유리 행성에서 유일하게 발견한 문명을 공유한 행성입니다. 지금까지 우주에서, 문명을 지닌 행성은 발견하지 못하고 있답니다. 우주에서는 240광년의 거리는 아주 가까운 거리지만, 물질은 아주 작은 미생물이라도, 240광년의 거리는 이동할 수 없습니다. 우리 유람들이 이렇게 먼 거리의 지구 행성, 호사인과 직접 만나 교류하고 있는 자체가 환상적이고, 기적 같은 일입니다. 이를 가능케 한 것은 결국 첨단과학의 힘입니다. 그리고 이에는 바로 옆에 있는 지구과학위원장인 수로 아의 공이 큽니다. 물질은 240광년의 거리를 이동할 수 없으므로 의식만이 이동할 수 있는데, 유리 행성에서는 일찍부터 의식과 육체를 분리하여 우주의 수백 광년의 거리를 탐험할 수 있답니다. 하지만 지구 행성에서는 지금까지 의식과 육체가 분리되는 과학을 모르기 때문에 유리 행성을 모르지만, 유리 행성에서는 의식들이 지구 행성을 밥 먹듯이 드나들고 있어서 지구 행성 문명과 문화를 지구인보다 오히려 더 잘 알고 있답니다. 그리고 지구의 문명이 아주 위험에 처해 있다는 것을 지구인보다 더 잘 알고 있답니다. 첫째는 인구폭발이요, 두 번째는 환경오염이요, 세 번째는 전쟁을 위한 군비경쟁과 핵전쟁의 위험한 상황입니다. 이 모두가 해결의 기미가 없다는 것입니다. 이러한 것들을 유리의 과학계가 아쉬워하며, 유리의 문명을 지구 행성에 알리어 지구 행성을 돕고자 뜻이 일어나게 되었습니다.

지구 행성인의 의식을 유리 행성에 오게 해야 하는데, 두 가지의 큰 난제가 있었던 것입니다. 그 하나가 의식 비행선을 만드는 일이고, 또 하나는 지구 행성의 호사인 육체와 똑같은 인공 육체를 만드는 일입니다. 이것은 고도의 첨단과학이 필요한 것입니다. 이 두 가지 난제를 첨단과학의 도움으로 지구 행성 위원장인 수로 아가 이룩한 것입니다."

호사인은 첨 장의 설명을 들으며, 뜨거운 감명과 고마움의 마음으로 수로 아를 바라본다. 수로 아가 고개를 끄덕이며 웃음으로 화답한다.

그리고 호사인은 유리 행성의 모든 유람의 관심이며, 자기를 알아보고 있다는 것에 당황하며, 자기의 행동에 잘못이 없었나 되돌아본다. 그러면서 호사인은 첨 장의 지구 행성 문명의 박식함과 첨단과학의 성과를 탄복하며 이야기한다. "내가 의식 비행선에서 유리 행성을 탐방할 때는 태초의 행성처럼 문명의 흔적이 보이지 않아서, 수타 의식 비행 선장에게 속아 지옥에 떨어지나 불안하였답니다. 그런데 인조 육체와 의식이 결합하여 유리 행성의 첨단 문명을 맛보게 되어 놀라움을 금치 못하고 있습니다. 여기의 첨단과학이 어떻게 이루어지며 실생활에 활용되는지 알고 싶습니다."

연구단지에서 생산단지로 용품생산

첨 장은 잠깐 생각을 정리한 뒤 말한다. "유리 행성에는 과학의 두뇌라고 하는 방대한 첨단과학연구단지가 중앙에 자리하고 있습니다. 그리고 여기 연구에서 나온 과학을 실용화할 수 있는 단계의 거대한 첨단과학생산단지가 함께

하고 있습니다. 그리고 각 '주' 행정부에는 유람이 필요한 첨단용품부터 일반 생필품까지 만들 수 있도록 접목하는 첨단접목연구단지가 있습니다. 여기서 연구된 용품들을 필요에 따라 각 '주', '단', '도', '군', '면' 행정부에 생산단지가 있어 여기서 유리 행성 유람의 모든 생필품을 만들어 공급됩니다."

 호사인은 첨단과학연구의 성과가 바로 실생활까지 연결되는 구조를 생각하며 낭비 없는 실리의 문명이구나! 감탄한다. 수로 아가 나서 요청한다. "첨 장, 호사인은 과학에 무척 관심이 많습니다. 과학을 설명해 주었으면 합니다."

 수로 아의 요구에 첨 장은 호사인을 바라보며 말한다. "과학은 방대해서 구체적인 질문 분야가 있어야 설명이 가능합니다."

 "블랙홀의 비밀을 알고 싶군요."

 첨 장은 신비한 미소를 지으며, 대견하다는 듯 호사인을 바라본다. "수만 년에 이룩한 과학의 업적을 한눈에 알고 싶어 하는군요." 하며 생각을 정리한 뒤 질문한다. "밤하늘의 많은 별을 항성별이라 합니다. 항성별이 어떠한 과정으로 만들어지는지 알고 있나요?"

 호사인은 생각을 더듬어 답한다. "우주 공간에서 중력이 미약한 곳으로, 수소와 헬륨, 먼지들과 별 폭발의 잔해들이 모여서 수축으로 회전이 이루어지면서 별이 탄생하고, 그 과정에서 중심에 1천만 도의 열이 발생해 핵융합이 이루어지면, 수축과 핵융합 폭발의 압력이 수평을 이루어 일정한 부피가 유지되는 별을 항성별이라 합니다."

 첨 장이 "맞습니다. 수축의 압력으로 높은 열이 발생하기 위해서는 회전이 필수지요. 회전이 없다면 수축이 일어날 수 없지요." 하고 답한다.

 호사인은 지구의 자전, 태양의 자전에 대해, 지금까지 별 관심을 두지 않았지만, 회전의 법칙에 깊은 생각을 하게 된다.

 "우주 공간에서는 어떤 물질에 힘이 발생하면, 저항력이 미미하여 힘이 소멸되지 않습니다. 즉 호사인이 우주 공간에서 야구공을 던진다면 야구공이 멈추지 않고 무한정 날아갑니다. 이와 같은 원리로 별이 탄생하는 과정에서 회전력, 즉 돌아가는 힘이 발생하면 회전력의 힘이 별이 소멸하기까지 일정하게 계속됩니다. 호사인, 그렇다면 별의 일생에서 회전력의 힘이 가장 클 때가 어느 때일까요?"

호사인은 한참을 생각하다 답한다. "핵융합이 시작되어 항성별이 탄생하는 과정이라 생각됩니다."

첨 장이 호사인을 대견한 듯 바라보며, "맞습니다. 그리고 그 회전력의 힘이 별이 소멸할 때까지 유지됩니다." 하고 말한다.

"그렇다면 회전력이 블랙홀과 어떤 관계가 성립되지요?"

"만약에 별에서 핵융합이 없었다면 별은 미완성의 상태로 계속 수축이 일어나며 회전이 빨라지면서 회전의 힘이 세지겠지요. 그리고 중심 온도가 무한정 올라가겠지요? 그리고 최종에는 폭발하며 별의 일생을 마치겠지요?"

호사인은 생각한다. '지금까지 전혀 생각하지 못했던 일들이 별에서 일어나고 있구나!' 그리고 첨 장을 존경의 눈으로 바라본다. "별들은 수소 핵융합으로 오랫동안 일정한 항성별을 유지합니다. 그리고 수소가 소진되어 핵융합이 끝나면 다시 수축이 되면서 회전이 빨라지며 수축이 됩니다. 그러면서 중심 온도가 더 높아집니다. 그러면 수소 핵융합으로 만들어진 헬륨이 융합되면서 수축과 폭발이 상계되어 수축이 멈춥니다. 이렇게 별에서는 수축과 평행이 반복되면서 원자번호 28인 철까지 융합되어 원소가 만들어지고, 더 높은 원소는 만들지 못합니다. 그리고 수축이 계속 일어나며, 회전이 계속 빨라지며, 중심 온도가 상상을 초월하게 높아집니다."

첨 장은 목을 축이곤 호사인을 바라보며 질문을 유도한다. "별의 생애에 적색거성은 언제 일어나지요?"

"수소 핵융합이 끝나고 수축이 계속되면서 고온에 의해 별의 외곽에 있는 수소가 핵융합하면서 별이 크게 부풀어 오르며 커지게 되고, 태양이 만약 중심의 수소 핵융합이 끝나고 적색거성이 되면, 별에서 가까운 행성은 모두 타

버리지요."

 호사인은 놀라면서 묻는다. "만약 유리 행성과 지구 행성이 수소 핵융합이 끝나고 적색거성이 된다면, 모든 문명은 소멸이 되겠군요?"

 첨 장이 고개를 끄덕이며 답한다. "하지만 지구 행성과 유리 행성은 젊은 항성별로 수소 핵융합이 50억 년은 계속된다고 보니까. 아직은 걱정을 안 해도 됩니다."

 호사인은 안심하며 다시 묻는다. "그러면 블랙홀은 어느 시점에서 일어나지요?"

 "철까지의 핵융합이 끝나고, 회전이 빨라지고 수축이 계속되어 높은 고온이 이루어지면, 별이 점점 아주 작아지면서 불덩이로 변하고 전자와 양전자가 빠져나가면서 초신성의 폭발이 일어나지요. 초신성의 폭발이 끝나고 시간이 지나면 중성자별이 되지요. 오랜 시간 중성자별이 계속되면서 작아지고 작아지면서 회전이 엄청나게 빨라지면서 드디어 블랙홀이 일어나게 되는 것입니다. 예를 들어 항성별 때 회전력이 가장 크며 변함이 없지요. 가령 1,000kg의 힘으로 1,000kg의 공을 회전시키면 천천히 돌지만, 1,000kg의 힘으로 10kg의 공을 회전시키면 아주 빠르게 회전하는 이치와 같습니다."

 호사인은 명쾌하게 이해되었음에 기뻐하면서 질문을 이어간다. "그렇다면 밤하늘의 모든 별이 최후에는 블랙홀이 되나요?"

 "태양보다 질량이 10배의 큰 별에서 일어나며, 작은 별들은 초신성이나 중성자별에서 폭발해 생을 마감하지요."

 "블랙홀 중에 화이트홀은 어떻게 이루어지나요?"

 "항아리에 물을 2/3 정도를 채우고 막대로 항아리 물을 돌리면, 가운데가 들어가면서 둘레 쪽으로 물이 불룩하게 올라옵니다. 막대를 빠르게 돌릴수록 가운데는 웜홀처럼 계속 깊어가며, 아주 빠르게 돌리며 바닥까지 뚫어지게 됩니다. 블랙홀도 이와 같은 원리로 계속되면서 가운데가 오목하게 들어가 빛까지 빨아들이며, 오랜 시간이 지나면 반대편까지 웜홀이 뚫려 화이트홀이 되는 것입니다."

호사인은 별들의 진화과정 블랙홀의 발생에 대해 깊이 생각하며 감동한다. 첨 장은 차를 한 모금 마시며 호사인을 바라본다. 호사인은 흥미로워하며 입을 연다. "우주과학의 새로운 모습을 보는 것 같습니다. 빅뱅 이론에 대한 설명을 듣고 싶습니다."

"지구 행성 천문학 과학계가 빅뱅 이론을 주장하고 있는 줄 압니다. 그러나 유리 행성 과학계는 빅뱅 이론을 전혀 인정하지 않습니다. 지구 행성에서 주장한 빅뱅 이론의 핵심은 도플러 현상으로 우주의 별들이 적색이동으로 우주의 별들이 빛의 속도로 멀어진다는 주장에 근거해, 우주가 팽창한다는 원리로, 과거로 거슬러 올라가면, 우주는 한 점에서 출발하여, 빅뱅으로 폭발하여, 계속 팽창하여, 우주의 시작과 물질이 만들어졌고, 마찬가지 원리로 현재도 계속 팽창한다는 주장이지만, 우리의 과학계는 다릅니다. 우선 지구 행성을 보자면, 자전하면서 태양을 공전합니다. 태양도 자전하면서, 우리은하를 공전합니다. 우리은하도 자전하면서, 은하단을 공전합니다. 은하단도 자전하면서, 초은하단을 공전합니다. 이러한 원리로 우주의 별들과 은하들은 거대한 톱니처럼 연결되어 있으며, 자전과 공전이 계속 이어진다면, 지구 행성 자체가 우주 공간에서, 광속으로 이동한다고 보아야 합니다."

생명체 발생의 환경과 원인

호사인은 만족한 표정을 지으며, 고개를 계속 끄덕인다. 그리고선 화제를 바꾸어 묻는다. "유리 행성과 지구 행성의 생명체 존재의 발생과 탄생의 원인을 알고 싶군요."

첨 장은 생각을 정리한 뒤 답한다. "지구와 유리는 모든 환경과 조건이 거의 같습니다. 그럼 지구의 환경을 살펴보지요. 지구는 약 1억 5천 km의 거리에서 태양별의 수소 핵융합에서 나오는 가시광선인 빛을 8분 만에 열이라는 에너지로 받습니다. 이 따끈한 에너지는 지구의 물질을 고체에서, 기체의 원소로 붕괴시켜서, 대기라는 공기층을 만듭니다. 이 원소라는 공기층(대기권이라 함)이 생명이 만들어지는 원인을 제공하고 있습니다. 이 대기권에는 생명의 재료인, 수소, 탄소, 질소, 산소, 인, 황 등 다양한 원소들이 가득하여, 생명 출현의 원인을 제공합니다. 만약 대기권의 환경이 없다면, 생명의 출현은 불가합니다."

호사인이 마음속으로 생각한다. '그렇다면, 이러한 대기권의 환경은 어떻게 만들어지는가?'

그 마음을 읽은 것처럼 첨 장이 말을 잇는다.

"이것은 적당한 지구의 중력 덕분입니다. 중력은 하루 24시간의 자전을 하여 형성됩니다. 다시 말해, 지구가 태양별의 적당한 거리에서, 빛이라는 에너지를 받아, 물질을 붕괴시켜, 원소라는 기체로, 대기권을 형성할 수 있도록, 적당한 자전으로 중력을 만들어 주었기 때문입니다. 그리고 수소와 산소가 결합하여, 물이라는 분자를 만들어, 지상과 대기층을 순환하며, 비를 내리고, 땅을 촉촉이 적셔주기 때문에, 생명체가 존재할 수 있는 환경이 만들어지는 것입니다. 이렇게 만들어진 환경에, 태양에서 만들어진 따뜻한 빛의 에너지가 다시 지상과 대기권에 가해지면, 대기권의 원소 전자들이 에너지를 받아, 부피가 늘어나면서, 전자가 원소 핵에서 이탈하면서, 다른 원소와 결합하여, 새로운 화합물을 만들어내면서, 식물이 탄생합니다.

교육을 받은 사람은 모두 알고 있는 탄소동화 작용에 대해 알아보지요. 호사인의 나라에는 4계절이 있어서, 쉽게 이해할 수 있을 것 같습니다. 봄에 새싹이 나와서, 여름에 무성해지고, 가을에 단풍이 들어 낙엽이 지고, 겨울에 앙상한 나무들을 보시게 되지요. 이러한 광경은 열이라는 빛의 에너지와 관련이 있지요. 호사인의 나라는 적도와 북극, 남극과 달리, 4계절의 온도 차가 심하지요. 겨울 온도가 영하로 내려가, 나무들이 추워 앙상하게 떨다가, 따뜻한 봄이 되면, 탄소동화 작용이 시작됩니다.

 다시 말해, 탄소동화 작용이란 봄의 따뜻한 열에너지에 의해, 식물들이 뿌리에서 물을 올려 빛에너지에 의해 물을 산소와 수소를 분산시켜 산소는 밖으로 내보내고 공기 중의 탄소를 수소와 결합해서 새로운 탄수화물을 만들어 나무에 잎이 나오고 꽃이 피며 새로운 생명이 피어나는 것을 말합니다."

움직이는 생물과 식물은 상호 작용으로 살아간다.

 첨 장은 잠시 숨을 고르고서는 이어 말한다. "그러나 움직이는 생물들은 탄소동화 작용을 하지 못해, 식물처럼 탄수화물을 만들어 스스로 성장하지 못하고, 소화 기능을 가지고, 식물들이 만들어낸 탄수화물을 소화 기능으로 가져와, 산소를 끌어들여 탄수화물을 분해하여, 에너지를 얻으며, 탄소를 내보내며, 각종의 단백질을 만들어 성장하는 것입니다. 그러나 재미있는 것은 식물과 동물이 상호 작용으로 살아갑니다. 결과적으로 식물이 없으면 동물이 살아갈 수 없고, 동물이 없으면 식물도 살아갈 수 없습니다. 식물은 화합작용을 하고, 움직이는 생물 등 동물들은 분해작용을 합니다. 만약 태고 때부터 식물이 분해하지 않고 쌓여 있다면, 식물들이 땅에 가득하여 땅에 뿌리를 내리고 살 수 없어, 결국 자멸해 버릴 것입니다. 잎이 떨어지고 고목이 된 나무들을 미생물들이 분해하여 땅을 비옥하게 청소하고, 크고 작은 고등 동물들도 식물들을 먹고, 소화하여 탄소로 분해하기 때문입니다. 즉 미생물과 동물은 변함없이 식물이 자랄 수 있는 순환의 환경을 만들어내고 있습니다. 동물들도, 식물이 없다면, 식물로 시작한 먹이사슬의 동물들이 살아날 수 없는 것입니다."

 호사인은 첨 장에게 경의를 표하고선, 이어 묻는다. "태양계에서 여러 행성과 수많은 위성이 있으며, 지구 행성과 근접한 금성과 화성과 달도 있는데, 거기에는 생명체가 없나요?"

"없습니다. 금성은 태양과 가까워, 기체는 만들어지나, 공기층이 뜨거운 이산화탄소로 채워지고, 고온이 유지되며, 물의 순환이 이루어지지 않습니다. 이 때문에 생명체 존재가 불가능하고, 화성은 지구보다 태양이 멀기 때문에, 빛에너지가 약해, 원소란 기체를 만들어내나, 지구처럼 조밀하지 못하고, 멀리 떨어져 있어, 원소 화합이 이루어지지 않기 때문에, 생명체가 존재할 수 없는 것입니다. 그리고 지구의 위성, 달은 태양과의 거리가 알맞아, 생명체 존재가 가능하나, 생명체가 없습니다. 달은 자전이 30일이 걸리기 때문에, 중력이 너무 약하여, 생명이 존재할 수 있는 대기권을 만들어내지 못하고 있습니다. 그래서 태양계에서는 지구 행성 이외의, 어느 행성이나, 위성도, 생명체가 존재하지 않는다고 볼 수 있습니다."

호사인이 물었다. "물질이 무에서 만들어진다는 학설은 무엇입니까?"

첨 장은 잠시 생각한 뒤 대답했다.

"우주 공간을 10억분의 1초 단위로 강한 빛의 레이저로 비추면 양전하와 음전하가 바다처럼 출렁이는 모습을 볼 수 있습니다. 여기에 에너지가 가해져 일정한 환경이 조성되면 전하가 소립자로, 소립자가 쿼크로, 쿼크가 양성자와 중성자로, 그리고 여기에 전자가 붙어 원자가 형성됩니다. 결국 물질은 무에서 생겨난 것이 아니라 전하라는 에너지로부터 만들어진다고 볼 수 있습니다."

"지구에서는 화산과 지진이 자주 발생하는데, 유리 행성은 어떤가요? 태초에도 화산과 지진이 있었습니까?"

첨 장이 설명했다.

"행성은 무거운 물질이 외곽으로 밀려나며 운석과 혜성이 모여 형성됩니다. 초기에는 거대한 암석 덩어리였고, 태양의 자전 여파로 공전과 자전을 하면서 원형을 이루고 중력이 생겼습니다. 자전으로 에너지가 중심에 모이며 열이 발생했지요. 태양의 표면 온도는 6,000도지만 중심은 1,000만 도에 달하는데, 이는 자전에 의해 에너지가 집중되기 때문입니다. 지구도 마찬가지로 중심 온도가 상승해 마그마가 형성되었고, 지각판이 만들어지며 그 틈으로 마그마가 분출해 화산이 생겼습니다. 판과 판의 마찰은 지진을 일으킵니다. 유리 행성도 유사하지만, 차이는 마그마 에너지가 '생명 호수'라는 특정 지점으로만 분출된다는 점입니다."

호사인은 그의 설명을 듣고 과학이 자연의 상식과 논리에서 출발한다는 것을 깨닫고 감탄했다.

지구와 유리 행성에 물이 어떻게 만들어지나요?

호사인은 다시 첨 장을 바라보며 물었다.

"지구와 유리 행성이 만들어진 초기에는 단지 거대한 암석 덩어리에 불과했겠군요. 그렇다면 지금처럼 아름다운 금수강산이 이루어진 과정이 궁금합니다."

첨 장이 호사인을 보며 고개를 끄덕였다.

"아주 중요하고 근본적인 질문입니다. 항성은 일정한 자전을 하며 태양계가 형성되고, 태양을 중심으로 각 행성들이 공전하게 됩니다. 유리 행성 또한 유리별을 공전하면서 자전하지요. 초기에는 태양과 유리별에서 뿜어져 나온 빛의 에너지가 지구와 유리 행성의 암석 덩어리를 분해해 기체 원소를 만들었습니다. 이때 자전으로 생긴 중력에 의해 대기권이 형성되었습니다.

대기권을 구성하는 원소들은 원자번호 20 미만의 가벼운 원소들이었는데, 그중에서도 수소는 지나치게 가벼워 지구의 중력이 붙잡아 두지 못하고 대기권 바깥으로 날아가 버렸습니다. 그런데 이때 대기 속 산소가 날아가는 수소를 붙잡아 두 개씩 결합시키면서 물 분자가 만들어졌습니다. 또 찬 공기와 더운 공기가 만나 대량의 물 분자가 생성되었지요."

호사인은 지금까지 들어보지 못한 설명에 눈을 크게 뜨며 말했다.

"지구와 유리 행성의 육지 3분의 2를 물이 덮고 있고, 모든 생명체의 50~70%도 물로 이루어져 있습니다. 그런데 그렇게 방대한 물이 대기권에서 만들어졌다는 건 정말 이해하기 어렵군요."

행성의 대기권과 물은 어떻게 일정하게 유지될까?

첨 장은 잠시 깊이 생각한 뒤 입을 열었다.
"빛의 에너지가 지구와 유리 행성의 암석을 계속 분해한다면 대기권은 무한히 확장되고, 행성의 바닷물도 끝없이 늘어나야 할 것입니다. 그러나 실제로 대기권은 일정하게 유지되고, 바닷물의 양도 일정하지요. 그 이유는 물 분자가 구름을 형성하면서 행성에서 순환하고, 이 과정에서 바다가 이루어지기 때문입니다. 그렇다면 물 분자는 계속 생성되니, 바닷물은 한없이 늘어나야 하지 않겠습니까? 하지만 실상은 그렇지 않고, 바닷물의 양은 일정하게 유지됩니다. 왜일까요?"

호사인은 아무리 곰곰이 생각해도 답을 찾을 수 없었다.

첨 장이 설명을 이어갔다.

"행성의 물이 일정하게 유지되는 것은 물을 분해하는 세력이 있기 때문입니다. 바로 식물입니다. 식물이 대기권에서 생성되는 물 분자를 분해하기 때문에 물의 양이 일정하게 유지되는 것입니다."

호사인은 그제야 고개를 끄덕이며, '지구 과학계가 아직 유리 행성 과학계처럼 큰 그림을 그리고 있지는 못하는구나!' 하고 생각했다.

지구 행성과 유리 행성은 생명체다

첨 장이 조용히 말을 이었다.

"호사인, '지구 행성은 생명체다'라는 말을 들어본 적이 있지요? 그렇습니다. 지구와 유리 행성은 스스로를 조절하는 능력을 가진 생명체입니다. 식물이 물을 분해하여 행성의 물을 조절합니다. 그러나 식물이 지나치게 많아지면 물이 부족해지겠지요. 그래서 초식동물이 생겨나 식물의 수를 조절합니다. 초식동물이 지나치게 많아지면 식물이 줄어들고, 이를 균형 잡기 위해 육식 동물이 등장합니다. 마지막으로 육식 동물의 수는 환경이 조절하지요. 이렇게 행성은 끊임없는 순환과 균형을 통해 스스로를 지켜내는 생명체입니다."

호사인은 깊은 명상에 잠겼다. 새로운 과학의 이치를 깨닫고 경이로움에 젖은 그는 첨 장께 경의를 표했다. 이윽고 수로 아가 다가와 말했다.

"호사인, 첨 장의 근무 시간이 끝나갑니다."

호사인은 아쉬운 마음으로 자리에서 일어나 첨 장과 뜨겁게 악수하며 포옹했다. 석양이 하늘과 산하를 물들이니, 만물이 오색 찬란한 무대 위에 선 듯 장엄하게 빛났다.

호사인의 사유는 더 넓은 우주로 뻗어갔다.

"중력은 자전에서 생겨난다. 자전은 곧 에너지다. 우주의 모든 물질은 자전하는 에너지다. 지구가 자전해 중력이 생기고, 태양이 자전해 태양계가 만들어진다. 은하가 자전해 은하계가 형성된다. 은하수는 은하단을 공전하고, 은하단은 초은하단을 공전한다. 초은하단은 다시 온 우주를 공전하며 수축하다가 거대한 폭발, 즉 빅뱅을 일으킨다."

그의 눈앞에 펼쳐진 우주는 하나의 거대한 순환의 생명체였다.

지구는 태양의 빛에너지를 받아 암석을 분해하고, 자전으로 중력을 만들어 대기권을 형성한다. 대기권에서 수소와 산소가 결합해 물 분자가 태어나고, 구름이 되어 순환하며 비를 내린다. 그 비가 땅을 적셔 식물을 길러내고, 식물은 초식동물을, 초식동물은 육식동물을 낳는다. 모든 것은 서로를 낳고 조절하며, 거대한 생명의 연쇄를 이루고 있었다.

15장

유리 왕국 법의 제도

제12일

집단 사회를 이루는 국가는 그 사회를 지탱하는 규정들이 있다. 만약 규정들이 없이 무질서하다면 그 사회는 지탱할 수가 없다. 지구 행성 모든 국가는 법이 있다. 하지만 국가마다 제도에 따라 법이 차이가 있다. 법이 공정하고 공평하게 적용된다면 그 국가는 평화로움이 지속된다고 보아야 한다. 그러므로 호사인은 유리 왕국의 법과 법률이 공정하고 공평하게 적용되는가에 지대한 관심을 가질 수밖에 없다.

마라도

강이라기보다 바다 같은 남강 하류가 눈앞에 펼쳐지고 있었다. 양쪽 산맥은 서로 경쟁하듯 솟아 있었고, 등골처럼 갈라진 능선들이 아래로 뻗어 있었다. 느리게 흘러내리던 물은 어느 순간 유속이 빨라지더니 낭떠러지 아래로 거대한 폭포를 이루며 흰 물구름을 일으켰다.

비행차가 폭포 아래로 내려오자 장관이 눈앞에 드러났다. 약 300m 높이에서 쏟아져 내리는 강물이 오목한 곡선을 그리며 양옆으로 흩어져 광대하고 웅장한 폭포를 빚어내고 있었다. 그 장대한 풍경은 호사인의 혼을 빨아들이는 듯했다. 폭포 아래 넓은 강 한가운데에는 아담한 섬 하나가 자리 잡고 있었다.

비행차는 섬의 중심을 향해 날아가고 있다. 남강보다는 바다라고 표현해야 적당한 남강 하류에 자리 잡은 섬은 생각보다 훨씬 넓었.

'마라도 관광도'라는 큼지막한 간판이 섬의 얼굴처럼 빛나고 있었고, 주변은 이미 수많은 관광객으로 북적였다. 차는 한적한 주차 공간에 독수리의 착지처럼 조심스럽게 내려앉았다. 수로 아와 호사인은 차에서 내리며 눈앞의 장관에 황홀함을 감추지 못했다.

주차장 앞 전광판에는 알을 깨고 나오는 듯한 달걀 형상의 마라도 지도가 그려져 있었다. 200만 평의 넓은 섬 안에는 수많은 명소가 표시되어 있었다. 전광판 아래에는 도우미 차량들이 택시처럼 줄지어 서 있었고, 차량의 앞좌석에는 매력적인 로봇 도우미들이 각각 앉아 손님을 기다리고 있었다.

두 사람은 순서에 따라 도우미 차에 올랐다.

"목적지 '백두 정자'로 부탁합니다."

"감사합니다. 손님을 모시게 되어 영광입니다. 목적지까지 편안히 모시겠습니다." 로봇 도우미의 목소리가 울려 퍼지며 차는 서서히 출발했다.

차량 내부 스피커에서는 관광 안내가 흘러나왔다.

"마라도 관광지는 유리 행성에서 가장 인기 있는 휴양지로, 매년 4억 명이 찾습니다. 이곳에는 스포츠 코너, 음식 백화점, 의류 백화점, 연인의 오솔길 정자 코스, 동물원 코스가 있으며, 기본 시설로 독서실과 토론장이 마련되어 있습니다. 자연경관이 뛰어나 새들의 낙원으로도 불리며, 수많은 동물이 서식하여 동물의 낙원이라고도 합니다."

도우미 차가 지나고 가는 곳마다 티 없이 맑고 천사보다 더 아름다운 많은 유람의 즐거운 모습들이 보였다. 당당하고 여유로운 모습으로 환하게 미소 지으며, 누구에게도 근심 걱정이란 찾아볼 수 없는 모습이 품격 있고, 고풍 있게 보였다. 아름다운 의상은 유람들을 더욱 빛나게 하고 있었다. 호사인은 놓치지 않으려는 듯, 사방을 열심히 눈을 굴리고 바라보며, '관광의 최고의 즐거움은 역시나 유람들의 구경이 아닌가!' 하고 생각했다. 이제 도우미 차는 스포츠 코스를 지나고 있다.

저쪽에서 대화 소리가 귀를 울린다. 여 유람이 이렇게 말한다. "요즘 저는 지구 행성에 대한 호기심이 커졌답니다. 호사인은 정말 매력적인 인물인데, 화면 뉴스에 잘 나오지 않아 아쉽지요."

남성 유람이 대답했다. "호사인은 귀한 존재입니다. 수로 아와 함께 유리 행성의 문화와 문명을 알리는 데 온 힘을 쏟고 있겠지요."

"맞습니다. 호사인 덕분에 지구에 대해 많이 알게 됐습니다. 과학 문명을 이뤘으면서도 원시인보다 못한 생활상을 보니 마음이 아픕니다."

"2,000년 전 태약은 큰 악당 무리에게 '나를 따르고 섬기면 세상의 부귀와 영화를 주겠다. 그러나 배반하면 죽음을 면치 못하리라'고 맹약했지요."

"그래서요?"

"만약 그때 태약이 4성검을 물리쳤다면, 유리 행성도 지금의 지구처럼 됐을 겁니다. 권력과 부가 소수에게 집중되고, 그들의 후손이 기득권을 이어받았을 테니까요."

"그렇군요. 우리가 역사로만 알던 빛과 어둠의 전쟁에서, 빛의 승리가 얼마나 소중한지 새삼 깨닫게 되네요."

호사인은 두 번 놀랐다. 대화의 주인공이 보여준 박식함에 한 번 놀랐고, 그리고 현실이 곧 역사의 열매라는 깨달음에 또 한 번 놀랐다.

도우미 차는 다시 오솔길로 접어들었다. 10분쯤 지나자 가파른 언덕 위, 무성한 숲 사이로 둥근 지붕의 정자들이 나타났다. 이윽고 가장 높은 정자 앞에서 차가 멈췄다.

"백두 정자에 도착했습니다." 도우미의 목소리가 울렸다.

호사인과 수로 아는 차에서 내렸다. 숲에 둘러싸인 정자 위로 나비와 새들이 하늘을 가득 채우며 노래했다. 그들의 분주한 날갯짓 속에서, 또 다른 세계의 활기가 느껴졌다.

법장과 만남

수로 아가 앞장서 백두 정자의 계단을 오르니, 정자 난간에는 한 유람이 뒷짐을 진 채 먼바다를 바라보며 명상에 잠겨 있었다.

수로 아가 크게 인사했다. "안녕하세요, 법무장!"

그 유람이 눈을 뜨더니 반가움에 소리쳤다. "와, 수로 아! 그리고 호사인, 어서 오세요." 뒤이어 환하게 웃으며 말했다. "두 분의 의상이 정말 화사하고 아름답습니다."

수로 아가 만족스러운 미소를 지으며 답했다. "법무장도 여전히 멋지십니다. 호사인, 인사 나누세요."

호사인은 손을 내밀며 정중히 악수했다. "반갑습니다. 참 멋진 분이시군요."

법무장은 진심 어린 눈빛으로 화답했다. "호사인 님을 뵙게 된 것만으로도 제겐 큰 영광입니다. 저쪽에 앉으시지요."

그는 가운데 둥근 탁자가 놓인 자리로 두 사람을 안내했다. 탁자 위에는 이미 세 잔의 차가 준비되어 있었다. 법무장이 차를 권하며 미소 지었다.

"편히 '법장'이라고 불러 주십시오."

그때 수로 아가 호사인을 바라보며 말했다. "호사인, 오늘은 법장께서 유리 왕국의 법이 어떻게 작용하고 있는지, 곧 '법치'의 원리에 대해 설명해 주실 것입니다."

경찰, 검찰, 사법이 통합된 법무부

법장이 이야기한다.

"나는 유리 왕국의 법을 수호하는 책임자입니다. 호사인 님의 나라로 말하자면, 경찰과 검찰, 법원이 통합된 기관의 수장이라 할 수 있지요.

유리왕 초기에는 범죄가 많아 경찰, 검찰, 법원이 분리되어 있었지만, 지금은 범죄가 거의 사라져 모든 절차가 법무부 안에서, 조사부터 재판까지 일원화되어 진행됩니다.

특히 이곳의 법은 지극히 공정하고 엄격하여, 유리왕이라 하더라도 죄를 지으면 일반인보다 더 무겁게 처벌받습니다. 유리왕 아래에는 열 개의 장관 부처가 있고, 그중 법무부 산하에는 각 지방 행정부가 있습니다. '면' 지방법무부에서 조사가 이루어지고, '군' 지방법무부에서 재판이 열리며, '도' 지방법무부에는 교도소와 항고법원이, '단' 지방법무부에는 최종 상고 법원이 있습니다. 또한 각 '주' 지방행정부마다 교도소가 설치되어 있습니다. 모든 과정은 최종적으로 중앙 법무부에 보고되어 마무리되지요.

우리의 법은 단순합니다. 그래서 누구나 법을 알고 지킬 수 있습니다. 유치원 시절부터 기초적인 법을 철저히 교육받고, 고등교육을 받은 유람들은 모두 박식하기에 범죄를 저지를 이유가 없습니다. 게다가 사회는 풍요로워 누구도 부족함을 느끼지 않습니다. 지구 행성처럼 출세나 기득권을 얻기 위한 경쟁적 학력 사회가 존재하지 않습니다. 공부를 좋아하고 소질 있는 자는 누구나 자유롭게 진학할 수 있고, 선사나 신선의 길 역시 평등하게 열려 있습니다. 그들이 아무리 많은 공부를 하여 높은 지휘체계를 갖추더라도, 일반인과 인권 면에서는 철저히 평등합니다.

다만 공무의 지휘체계만큼은 엄격하여, 업무 지시를 위반하면 반드시 처벌을 받습니다. 그러나 공무를 벗어나면 모두가 친구로 지내며, 직책이 유리왕이라 해도 인권의 서열이나 차별은 있을 수 없습니다. 일반 학교를 마친 뒤 상급학교에 진학하면 누구나 국가의 지원을 받아 학업에 전념할 수 있습니다. 그러므로 아무리 많은 공부를 했더라도 자만하거나 뽐내지 않으며, 오히려 더욱 겸손하지요."

제도의 공정성 문제, 악의 근본은 거짓말

법장이 설명을 마치고 호사인을 바라보았다. 호사인은 잠시 생각에 잠긴 뒤 물었다.

"각 '면' 지방법무부에서 조사를 하고, '군' 지방법무부의 하급 기관에서 재판까지 진행한다면 공정성에 문제가 생기지 않겠습니까? 죄를 지은 자들은 처벌을 피하기 위해 변명하거나 때로는 거짓말을 할 수도 있다고 생각됩니다."

법장은 온화하게 미소 지으며 대답했다.

"호사인의 질문은 지구 행성의 문화에서는 지극히 당연한 의문이라 생각합니다. 그러나 유리의 문화는 다릅니다. 우리는 모든 악의 근본을 '자기 자신을 속이는 거짓말'이라 봅니다. 그래서 거짓말을 가장 큰 죄로 여기고, 가장 무겁게 처벌하지요. 다른 죄는 사정에 따라 참작되어 형이 경감될 수 있지만, 거짓말만큼은 어떤 경우에도 참작의 여지가 없습니다.

따라서 유람들이 조사 과정에서 거짓말을 한다는 것은 상상조차 할 수 없습니다. 만약 어떤 유람이 죄를 지어 조사를 받는다면, 이미 자신이 지은 죄를 인정하고 있기에 지구 행성처럼 고문이나 강압이 필요하지도 않습니다. 자기 죄를 감면받으려 거짓말을 할 생각 자체를 하지 못하지요.

그리고 공정성에 대해서도 걱정할 필요가 없습니다. 우리는 지위의 높고 낮음을 떠나 모두에게 공정합니다. 이를테면 유리왕이 '면' 지방행정부를 순찰하다 죄를 저질렀다고 합시다. 그 경우 '면' 지방법무부가 왕을 직접 조사하고, '군' 지방법무부에서 재판을 진행해 공정하게 처벌할 수 있습니다."

13대 유리왕 청탁과 거짓말

호사인은 생각에 잠겼다.

'만약 우리나라 대통령이 지방을 순찰하다가 죄를 짓는다면, 지방 파출소에서 불려가 조사받고, 군 경찰서에서 재판을 받아 처벌을 받는다는 말인가?'

그 생각에 이르자 깜짝 놀라며 소리쳤다.

"그럴 수가!"

법장은 호사인의 마음을 읽은 듯 고개를 끄덕이며 다시 예를 들었다.

"13대 유리왕이 고향을 순찰하다 집에 들렀을 때, 아들로부터 부탁을 받았습니다. 아들은 일반 학교를 마치고 상급학교에 진학하고 싶어 했지만, 담당 선생이 적성과 성적표를 분석한 결과 진학이 불가능하다고 통보했습니다. 아들은 간절히 상급학교 진학을 원했고, 유리왕은 그 부탁을 들어주려 학교를 찾아가 교장과 담당 선생을 만나 아들의 진학을 부탁했습니다.

그러나 교장과 선생은 즉시 '면' 지방법무부에 신고했습니다. 지방법무부가 출동해 유리왕을 체포하고 조사했지요. 처음 조사에서 유리왕은 아들의 부탁을 숨기고 단순히 아들이 공부를 계속했으면 하는 마음에서 부탁했다고 진술했습니다. 하지만 조사관이 아들을 불러 확인하는 과정에서 아들이 직접 부탁했다는 사실이 드러났습니다. 결국 유리왕은 거짓말과 청탁의 죄로 가중처벌을 받아 10년의 형을 선고받았고, 항고와 상고를 거쳤으나 모두 기각되어 결국 교도소에 수감되었습니다.

이 사건은 당시 사회적으로 큰 쟁점이 되었으며, 이후 모든 유람이 법 앞에서 죄의 무게를 깊이 경각하게 되었고, 그 결과 사회적 범죄가 크게 줄어들게 되었습니다."

호사인은 크게 감명받으며 감탄했다.

"그래서 여기가 천국보다 더 아름다운 세상이 되었구나."

먹이사슬의 지혜

법장이 다시 이야기를 이어갔다.

"동물의 왕국을 보십시오. 사자는 자기보다 몇 배나 크고 힘센 코뿔소나 말까지 사냥합니다. 사실 이들은 수백, 수천 마리씩 무리를 지어 살며, 조금만 힘을 합쳐도 사자를 몰아낼 수 있습니다. 하지만 사자가 나타나면 겁을 먹고 도망칠 뿐이지요. 여기서 우리는 지혜의 차이를 볼 수 있습니다.

코뿔소나 말은 풀과 열매만을 먹으며 다른 동물을 해치지 않고 살아가기에 굳이 지혜를 발달시킬 필요가 없습니다. 그러나 육식동물인 사자는 생존을 위해 반드시 사냥해야 하므로, 자연히 협력과 전략의 지혜가 발달할 수밖에 없습니다.

사자들이 대오를 갖추고 다가오면, 코뿔소 무리는 기세에 눌려 도망칩니다. 사실 그저 맞서 바라보기만 해도 사자들은 함부로 공격하지 못하지만, 사자의 포효와 드러낸 이빨 앞에 기가 꺾이는 것입니다. 결국 무리 속에서 낙오자가 생기면 여러 사자가 달려들어 제압하고, 그 사냥감으로 무리 전체가 먹이를 나눕니다. 가장 힘센 수사자가 먼저 배를 채우고, 이어 서열에 따라 먹으며, 마지막에는 하이에나와 독수리까지 그 혜택을 누립니다. 한 마리의 희생으로 수많은 생명이 살아가는 것이지요.

여기에는 몇 가지 진리가 숨어 있습니다. 첫째, 코뿔소 무리는 동료 하나가 잡히면 더 이상 사냥이 이어지지 않을 것을 알기에 도망을 멈춥니다. 둘째, 사자도 배가 부르면 더는 공격하지 않습니다. 셋째, 사자의 공격으로 필사적으로 달아나는 과정이 오히려 운동이 되어 근육을 단련시키고 번식에도 도움이 됩니다.

이처럼 자연의 먹이사슬은 단순한 약육강식이 아니라, 서로 공존과 균형을 이루는 오묘한 이치입니다."

호사인은 지금껏 미처 생각해 보지 못했던 진리에 감탄하며, 동물들의 생존경쟁 속에서도 지혜와 질서가 숨어 있음을 깨달았다.

동물은 먹이를 저장하지 않는다

법장은 호사인의 마음을 읽은 듯 말을 이었다.

"만약 사자가 사람처럼 탐욕을 가졌다면 어떻게 되었을까요? 힘센 수사자 몇 마리가 땅굴이나 창고를 지어, 한 번의 사냥에 만족하지 않고 수천 마리의 말과 코뿔소를 계속 잡아 쌓아 둔다고 생각해보십시오. 그들은 '이제 평생 배부르게 먹고 왕처럼 살겠다'며 게을러질 것이고, 약한 사자들은 굶어 죽게 될 것입니다. 결국 힘센 수사자들조차 하이에나의 공격을 막지 못하고, 무리는 스스로 무너지고 말겠지요.

지구 행성의 사람들도 비슷합니다. 오랜 세월을 거쳐 찬란한 과학과 문명을 세웠지만, 그 문명 의식 속에는 큰 오류가 숨어 있습니다. 바로 탐욕입니다. 소수만이 끝없는 욕심으로 자신들만의 낙원을 만들려 하므로, 인류 전체가 풍요를 누리지 못하는 것입니다. 그러나 지구의 과학 문명은 사실 모든 사람이 유리의 유람처럼 풍족하고 평화롭게 살 수 있을 만큼의 역량을 이미 가지고 있습니다."

법장의 설명은 명쾌한 핵심을 찌르는 듯했지만, 호사인의 마음속에는 변명의 기운이 일었다. 지구에도 수많은 철학자와 지혜로운 사상가들이 있었고, 학문을 닦은 박사들이 법과 제도, 규정을 만들며 사회를 끊임없이 발전시켜왔기 때문이다.

기득권 보호를 위한 법

호사인이 법장을 바라보며 항의하듯 말한다. "지구 행성 모든 국가는 다는 아니지만 그래도 공정한 법과 제도, 공정한 경쟁의 제도로써 누구나 열심히 노력하면, 성공하여, 풍요와 부를 공유한다고 생각합니다."

법장이 고개를 흔들며 답했다. "원시시대의 힘은 육체적 힘을 말합니다. 그러나 문명사회에서는 힘이란 곧 지식입니다. 그래서 지식이란 힘을 갖기 위해 공부를 합니다. 이렇게 하여 얻어진 힘은 자연히 기득권 소수에 합류합니다.

그리고 그들을 통해서, 법과 제도가 만들어집니다. 그래서 법과 제도가 공정한 거 같지만, 거기에는 오류가 있습니다. 법은 누구나 알기 쉽게, 간편해야 합니다. 그러나 지구 행성 어느 나라의 법도, 쉽고 간단하지 않습니다. 법을 어렵게 만들어, 많은 공부를 한 전문가만 이해할 수 있게 되어있습니다. 그리하여 어떤 사람이 죄를 지으면, 변호사 고용을 해야만 보호를 받을 수 있습니다. 그러나 가난한 사람들은 변호사를 고용하지 못하여, 자기의 죄를 방어할 수 있음에도, 그렇지 못합니다. 반면에 돈 많은 기득권자는 아주 큰 죄를 지어도, 유능한 변호사를 고용하여, 죄를 가볍게 피해 나갑니다. 그리하여 모든 나라라고 볼 수는 없지만, 이러한 수식어가 따라다닙니다. '유전무죄 무전유죄.' 즉 이 수식어는 돈이 있으면, 죄가 있어도 벌을 피하고, 돈이 없으면 죄가 없어도 벌을 받는다는 이야기입니다."

법장이 다시 호사인을 바라본다. 그러나 호사인은 수긍할 수밖에 없다. 이 수식어는 고대부터 있었던 수식어이기 때문이다.

"우리 유리의 유람들과 달리, 지구 행성에서는 공부하고 싶어도, 누구나 공부할 수 없습니다. 그것은 공부에는 돈이 들어가기 때문이며, 돈이 없는 가난한 자들의 자녀들은 공부하고 싶어도, 할 수 없는 제도이기 때문입니다. 반면에 돈이 있는 기득권의 자녀들은 공부하여 대대손손 기득권으로 이어집니다. 그리고 이들이 만들어진 법과 제도는 그들이 유리하게 만들어져, 공정한 법과 제도라고 보기 어려운 것입니다. 학문의 발전도, 문제가 많습니다. 기득권의 학문발전이기 때문에, 기득권의 유지 발전의 학문으로 볼 수 있습니다."

이에 대해 호사인은 이해할 수 없다는 듯 법장을 바라본다. 이어 법장은 말한다. "학문은 생각, 즉 사상을 만들어냅니다. 호사인께서 여기의 일반 학교와 유치원을 방문하여, 직접 공부하는 교실을 참관한 줄 압니다. 여기는 유치원 때부터 기본적으로 법을 가르칩니다. 그리고 죄가 무엇인지를 가르치고, 죄를 지으면 벌을 받는다는 것을 가르칩니다."

유치원 때부터 인문학 공부

호사인은 생각한다. '지구 행성 거의 모든 나라는 어린이와 청소년에게는 법이 관대하며 법을 중요하게 가르치지 않는다. 그리하여 학교에서의 폭력과 왕따, 차별이 얼마나 심한가.'

법장은 다시 말한다.

"그러면서 사랑과 인자함을 가르칩니다. 미움, 시기, 질투, 원망하면 마음의 죄가 되며, 이는 다시 행동으로 죄를 짓게 된다는 내용으로 교육을 시행합니다.

그런즉 '너희 모두는 인자하며, 자비로우며, 서로 사랑하라, 그러면 너희는 모두에게 사랑을 받으리라.' 하며 가르칩니다.

그리고 유치원 아이라고 해도, 마음의 죄를 지으면, 어둡고, 작은 방을 만들어, 유형에 따라 1~5시간의 벌을 받으며, 죄의 마음을 갖지 못하도록 철저한 교육을 합니다.

그러므로 여기서는 학교폭력이란 상상도 할 수 없습니다.

일반 학교에서도, 더욱더 심도 있는 죄와 벌, 사랑에 대한 교육을 하므로 사랑이 넘치는 천국의 사회를 만들어 갈 수 있는 것입니다."

호사인은 감탄하며, "교육의 질은 빛과 어둠의 갈림길이구나!"하고 생각한다.

용서란

호사인이 물었다.

"지구 행성에서는 용서라는 단어를 매우 중요하게 여깁니다. 그런데 왜 죄 지은 자를 용서해야 합니까?"

법장은 잠시 생각에 잠기더니 조용히 답했다.

"문명과 문화는 다릅니다. 문명은 정신적인 차원이고, 문화는 물질적인 차원이지요. 어떤 사람이 죄를 짓더라도 마음으로는 용서할 수 있습니다. 그러나 법으로까지 용서해서는 안 됩니다. 법은 언제나 사회의 변천에 따라 새롭게 태어나야 하기 때문입니다.

사실 유리 행성 사회에서는 '용서'라는 단어 자체가 큰 의미가 없습니다. 애초에 남에게 상처나 피해를 주지 않기 때문입니다. 그러나 지구 행성의 사회는 수직적 계급 속에서 경쟁하고, 투쟁하고, 전쟁하며, 많은 상처와 억울함을 만들어냈습니다. 그렇게 쌓인 한과 분노는 풀어낼 곳이 없어 가슴에 응어리로 남게 되지요. 그것이 결국 불행을 낳고, 건전한 인격을 무너뜨립니다.

하지만 용서를 하면 마음이 평온해지고 인격이 회복됩니다. 그래서 지구에서는 용서를 강조하는 것입니다. 그리고 법이 원수의 죄를 대신 갚아줍니다. 법이 만인에게 공정하다면, 그 사회는 진정 아름다운 사회가 될 수 있습니다."

호사인은 큰 감명을 받으며 경건한 눈빛으로 법장을 바라보았다.

문명은 교육에서

법장은 이어 이야기한다. "법 집행은 아주 공정하게 이루어져야 합니다. 그렇지 못하면 아무리 문명이 발달한다 해도 동물사회만도 못한 사회가 되어 버립니다. 지구 행성의 과학과 문명은 놀랍습니다. 그러나 전쟁, 환경 파괴, 가난, 기근, 교육, 법 어느 것 하나 제대로 이루어진 것이 없으며, 본능으로만 이루어진 동물의 사회를 따라가지 못하고 있습니다. 동물의 사회는 서로 공존하며, 자연을 절대 파괴하지 않으며, 자연을 그대로 아름답게 보존합니다. 하지만 지구 행성의 나라 대부분은 교육의 근본은 사라지고, 시험 위주의 경쟁교육, 기능교육으로, 문명교육이 아니라 계단식의 높은 꼭대기에 기득권의 낙원을 만들어 놓고, 거기로 소수만 오르게 하는 경쟁을 만드는 교육입니다. 이에 기득권의 낙원을 오르기 위해 사력을 다해 공부하지만, 대부분 헛수고로 끝이 나고 맙니다. 이것이 기득권이 만들어 낸 교육제도입니다."

호사인은 고개를 들 수 없을 정도로 부끄럽다. 10년 동안 세계 일주를 하여 지구 곳곳 가보지 않은 곳이 없을 정도인 호사인 또한 국가나 사회 빈부의 차이에서 너무나 많은 모순을 보아왔기 때문이다.

거짓말과 직무 유기

한참의 침묵이 흐른 뒤, 호사인이 다시 질문한다. "법장께서는 거짓말을 아주 무거운 죄라고 하였는데, 다음으로 무거운 죄는 무엇인가요?"

"직무 유기입니다. 직무란, 유리왕 아래 '면' 지방행정부까지의 모든 부서의 행정업무를 가리킵니다. 통치의 모든 행정업무는 엄격한 서열지시로 이루어져 있습니다. 그리고 5억의 유람이 공무에 근무하고 있습니다. 그런데 어느 한 공무자가 태만하여 직무 유기를 한다면, 이것은 전체 행정업무에 막대한 타격을 줍니다. 그러므로 공무자의 직무 유기를 아주 엄하게 다스립니다. 지구 행성에서의 공산주의 몰락은 당원들의 기득권 의식과 그들의 부정을 포함한 나태와 직무 유기로 볼 수 있으며, 교육의 부재와 완벽한 제도의 부재로 인한 결과로 볼 수 있습니다."

설명을 마치고, 법장이 창문 넘어 서쪽 하늘을 바라본다. 유리 별이 서쪽 하늘로 모습을 숨기고, 하늘에는 찬란한 노을들이 모습을 드러내며, 황홀한 석양 하늘 무대가 드러나고 있었다.

그동안 잠잠하던 수로 아가 호사인을 바라보며 "마지막 질문을 하세요." 하고 작별의 시간을 알린다.

하지만 호사인은 머리가 복잡해진다. 무엇인가 사명은 있는데, 어떻게 해야 할지 머리가 정리되지 않기 때문이다.

이때 법장이 호사인의 마음을 헤아리는 듯 아주 부드러운 음성으로 이야기한다. "호사인, 호사인은 우리 유리에서 보고 들은 사실을 지구 행성에 돌아가서 전하면 됩니다. 그것이 호사인의 사명입니다."

호사인은 머리가 맑아지면서, 일어나 법장에게 정중한 예우로 감사한다.

실물전쟁과 문명전쟁

법장이 호사인을 바라보며 마지막 보충 설명으로 '거짓말을 왜 중요하게 다루는가'를 설명한다. "지구 행성에는 수많은 국가가 강대국의 지위를 얻기 위하여 실물전쟁과 문명전쟁을 합니다. 실물전쟁은 첨단무기를 선점한 국가가 보통은 승리합니다. 그리고 오래지 않아 승패가 정해집니다. 전쟁이라 하면 보통 실물전쟁을 떠올립니다. 하지만 문명전쟁은 눈에 보이지 않지만 가장 무서운 전쟁입니다. 실물전쟁에서 패한다고 해도 복구가 가능합니다. 하지만 문명전쟁에 패하면 영원히 가난하고 약소국의 지위를 벗어나지 못합니다. 문명전쟁에 패하면 그 민족은 정신이 병들어 바보들이 되어 버리기 때문입니다. 문명전쟁의 핵심 무기가 바로 '거짓말과 거짓 정보'입니다. 이것은 진실을 가리어 참과 진실, 옳고 그름을 보지 못하게 가리어 그 민족을 우민으로 만들어 버리기 때문입니다. 그러므로 지구 행성에서도 소위 선진국이라 하는 나라일수록 거짓말을 무거운 죄로 다스립니다. 하지만 가난하고 후진국일수록 거짓말과 거짓 정보가 많지만, 그것이 나라를 병들게 한다는 사실조차 모릅니다. 그래서 이웃을 탐내어 망하게 할 때는 실물전쟁보다 문명전쟁을 통하여 이웃 나라의 민중을 바보로 만들어 버리면, 영원히 지배하게 되는 것입니다. 동방의왕은 그래서 거짓말을 가장 무겁게 법으로 다스리는 법을 제정 우선에 두었던 것입니다."

호사인은 처음으로 들어본 문명전쟁에 감명과 깊은 관심을 가지며, 고국의 역사를 되돌아본다.

　법장과 수로 아, 호사인은 마차를 이용해 주차장에 도착해 악수한다. 수로아와 호사인은 법장이 먼저 떠날 때까지 손을 흔들어 답례한다.

　호사인은 생각한다. 유람의 법은 누구나 알 수 있게 간편하다. 그리고 권력자일수록 더 엄격하여 가산처벌을 받는다. 법 집행이 공정하다. 유치원 때부터 사랑을 가르치고 법을 가르친다. 그러므로 사랑이 넘치는 아름다운 유람의 사회를 이룰 수 있었다.

16장

수로 아 가족을 만나다.

제13일

    호사인은 수로 아의 눈동자를 바라보며 말한다. "오늘은 수로 아 님 기분이 좋아 보여요."
    수로 아는 발랄한 소녀처럼 "오늘이 무슨 날인지 아세요?" 하고 묻는다.
    "무슨 날이지요?" 호사인이 되묻는다.
    수로 아는 답한다. "유리에는 3대 명절이 있답니다. 첫째는 6월 1일 의인승절, 둘째는 2월 5일 의왕 탄신일, 세 번째는 10월 11일 유리 왕국 탄신일 등의 큰 명절이 있고, 다음은 가족의 생일을 맞이하여 가족이 모두 모여 잔치를 즐기는 경사의 날이 있답니다. 그런데 오늘은 의인승절이며 아버지의 생신이 겹치는 좋은 날이랍니다. 그래서 오늘은 온 가족이 부모의 집에 모여 파티를 합니다."
    호사인은 새로운 상황에 어떻게 대처해야 하나 어안이 벙벙하여 난해한 표정을 짓는다.
    수로 아가 호사인의 표정을 읽으며, "당신은 걱정 말아요. 우리 아버지와 어머니, 오빠와 여동생 모두가 당신을 친절하게 대할 거예요." 하고 덧붙인다.
    그래도 호사인은 안심이 안 된 듯 덧붙인다. "여기의 예절 문화를 알고 싶어요. 그래야 대면할 때 어색하지 않을 것 같아요."
    수로 아는 호사인의 눈동자를 바라보며 말한다. "친절하네요. 염려 말아요. 아버지 어머니에게는 당신의 부모님께 인사하듯이 큰절을 하시면 되고, 오빠의 가족과 동생의 가족은 자연스레 악수하면 되고 적당한 인사말이나 생각해 두면 됩니다. 지구 행성에서의 예법으로 하시면 되는 거예요. 알겠지요?"
    호사인은 마음을 진정시키며 다시 묻는다. "의인승절의 의미를 알고 싶어요."
    수로 아가 미소와 함께 말한다. "의인승절이란 의인이 악인과 전쟁하여 승리한 날을 기념하는 날이지요. 즉 4성검과 악인이 되어 버린 태약신과의 전쟁

수로 아 가족을 만나다.

에서 의로운 4성검이 승리하는 날을 기념하는 날입니다."

호사인은 손바닥을 치며, "아, 그렇군요." 하며 동감한다. 그러면서 "그러면 어떻게 기념을 하고 축제를 벌이나요?" 하고 묻는다.

수로 아는 자상하게 설명한다. "각 고을은 고을 회관에서, 모든 행정부서는 행정부의 회관에서 모여 경건한 마음으로 기념 축사를 하고, 기념 음악을 들으며 영상을 통하여 당시의 생생한 모습을 재현하여 '5성검'의 공을 기리며, 빛이 어두움을 이겨 의인의 세상을 이룩한 그날을 기념한답니다."

호사인은 고개를 크게 끄덕이며 "오늘은 뜻있고 기쁜 날이군요?" 하며 생각에 잠긴다.

수로 아가 "시간이 없어요. 빨리 떠나야 합니다. 3시간이 소요되는 거리이니까요." 하며 앞장선다. 비행차에 나란히 앉아 수로 아가 주소인 숫자를 입력하니, 비행차는 분화하여 하늘을 쏜살같이 날아간다. 지금까지 달리고 날았지만 늘 새롭고 아름답고 신비하게 느껴지는 땅과 하늘 산천초목을 감상하면서 생각한다. 수로 아의 가족들은 어떠한 인품을 가지고 있을까! 첫 인사말은 어떻게 해야 하나를 생각하며, 창밖을 감상한다.

수로 아가 말한다. "벌써 다 왔네요." 하고는 눈에 익숙한 지형을 손가락으로 가리키며 즐거워한다.

"부모님과 가족을 얼마 만에 만나지요?"

"보통은 1~2달에 한 번 꼴로 만나지요, 3절기 때와 가족의 생일 때는 무조건 모이니까요."

"그렇군요. 지구 행성에서는 국가별 차이는 있지만, 부모에게 효도하고, 형제간에는 우애를 예문화로 가르쳐서 가족의 화목을 중요시한답니다. 여기는 어떠한지요?"

수로 아는 고개를 끄덕이며 "부모에 대한 사랑과 형제 우애가 너무 깊어 만나서 헤어질 때까지 웃음꽃이 계속 핀답니다." 하고 답한다.

비행차가 목적지 고을 회관 앞에 살며시 내리며 분화를 접는다.

호사인은 비행차에 내려 주위를 살피곤, 수려한 주위 경관의 아름다움에 반한다. 고을은 녹음이 함께하여 멀리서 조그만 창문들만 보일 뿐이다.

수로 아는 호사인을 바라보고, 손을 잡으며 고을 회관 안으로 들어선다. 고을 회관은 가까이서 볼수록 규모가 크고 화려하다. 2천 5백 유람인 문화의 고을 회관은 주위가 잘 정돈되어 깨끗하고, 상쾌한 기분을 만들어 주고 있다. 안으로 들어서니, 마치 실내 스포츠 경기장에 들어온 것처럼 넓었다. 안쪽에는 큰 공연장이 자리하고 삼면의 공연장 둘레에는 홀들이 있어 갖가지 기능을 담당하고 있었다.

호사인과 수로 아가 5번의 홀에 들어서니, 벌써 모든 가족이 모여 큰 박수로 환영하며 함성을 지르고 있었다. 수로 아는 긴장하는 호사인에게 말한다. "당신을 환영하고 있어요."

호사인이 정신을 차리며 가족들을 천천히 바라본다. 그리고 깜짝 놀란다. 가족 모두가 화려하고 아름다운 옷을 입었는데, 마치 천사 가족처럼 보인다. 멋진 디자인이 호리호리한 체격을 더 세련되게 보이도록 하며, 색상이 선명하여 얼굴을 빛나게 하고 있었다. 또한 수로 아의 아버지와 어머니는 나이가 얼마인지 가늠하기 어려울 정도로 젊고 아름답다.

호사인은 수로 아의 안내로 부모님 앞에 선다. 수로 아의 아버지가 흡족한 미소를 지으며 호사인을 환영한다. 호사인이 "아버님, 어머님. 정말 우아하고 아름답습니다. 그러나 수로 아 님에게 두 분 연세에 대해서 듣지 못했습니다."

아버님이 흡족한 표정으로 "2년 전에 정년퇴직한 82세의 동갑 부부란다." 하고 이야기한다.

호사인이 깜짝 놀라며 "아직도 젊은 청춘으로 보입니다." 하며 부모를 본다.

어머님이 가족들을 돌아보며 "어서 서로 인사들을 해야지." 하고 말한다. 그러자 수로 아가 호사인을 안내하며 오빠와 동생 내외를 소개한다.

"호사인입니다. 아주 멋진 미남이시군요." 하며 손을 내밀자, "은하단입니다. 지구 행성에서 오신 귀한 분을 만나다니, 정말 반갑습니다. 여기는 제 아내

수로 아 가족을 만나다.

오호라입니다." 하고 답한다.

　오호라가 아름다운 미소를 지으며 "지구 행성의 남성은 호사인처럼 모두가 매력이 있습니까?" 하니 모두가 폭소를 자아낸다.

　수로 아가 오빠의 조카인 남자아이 오니와 여자아이 소니에게 "호사인 님에게 인사해야지?" 하고 말한다.

　오니와 소니가 말을 맞춘 것처럼 동시에 입을 연다. "안녕하세요. 호사인 님?"

　수로 아가 다시 여동생을 소개한다. "수리 오이고 남편 유석입니다."

　수리 오와 유석이 "반갑습니다."라고 하며 친근한 인사를 한다.

　호사인이 "정말 잘 어울리는 잉꼬부부입니다." 하며 악수를 한다.

　수리 오가 유모차의 아기를 안으며 "유라야, 호사인에게 인사해야지." 하며 호사인에게 보여준다.

　호사인이 유라를 "어쩌면 이렇게 예쁘고 귀엽고 사랑스러울까." 하며 한참을 유심히 바라본다.

　어머님이 "자, 이제 식탁으로 가야지. 오늘은 특별한 날이니까 푸짐한 음식을 준비했단다." 하시면서 앞장서 식탁으로 이동한다. 식탁실로 들어서니 우선 호사인이 놀란다. 넓은 타원형의 식탁에 수십 가지의 먹음직한 음식이 가족을 기다리고 있었다. 지금까지 식사는 꿀밥과 우유였는데 이러한 푸짐한 음식을 대하니, 마치 명절에 어머님이 준비한 차례상의 음식을 대하는 심정이다.

　어머님이 자리를 배정하여 식탁에 빙 둘러앉게 한다. 그리고 호사인의 궁금증을 알기라도 한 듯이 설명하신다.

　"여기 유리 행성에서는 절기와 가족의 생일을 맞이하게 되면, 가족이 모두 모여 축하하고 잔치를 하며 즐긴다네. 호사인의 고향 지구 행성에서는 잔치의 음식을 어머니들이 직접 힘들게 만들지만, 여기서는 모두 식사 회사에서 주문하지. 주문은 광고를 보고 가족의 수에 맞게 주문을 하며 음식은 이 식탁에서 조리된다네. 음식이 놓인 자리에는 전기 열선이 있어서 식사 회사에서 가공되어 그릇에 담긴 음식을 식탁에 올려놓으면 완전요리가 만들어지며, 약 5분의 시간이 경과한 후 뚜껑을 열면 이렇게 푸짐한 잔치 식탁이 만들어진다네."

호사인이 놀라며 "그러면 이렇게 풍성한 음식들은 가족의 수고가 전혀 없이 만들어지는군요?"

"그렇지. 주문이 도착하면, 로봇 도우미가 모두 준비하니까."

이때 아버지가 나서며 "호사인은 궁금증이 많을 텐데, 차차 수로 아가 설명해 주고 '의인승절' 기념부터 시작하자!"

막내 수리 오가 나서 말문을 연다. "먼저 '의인승절' 축사를 낭독합니다."

〈오늘은 2,000번째의 거룩한 의인승절입니다. 의인승절이란 2,000년 전에 4성검이 악으로 변심하여 세상에 나와 세상을 어둡게 한 태약 성검을 물리치고, 승리하여 의로운 세상의 발판을 만드신 날입니다. 오늘날 유리 행성의 아름다운 문명은 4성검의 승리로 이루어진 것입니다. 악으로 변한 태약 성검도 기초과학경제를 이룩한 공은 인정하여 의인승절은 5성검을 기념하기도 합니다. 우리는 의인승절을 기념하면서 다시는 악이 세상을 침범하지 못하도록 경계를 하며, 악은 어두움이요, 비참함이요, 고통이며, 차별이며, 가난이요, 저주입니다. 그러므로 우리는 깨어있는 마음으로 악을 경계하며, 의인승절을 기념하며 축하하는 것입니다.〉

가족이 큰 박수로 의인승절을 축하 기념한다.

이번에는 수로 아가 나서며 "오늘은 아버지의 82세의 생일입니다. 우리의 화목한 가정은 아버지 어머니의 결혼으로 이루어진 것입니다. 아버지는 부부로서 어머니를 극진히 사랑하여 지금까지 자녀의 상처를 남기지 않고, 행복한 부부의 연을 맺고 계심에 자녀들은 늘 아버지에 대한 존경과 감사의 마음을

수로 아 가족을 만나다.

갖고 있습니다. 자녀들을 대표해서 수로 아가 아버지의 82회 생일을 축하드립니다. 늘 건강하고 평안하십시오." 하고 말한다. 역시 가족의 힘찬 박수가 쏟아진다.

아버지가 자녀들을 바라보며 말한다. "고맙구나. 우리는 평생 해로를 하기로 했단다. 너희들이 이렇게 좋아하니 우리는 너무 행복하단다."

자녀들이 모두 함성을 지르며 환호한다.

호사인이 분위기 파악이 안 되어 수로 아를 바라본다. 수로 아가 호사인의 귀에 속삭이며 "여기서는 평생 해로는 거의 없으며 부부는 대개 30년이 지나면 새로운 사랑을 찾아 부부가 주로 이혼을 합니다. 그러나 자녀들은 부모의 이혼을 바라지 않습니다. 그래서 아버지의 평생 해로에 환호하는 것입니다."

호사인도 고개를 끄덕이며 존경을 표한다. 그러면서 '인품이 고상하고 지성이 넘치는 아버지와 아름답고 매력이 넘치는 어머니가 이혼한다는 생각은 상상할 수 없지' 하고 생각한다.

"자, 이제 각자의 그릇 뚜껑을 열고 맛있는 음식을 먹자!" 어머니가 제안하니, 모두가 각자의 앞쪽에 있는 뚜껑을 열고 음식을 맛보며 먹는다.

호사인은 처음으로 푸짐한 음식을 시식하며, 고국에서 어머니가 마련한 음식과 비교하며 음식을 먹어본다. 지구 행성과 240광년 거리의 유리 행성, 말과 글이 같고, 음식도 거의 비슷하여 고국 한국의 이웃 나라보다 가깝다는 인식을 한다.

어머니가 분위기를 바꾸어 "호사인, 음식 맛이 어떠한가? 입맛에 맞는지 궁금하다네." 하고 묻는다.

"네, 천상의 맛입니다. 정말 맛이 있습니다."

그러자 흡족한 미소로 어머니가 이야기한다. "오늘의 주인공은 호사인이네, 우리의 가족은 지구 행성에서 온 손님을 진심으로 환영한다네."

모두가 환한 미소를 지으며 박수로 화답한다. 막내 수리 오가 분위기를 띄우며 유리잔의 잔을 들어 올리며, 은방울 같은 목소리로 "의인승절을 기념하며, 아버지의 82회 생일을 축하하는 동시에 지구에서 오신 귀한 손님 호사인을 위하여, 건배!" 하며 잔을 높이 들어 올리니 온 가족이 축배의 잔을 부딪치고 들이킨다.

호사인은 고국의 막걸리와 비슷한 맛을 음미하며 기분이 들뜬다.

우주운행 에너지는 회전에서

아버지가 호사인을 바라보며 말한다. "유리의 과학 문명이 240광년 떨어진 지구 행성의 손님까지 맞이하다니, 앞으로 우주의 정복도 멀지 않았구나, 하는 생각이 드는구나!"

은하단이 말한다. "수로 아 동생의 공이 크다는 것을 우리 가족만 모르는 것 같아요."

수리 오가 말을 이어받는다. "오빠, 우리 가족 실력을 얕보는 거 아닌가요?"

모두가 웃음을 자아낸다. 그러면서 잔치 음식은 줄어만 간다.

어머니가 사랑스런 자녀와 손님을 바라보며 "여보, 당신이 들려준 우주 회전의 법칙을 말해 봐요. 모두에게 교훈이 되게요." 하고 이야기한다.

아버지가 가족을 사랑스럽게 바라보며 말한다. "우주의 운행은 회전의 법칙을 따른단다."

호사인은 귀를 두 배로 기울이며, 처음 들어본 회전의 법칙에 호기심을 갖는다.

"회전이란, 은하나 별이나 행성들은 자전이라고도 하며, 작은 물질들은 스핀이라고 하지. 즉 스스로 도는 것을 말한다. 우주의 모든 해성이나 행성이나 별이나 은하나 은하단이나 초은하단 모두가 회전의 법칙으로 의해서 운행한다. 만약에 지구 행성이나 유리 행성이나 자전을 하지 않는다면, 대기권의 공기들이 우주로 날아가 버리며, 생명체는 존재할 수 없게 된다."

호사인이 성급하게 질문한다. "자전하여 어떤 일이 발생하나요?"

그러자 아버지가 지혜와 명철의 눈으로 호사인을 바라보며 답한다. "중력이 발생한다. 즉 지구 행성이나 유리 행성에서 중력이 발생하여 중심에서 끌어당기는 힘이 발생한다. 그리하여 우주로 날아가는 공기인 원소들을 끌어들여 대기권을 형성하게 하는 거지. 태양이 자전하지 않으면, 태양계가 형성되지 않으며, 지구 행성이 태양을 공전하는 힘도 태양 자전의 힘에 의해 생기게 된다. 또한 태양이 은하를 초속 240km로 공전하는 것도 은하가 자전하기에 은하계가 형성되며, 은하가 자전하는 힘 때문에 태양이 은하를 공전하게 된다. 우주는 회전의 에너지에 의해서 힘이 발생한다."

호사인은 생각한다. 별이 만들어지는 과정을 그리고 은하나, 은하단이나, 초은하단이나, 역시 비슷한 과정으로 형성된다면 힘의 차이가 발생한다. 그리고 힘의 차이는 속도가 만들어낸다. 호사인은 고개를 갸웃하며 질문한다. "은하는 은하단을 공전합니까?"

"물론이지. 은하도 자전하면서 은하단을 공전한다고 보아야 한다." 수로 아의 아버지가 들려주는 답변에 호사인은 되묻는다. "은하의 은하단에 의한 공전 속도는 얼마나 될까요?"

장인은 깊이 생각하며 입을 연다. "대략 초속 2,000~3,000km가 되지 않을까. 은하의 공전은 그만큼의 에너지가 필요하며, 에너지는 곧 속도에서 나오니까."

호사인은 너무 놀라 어안이 벙벙하다. 그러나 논리적으로는 맞다는 생각이 든다.

이때 어머니의 정감 있는 목소리가 들린다. "음식이 식으면 맛이 없네. 먹으면서 질문하고 생각하게." 하며 음식을 권한다. 호사인이 정신을 차리며 "예, 어머니. 과학에 흥미가 워낙 많아서요." 하며 진수성찬을 시식하며 음식을 먹는다.

수로 아는 귀엽고 호기심 많은 조카아이들의 질문을 받아주며, 답변해 주느라 정신이 없었다. 아이들은 어디서나 세상의 신기함에 모든 것이 궁금하여 끝없는 질문이 이어진다.

성찬 음식의 그릇이 비워지고 포만감을 느끼며 식후의 만족에 기뻐한다. 로봇 도우미들이 빈 그릇을 치워 박스에 채운다.

호사인이 궁금하여 묻는다. "빈 그릇을 깨끗이 씻어서 박스에 담아야 하지 않나요?"

수리 오가 나서며 "호사인, 여기의 빈 그릇은 식사 회사에서 설거지까지도 화공소독을 하여서 재사용을 한답니다." 하고 답한다.

어머니가 호사인을 바라보며 말한다. "지구 행성의 도시 문명은 음식쓰레기가 환경을 크게 오염시킨다고 하지. 하지만 여기는 식사 회사에서 모든 유람의 음식을 만들어 배송하며, 설거지까지도 하기에 고을의 가정에서는 어떠한 음식쓰레기도 발생하지 않는다네."

호사인은 생각한다. 지구 행성의 가정주부는 하루 3끼의 음식을 준비하고 설거지하느라 얼마나 고생이 많은가. 하지만 여기의 유람은 하루 3끼 음식을 만드는 일에서 해방되었으니, 얼마나 행복한가. 문명의 제도를 이렇게 바꿀 수 있구나! 더구나 음식쓰레기가 발생하지 않으니 얼마나 아름다운 문명인가.

위대한 한글

식탁이 깨끗이 치워지고 차가 들어온다. 찻잔이 모든 가족의 탁자 앞에 놓이며 대화의 웃음꽃이 피워진다. 아버지가 잔잔한 어투로 의구심을 드러내며 "한글은 500년 전에 세종대왕이 창제한 글인데, 사용은 100년 전부터 했다는 말이 사실인가?" 하고 묻는다.

호사인이 한참을 생각한 뒤 답한다. "'한문'은 대한민국의 대대로 이어온 기득권세력의 전유물의 글이었습니다. 그런데 당시 의로운 세종대왕이 한문이 어려워 가난한 사람은 평생을 글을 모르는 문맹인으로 살아야 하는 백성을 불쌍이 여겨 누구나 쉽게 배울 수 있는 한글을 창조하셨지만, 기득권 세력들의 반대로 한글이 일반 백성에게 가르쳐지지 않았지요, 하지만 120년 전쯤에 왜구의 침략으로 국력이 약해져 어려워지니 백성을 깨우쳐야 한다고 하여 한글이 그때부터 보급되었지요."

가족이 모두 혀를 차며 "세상에나!" 하고 이야기한다. 어머니가 "우리 유리에서 한글을 유리 왕국의 글로 사용한 지가 500년이 되었지요?"

"그렇소. 당시에 유리에서도 초대 유리왕이 한글과 비슷한 글을 창제해 보급하여 통일시켜 유람의 문명을 깨우쳤지만 500년 전 유람의 의식이 세종대왕의 한글을 도입하여 사용한 후부터는 과학이 급속도로 발전하였다오. 오늘의 이러한 첨단의 과학 문명도 사실은 거의 한글 덕분이라고 학계에서는 생각한다오."

호사인은 한글의 중요성을 다시 한번 깨달으며, 지구 행성이 유리 행성을 큰 도움을 주었구나 하는 자부심을 느끼며 말을 이어간다.

"한국어에는 존칭어, 반어, 하대어가 있습니다. 부모나 나이가 위인 어른이나 직장의 상사에게는 존대어를 쓰며, 친구들은 반어나 하대어를 쓰며, 아랫사람에게는 하대어를 쓴답니다. 그러므로 대화할 때 상대에 따라 존대어, 반어, 하대어로 대화를 한답니다."

은하단이 "그렇군, 여기는 존대어나 하대어는 없고, 반어 정도로 통일이 되어 간단하지, 그래서 할아버지와 손녀가 친구처럼 대화한다네. 하지만 서로 사랑이 가득하여 불평이 없다네." 하고 이야기한다.

의인승절 기념행사

은하단이 "오후에는 모든 고을 유람의 의인승절 기념 축사가 있어 공연장으로 자리를 옮겨야 합니다." 하고 말하며 앞장선다.

수로 아 가족이 입장하니 함성과 박수가 쏟아진다. 앞쪽 가운데 수로 아 가족의 수만큼 빈 의자가 준비되어 있으며 2,000여 공연장의 좌석은 입추의 여지가 없었다.

공연장의 무대에는 시원하고 발랄한 남녀 청춘이 춤을 추면서, 호사인의 가족을 환영하고 있었다. 그러면서 인사말이 시작된다. "안녕하십니까? 천상고을 여러분, 그리고 지구 행성에서 오신 호사인과 그 가족 여러분, 저는 사회를 맡은 후성입니다. 소냐입니다."

수로 아와 호사인은 답례하듯 큰 박수로 환영한다.

"특히 오늘 2,000번째의 '의인승절'을 맞이하고, 수로 아 아버지의 82회 생일을 맞이하여, 나 소냐와 후성을 사회자로 불러주신 천상고을 여러분께 감사를 드립니다."

후성이 받아서 말한다.

"네, 오늘의 순서는 어떻게 되지요?"

"먼저 '의인승절'을 기념하고요. 다음은 수로 아 아버지 생일을 축하합니다."

그리고 후성을 바라보면서 말을 잇는다. "다음은 무어지요."

"공연이 있습니다. 순서가 어떻게 되지요?"

"먼저 노래 순서가 있고요. 이어서 연극이 있습니다. 후성, 다음은 무엇이 있지요?"

"우아한 춤 공연이 있고요. 마지막으로는 호사인과 수로 아 님이 공연을 마감하게 되어 있어요."

"자, 그럼 천상고을 총장님이 '의인승절' 축사를 시작하겠습니다."

3시간의 공연은 박수와 환호의 열광적인 공연으로 모두가 흥분으로 얼굴이 후끈하게 달아오른다. 마지막 무대에 호사인과 수로 아가 등장한다.

한참을 지나도 박수가 끊이지 않는다. 호사인은 위아래 갈지자로 관객을 한 유람도 놓치기 싫다는 눈으로 바라보며, "우주 안에 이보다 더 아름다운 꽃들은 없을 거야!" 하고 이야기한다. 흥분으로 벅찬 가슴이 달아오른다.

수로 아가 손으로 박수를 잠재우며 "여러분, 오늘처럼 아름다운 무대는 처음이랍니다. 정말 반갑습니다." 하고 이야기하곤 호사인을 바라본다.

"조금 전 떠오른 생각은 오늘의 공연무대의 관객과 출연진 진행자를 어울려 꽃으로 비유한다면 광활한 우주 안에 이보다 더 아름다운 꽃은 없다고 단정하였답니다. 정말 환상적인 무대였습니다. 감사합니다." 호사인은 이렇게 인사를 하곤 수로 아를 바라본다.

"여러분 시간이 많이 지체되었습니다. 호사인과 저는 유람 중 두 분의 질문을 받고 공연을 마치기로 하겠습니다." 수로 아가 이야기한다.

관중석에서 의논을 교환하고, 출연진 쪽에서도 의견이 교환된다. 관중석에서 질문이 들어온다. "호사인의 25일간의 여정과 그 이전에 이곳 유리 행성에 오게 된 과정의 설명을 듣고 싶습니다."

수로 아 20년 전의 여정

수로 아는 생각을 정리한다.

"20년 전에 지구 행성 과학위원장이 되어 호기심 가득한 의식으로 지구 행성을 방문하였을 때, 화려하고 웅장한 지구 행성 문화에 대해 충격과 호기심이 대단하였습니다. 그래서 햇수를 더해 지구 행성의 문명과 문화에 대해 깊이 파악하려, 연구를 위해 많은 곳을 탐방하기 시작하였답니다. 그리고 역사, 교육제도, 과학, 정치, 경제 등을 깊이 연구한 결과, 많은 문제점과 모순을 알게 되었습니다. 화려하고 웅장한 문화재의 건축에는 수많은 약자의 희생이 있었고, 교육은 일부의 부자와 권력자 자녀들만 받을 수 있고, 과학이 발달하여 모든 생필품을 대량 생산하여 모두가 풍족하게 살 수 있지만, 그 혜택이 일부 기득권자의 소유물로 전락하고, 정치는 정치를 아는 능력 있고 유능하고 공평한 자가 해야 하지만, 무능하고 탐욕이 많은 사람이 하고 있으며, 경제는 열심히 노력한 자가 부유하지 못하고, 돈으로 돈을 버는 고리대금 업자와 부동산 투자와 자본가의 기업과 정치, 권력자와 전쟁을 좋아하는 자들이 부자가 되는 세상이라는 것을 알게 되었습니다. 거기에다 지구 행성의 자연환경이 심각하게 오염되어, 바다와 강들이 오염되고, 공기가 오염되고, 산업 쓰레기, 환경 쓰레기, 음식물쓰레기로 자연이 심각하게 오염되어 있으며, 일부의 부유한 기득권의 도시는 호화스럽고 으리으리하지만, 지구 행성의 대부분은 가난과 질병, 기근으로 비참하게 살고 있다는 것을 깨닫게 되었을 때, 지구 행성이 너무 불행하다는 생각이 들었습니다. 그리고 우리 유리 행성의 문명이 얼마나 위대한가를 알게 되었습니다. 그래서 나의 사명은 유리의 문명을 지구 행성에 알게 하여 지구 행성을 구해야 한다는 사명이 불타올랐습니다. 그러나 쉽지 않았습니다. 지구 행성과의 거리는 240광년으로 물질의 생명체는 이동할 수 없는 거리이기 때문입니다. 그렇다면 의식을 데려올 수 있는데, 의식을 데려온들 여기서 유리 유람과 소통을 할 수 없다는 것을 알게 되었습니다. 그래서 두 가지 난제를 해결해야 하는데, 곧 의식을 데려올 수 있는 의식 비행선과 호사인과 똑같은 육체를 만들어 호사인의 의식과 결합하는 일입니다. 그 일을 20년 동안 밤낮으로 연구하여 그 성과로, 오늘의 호사인 님과 함께 동행하며 유리 행성의 문명을 지구 행성에 알리는 교류가 형성된 것입니다."

소설보다 더 극적인 수로 아의 과정 설명을 들은 모두는 큰 감동으로 우렁찬 박수를 보낸다.

호사인의 유리 행성 소감

 다음은 출연진 쪽에서 질문이 이어진다. "호사인의 어린 시절과 수로 아를 처음 만났을 때의 기분과 유리 행성 문명에 대해 소감을 부탁합니다."
 호사인이 관객과 출연진을 향해 90도로 절을 하고 환한 미소를 지으며, "설명을 자세히 하자면 2시간이 필요하지만, 시간이 늦었으니 간단히 10분 내로 말씀드리겠습니다." 하며 동심의 어린 시절과 동산에서 수로 아를 만나 이후로 그녀를 찾아다닌 일을 이야기하고 유리 행성 문명의 소감을 말한다.
 "지구 행성은 여기와 달리 200여 크고 작은 나라로 이루어져 있으며, 수많은 종교가 성행하고 있습니다. 그리고 종교의 경에는 내세관(죽으면 근심 걱정 없는 아름다운 세상)이 있으며 힘들게 일해도 부자가 될 수 없는 사람들이 종교의 내세관을 소망하며 살아가고 있습니다. 그러나 여기는 종교의 내세관보다 더 아름다운 세상이라는 것을 알게 되었습니다. 모두가 아름답고, 모두가 부자고, 의상은 세련되고 눈이 부시며, 눈빛은 수정처럼 맑으며, 얼굴은 깨끗한 하늘의 무지개처럼 화사하며, 모두가 공주와 왕자 같고, 선녀 같습니다. 이런 환상적인 세상을 이룩한 유리 행성의 주춧돌은 4성검과 유리왕의 빈틈없는 제도가 만들어 낸 공이라고 생각합니다. 저 호사인은 이러한 유리 행성의 아름다운 모습을 지구 행성에 돌아가 전한다면, 지구 행성도 많이 변하리라 생각합니다. 감사합니다." 말을 마치고 호사인은 양손을 사면을 향해 흔들었다. 우레와 같은 박수가 끊이지 않는다.
 후성과 소냐가 앞으로 껑충껑충 뛰어나오며 "감사합니다. 감사합니다. 즐거운 시간이 되셨습니까? 이것으로 모든 공연을 마칩니다. 안녕히 계십시오." 하고 마무리 인사를 한다. 모두가 두 손을 흔들어 환호한다.
 호사인과 수로 아는 천상고을 관객과 일일이 악수를 나누며 반가워한다.

다시 5번 홀에 모인 가족 만찬

이제 모두가 헤어지고 수로 아 가족만 5번 홀에 다시 모였다. 아버지가 흡족한 표정으로 호사인과 수로 아를 바라본다. "지구 행성과 유리 행성이 함께 하는 날이라니! 아버지와 어머니는 오늘처럼 기쁜 날이 없구나!" 하며 어머니를 바라본다.

수리 오가 나서며 "우리들의 남매도 모두 아버지와 같은 마음입니다." 하고 답한다. 온 가족이 즐거워한다.

"만찬이 준비되었단다." 하며 아버지와 어머니가 모두를 식탁으로 안내한다. 식탁에는 오찬처럼 푸짐한 음식이 차려져 있었고 술도 준비되어 있었다. 가족이 모두 식탁 의자에 앉자 호사인이 기다렸다는 듯이 이야기한다. "오늘은 가장 즐거운 날이었습니다. 오늘 수로 아 님의 아버님 생신에 와서 가족을 만나게 해준 수로 아 님의 뜻깊은 배려에 감사합니다. 아버님, 어머님께도 감사합니다."

아버지가 "오늘은 우리 가족의 화려한 날이다. 자, 이제 만찬을 즐기자." 하자 모두가 만찬을 즐기며, 대화가 시작된다.

"유리의 유람들은 모두가 아주 박식하며, 모르는 것이 없는 것 같습니다. 그러면서 지구 행성인보다도 지구 행성에 대해 더 많이 알고 계십니다. 지구 행성에 대한 체계적인 공부를 하시는지요?"

장인이 인자한 미소로 호사인을 바라보며 "유리의 유람들은 과학의 혜택으로 일하는 시간이 오전 3시간, 오후 3시간, 일주일에 4일 근무에, 1년에 2개월의 휴가가 있으니, 많은 여가 시간이 있다네. 이 시간을 이용해 많은 독서를 한다네. 우리는 동방의왕인 초대 유리왕을 신처럼 존경한다네. 동방의왕이 어려서부터 책에서 눈을 떼지 않고 많은 독서를 하여 지혜와 지식이 하늘보다 높고 바다보다 깊다네. 그러므로 동방의왕을 신처럼 생각하는 우리 유람들은 모두가 독서를 많이 하는 문화가 형성되었다네. 그래서 유람들은 누구나 지식과 지혜가 풍부하다네," 하고 답한다.

　호사인은 수로 아의 아버지를 우러러보고, 깊이 생각한다. '모든 현상에는 원인이 있구나!'

　수로 아가 "벌써 자정이 되어 갑니다." 하고 자리를 파한다.

　장모가 아쉬운 표정을 지으며 "오늘은 아주 즐거운 날이었구나!" 하고 이야기한다.

　호사인은 수로 아의 부모님에게 고개 숙여 인사하고, 형제들에게 악수하며 아쉬움을 남기며, 비행차에 오른다.

　호사인은 생각한다. '참으로 사랑으로 뭉쳐진 행복한 가정이구나! 그리고 유람 모두는 하나같이 지혜와 지식이 풍부하구나! 이렇게 깨어있는 유람 사회에는 간교한 독재자가 자생하지 못하겠구나.'

17장

지구 행성의 호사인

제14일

상암동 고봉 호텔 1501호, 호사인이 투숙한 객실은 3일째 안에서 어떠한 기척이 없다. 담당 도우미가 이상히 여기며 고개를 갸웃한다. 하루가 지나고, 이틀째 지배인에게 보고하였고 지배인은 하루만 더 두고 기다려 보자고 하였다. 그래서 3일째, 도우미가 다시 벨을 누르고 크게 노크를 하여 본다. 그러나 아무런 기척이 없다. 도우미가 지배인에게 알리고, 지배인은 총무부장에게 알리니, 총무부장이 고개를 갸웃하며, 이상한 예감을 느낀다.

"지배인, 같이 1501호에 가보지요." 하며 객실로 향한다. 총무부장이 도우미에게, "다시 한번 벨과 노크를 크게 해 보세요." 하고 요청한다. 도우미가 벨을 계속 누르며 크게 노크를 한다. 그러나 안에서는 아무런 반응이 없다.

총무부장이 이상히 여기며, "지배인, 일지와 비상키를 가지고 오세요!" 하고 말한다. 지배인이 빠르게 사무실로 가서, 일지와 비상키를 가지고 오며, 일지를 총무부장에게 넘긴다.

총무부장이 일지를 받아 살펴본다. 3일 전 오후 4시에 호텔에 도착, 4시 10분에 1501호에 투숙으로 기록되어 있고, 5시 30분 막걸리 한 병, 두부 한 모, 김밥 한 줄, 우유 한 컵이 식사용으로 기록되어 있는 것을 확인하고 도우미를 향해 묻는다. "3일 동안 한 번도 손님을 보지 못했나요?"

"예, 문이 계속 잠겨 있어 전혀 보지 못했습니다."

총무부장이 약간 얼굴이 굳어지면서, "지배인, 조심히 문을 열어 보세요." 하고 말한다. 지배인이 긴장하면서 살며시 문을 열고 안을 살핀 다음, 움찔하며 다급하게 소리친다. "총무부장님, 손님이 침대에 반듯이 누워있습니다!" 총무부장이 안으로 들어가며, 도우미도 따라 들어간다. 총무부장이 누워있는 손님을 조심스레 자세히 살피니, 가느다란 숨소리만 들린다.

그리고 내부의 흔적을 살핀다. 가방의 짐은 서랍과 옷장에 정돈되어 있고, 욕실에는 목욕의 흔적이 남아 있고, 탁자에는 막걸리, 두부, 김밥, 우유 등의 빈 포장이 널려 있고, 옆에는 '세계 고봉 타워' 책자가 놓여 있었다.

총무부장은 한참 생각을 정리한 뒤, 일지를 다시 살피며, "호사인, 호사인…." 하고 뇌까리다가 묻는다. "지배인, 호사인이란 이름 어디서 들어본 이름 아닌가요?"

지배인이 머리를 긁적이며, "기억이 안 나는데요." 하고 어물거린다.

총무부장이 다시 누워있는 손님 앞으로 가서, 여전히 가느다란 숨소리만 내는 손님을 바라보고, 시간을 확인한다. 오후 5시 정각, '사람이 아무리 피곤해도 12시간이면 충분한데, 3일이면 72시간, 분명히 무슨 일이 벌어지고 있는 것이다.'

"지배인, 일단 이 사람의 가족이나 연고자를 찾아 알려야 합니다. 먼저 경찰에 신고하여, 신원조회와 연고자를 찾게 하고, 유니 병원에 연락하여 의사의 진단을 받아 보게 해야 합니다."

지배인이 고개를 숙이며, "예 알겠습니다." 하고 답한다.

총무부장이 "잠깐, 유니 병원에는 내가 의뢰할 것이니, 경찰에 먼저 신고하세요. 그리고 여기는 무엇 하나 건들지 말고, 그대로 보전하세요." 하며 일단 문을 잠근다. 총무부장이 심각한 얼굴로 사무실로 들어와 수화기를 든다. "여보세요. 고봉 타워호텔 총무부장입니다. 유니 병원 원장님이시지요?"

"아휴, 고봉 타워호텔 총무부장이 무슨일로 전화를 주셨습니까?"

"네, 신기한 일이 생겼습니다."

"뭡니까? 그 신기한 일이…."

"우리 호텔에 투숙한 손님이 3일째 깨어나지 않고, 잠만 계속 자고 있습니다."

"그럴 리가 있나요?"

"사실입니다. 그래서 의사를 보내 진료를 해 보았으면 합니다."

"경찰에는 알리셨나요?"

"물론입니다."

"그야말로 신기한 일이군요. 내가 곧바로 내과, 외과, 정신과 의사를 보내겠습니다."

"감사합니다. 원장님." 하며 수화기를 놓는다.

경찰과 의사의 진단

1501호 숙박실에서, 경찰관이 지배인으로부터 근황의 설명을 듣고, 손님을 살핀다. 이불을 젖히고, 상의와 하의를 풀어 외상을 살핀다. 그리고 숨소리를 살핀다. 경찰도 고개를 갸웃하며, "신기한 일이군요." 하고 말한다. 그러고선 지배인을 향해, "그러니까 72시간을 깨어나지 않고, 잠만 자고 있는 셈이군요. 혹시 가족에게는 연락이 되었나요?" 하고 묻는다.

"아닙니다. 신분을 여권 성명밖에 알고 있지 않습니다. 소지품을 조사하시어, 연고자에게 알릴 수 있도록 도움을 부탁합니다."

"물론입니다. 우리의 의무이니까요."

잠시 후, 3명의 의사가 들어온다.

"어서 오세요. 총무부장입니다." 하며 의사를 손님 앞으로 인도한다.

"원장님으로부터 대충 설명은 들었습니다. 그러니까 3일 동안 잠에서 깨어나지 않고 있단 말이지요?"

총무부장이 의미심장한 목소리로 "그렇습니다. 의사님." 하고 말한다.

내과 의사가 청진기를 대고 숨소리를 들어본다. 그리고 맥박을 집어본다. 감긴 눈꺼풀을 적시고, 눈동자를 살핀다. 깊은 생각에 잠긴 내과 의사가 "생명에는 전혀 이상이 없습니다. 아직 환자라고 볼 수는 없지만, 처음 보는 경우입니다." 하고 말한다.

외과 의사가 "우선 외상을 살펴보겠습니다. 경찰관님과 지배인이 같이 했으면 합니다." 하고 말하니 모두가 물러난다.

외과 의사가 지배인의 도움을 받으며, 손님의 옷을 조심스레 벗기며, 머리부터 발끝까지, 자세하게 외상을 자세히 살핀다. 외과 의사가 고개를 흔들며, "외상의 흔적은 전혀 없습니다." 하고 옷을 입힌다. 정신과 의사는 고개를 갸웃하며, 설문지를 만들어, 지배인과 도우미에게 질문한다. "손님의 성명은 누구입니까?"

"여권에, '호사인'이라는 이름으로 적혀 있습니다."

"도우미께서는 호사인이란 손님이 호텔에 숙박하기 위해 들어오는 순간 가장 많이 접했겠군요?"

"맞습니다."

"처음 손님을 맞이할 때의 모습은 어떠했나요?"

"아주 당당하고, 미소 짓는 인상은 아주 건강해 보였습니다. 그리고 미남이고, 매력적인 사나이로 보였습니다."

"무슨 이상한 행동은 감지하지 못했나요?"

"전혀 못 했고요. 오히려 예의 바르고 친절한 사람으로 기억됩니다. 이상입니다."

정신과 의사 역시 원인을 알 수 없으며, 이상하다는 듯 고개를 갸웃한다. 하지만 속으로는 깜짝 놀란다. '분명히 3일 전 비행기에서 같은 좌석에 동석했던 사람이다. 악몽으로 시달려, 땀을 흥건히 적신 채 깨어났다. 그래서 내가 손수건을 주어 땀을 닦게 했던, 그 사람이다.' 당시에는 착륙하여 짐을 내리는 시간이라, 어떠한 대화도 할 수 없었다. 그러나 아직은 비밀로 할 수밖에 없다.

혜지와 가족의 등장

이때 젊고 세련된 여자 한 사람이 경황 없는 얼굴로 들어오면서, "사인아!" 하고 부르고선, 손님 앞으로 다가선다.

총무부장이 앞으로 나서며, "누구십니까?"

"네, 저는 경찰의 전화를 받고 달려온 호사인의 친구입니다."

경찰이 나서며, "'혜지'입니까?" 하고 묻는다.

"네, 맞습니다."

"부모님에게는 연락이 되었나요?"

"네, 조금 있으면 도착할 것입니다."

"자, 그럼 만나서 상봉하시지요."

혜지가 천천히 걸으며, 긴장하는 표정으로 손님 앞에 선다. "사인아, 왜 이렇게 소식 없이 돌아왔니. 네가 들어온다고 미리 연락했으면 공항으로 마중 나갔을 거 아냐!" 하며 눈물을 펑펑 흘린다.

"사인아, 일어나. 어머니, 아버지가 오신다. 너, 부모의 마음을 아프게 하지 마. 알았지, 사인아. 어서 일어나!" 하며 속삭인다. 하지만 호사인은 미동도 하지 않는다.

"누가 호텔 지배인이세요?"

"제가 지배인입니다."

"이렇게 잠에서 깨어나지 않은 지가 몇 시간이 되었나요?"

지배인이 시계를 보며, "73시간째입니다." 하고 답한다.

혜지가 놀라며 비틀거린다. 그러면서 호사인 앞으로 앉으며, 손을 잡는다.

의사가 "안 됩니다. 만지거나 큰 소리를 내면, 충격이 될 수 있습니다." 하며 말린다.

혜지는 의사를 원망스런 눈으로 바라보지만 고개를 끄덕인다.

혜지가 내과 의사를 바라보며, "건강은 어떠한가요?, 생명은 지장이 없나요?" 하고 묻는다.

"네, 호흡도 정상이고요, 맥박도 정상이고요. 눈동자도 정상입니다."

의사의 말에 안도한 듯, 얼굴을 펴며 "그래요, 감사합니다." 하고 이야기한다. 이때, 노부부가 들어온다. 중년을 벗어난 초년생 노인이라 할까! 중후하고, 귀티가 흐르는 정숙한 부부는 담담한 표정으로 주위를 살피다 혜지를 발견한다.

혜지가 먼저 다가와, "아버님, 어머님. 그렇게 걱정 안 하셔도 됩니다." 하며 노부부를 안심시킨 뒤, 호사인 앞으로 인도한다.

오랜만에 아들의 모습을 보는 노부부. 어머니의 눈가에는 벌써 눈물이 가득히 고인다. "아들아!" 통곡하는 소리로 아들을 부른다. 어머니를 혜지가 진정시키며, "어머니 냉정하세요. 아들은 건강에 이상이 없답니다." 하고 어머니를 말린다.

강인한 어머니는 감정을 자제하고선 혜지를 애틋한 표정으로 바라보며, "알았다. 그래, 사정을 알고 싶구나!" 하고 말한다.

"예, 어머님. 사인이는 3일 전 오후 4시에 여기에 숙박하였고, 짐을 정리하고 목욕을 하고 저녁을 먹고 잠이 들었는데, 지금까지 잠에서, 깨어나지 못해서, 경찰에 알리고, 의사를 부르고, 저에게 먼저 연락하여, 어머님께 알리고, 먼저 달려왔습니다."

어머니는 근심하는 얼굴로 조용히 "사인아~ 사인아." 계속 부른다. 눈을 뜨기를 애타게 기다린다. 하지만 거무스레한 얼굴의 호사인은 존경하는 아버지와 사랑하는 어머니, 그리고 좋아하는 혜지가 다가와 깨워보지만, 여전히 잠만 자고 있다.

걱정은 되지만 침착한 상태인 아버지가 주위를 둘러보다 경찰과 의사를 바라보며 인사한다. "수고가 많습니다." 그러고선, "호텔의 책임자는 누구십니까?" 하고 묻는다.

총무부장이 앞으로 나오며 정중히 고개를 숙이고, "총무부장입니다. 심려를 끼쳐 죄송합니다." 하고 인사를 한다. 그리고 지배인과 도우미를 소개하며 그동안의 과정을 설명한다.

설명을 들은 아버지가 심각한 얼굴로 의사들을 바라보며, "이러한 경우의 환자들이 있었나요?" 하고 묻는다.

의사들이 고개를 흔들며, "없습니다. 하지만, 생명과 건강에는 지장이 없으니 일단 안심하셨으면 합니다." 하고 답한다.

비밀 블랙박스 영상

하지만 아버지는 침착하게 주위를 살피며, 총무부장을 향하여, "우리 호사인이 여기에서 들어오는 순간부터 지금까지, 비밀 블랙박스 영상기록을 확인하고 싶습니다." 하고 이야기한다.

총무부장이 난처해하며, "경찰서장의 동의서가 있어야 합니다." 하고 경찰관을 바라본다.

경찰관이 시원하게, "간단합니다. 여기서도 전자결재로 서장님의 동의를 구할 수 있습니다." 하며 핸드폰으로 인터넷 접속을 한다. 약간의 시간이 지난 뒤, "서장님의 동의가 인증되었습니다." 하고 이야기한다.

경찰관의 소리에 총무부장이 아버지를 바라보며 묻는다. "열람은 가족만 하시겠습니까?"

아버지가 잠깐의 생각을 한 뒤, "의사와 경찰도 모두 같이 영상기록을 열람했으면 합니다." 하고 답한다.

"그럼 모두 나를 따라오시지요." 하며 총무부장이 앞장서서 영상 기록실 앞으로 안내한다.

그리고 모두 영상 기록실 옆방으로 안내되어, 화면을 향해 의자에 앉는다. 그리고 지배인이 시간과 1501호의 객실을 입력하니 영상이 나타나기 시작한다. 공항의 리무진 버스가 고봉 타워호텔 앞에 나타나자, 두 번째로 버스에서 내리어 짐을 꺼내는 모습과 도우미에 안내되는 모습이 아주 선명하게, 건강한 모습으로 보인다. 호사인의 어머니가 "사인아."를 연발하며 부른다. 혜지도 사인의 모습을 보며 마음이 떨린다. 계속하여 고속엘리베이터를 타고, 1501호층에 내리는 모습, 도우미에게 열쇠를 받아 객실로 들어가는 모습과 도우미가 인사하고 나오는 모습까지 생생하게 보인다. 아버지와 의사와 경찰은 영상의 기록을 메모하며 혹시라도 이상한 일이 없나를 기록한다.

한참 후에 객실을 나와 현관에서 타워 고속엘리베이터를 타고, 타워 스카이 휴게실에 내린다. 호사인이 도우미에 안내되어 한 장소의 테이블에 앉아 쌍화차를 시키며, 1만 원 지폐를 도우미에 주며 계산한다. 호사인은 차를 마시며, 어두움이 깔리고, 네온의 등불이 탄생하듯, 여기저기서 켜지는 모습을 바라보며, 새로운 야경의 세상을 호기심이 가득한 눈으로 바라보며 경탄한다. 남산의 타워가 아래로 보이며, 한강 물이 굽이굽이 흐르는 모습과 한강 다리들의 모습이 휘황찬란한 빛을 발하며, 한강을 따라, 올림픽 도로와 강북 도로의 가로등 빛과 고층의 수많은 빌딩과 복합건물들에서 나오는 조명 빛이 어우러져 환상적인 야경을 만들어 내고 있었다. 조금 있다 그는 다시 객실로 돌아간다.

그리고 다음날, 도우미가 벨을 누르고 노크하나 기척이 없다. 그다음 날도 도우미가 벨을 누르고 크게 노크한다. 도우미가 고개를 갸웃하며, 지배인에게 알린다. 3일째, 지배인이 총무부장에게 알리고, 경찰에 알리고, 유니 병원에 알리는 영상기록까지 보며, 영상의 기록이 막을 내린다. 그리고 모두가 다시 객실로 돌아온다.

호사인은 여전히 누워서 자고 있다

가장 먼저 정신과 의사가 말을 한다. "부모님이나 친구분은 호사인의 정신의 상태에서 전혀 이상을 느끼신 적이 없나요?"

어머님이 강하게 부인한다. "전혀요. 대학에서도 열심히 공부하여 원하는 직장에 들어갔고, 인정을 받았습니다. 30세가 넘어서 직장을 퇴직하고, 세계

일주한다고 하여 강하게 말렸지만, 고집을 꺾지는 못했답니다."

"알겠습니다. 친구분은 호사인 님의 정신감정에 이상을 느끼지 못했습니까?"

혜지는 마음을 정리하고, 정신과 의사를 바라보며, 이야기한다. "사인은 어디서나 낙천적이고, 쾌활하여 인기가 많았고, 취미가 여행인지라 국내외를 많이 돌아다녔답니다."

이어서 내과 의사가 말한다. "음식물을 식약청에 알리어 분석해 보면 합니다."

경찰관이 나서며, "우리가 식약청에 의뢰하겠습니다." 하고 말한다.

"현재까지는 호텔 측의 문제는 전혀 없는 것 같습니다." 아버지는 이렇게 말하고서는 총무부장을 바라보며, 어떤 답변을 기다린다.

총무부장이 무겁게 입을 연다. "우리 호텔에서 사고의 경위가 일어난 데에 유감을 표합니다. 우선 손님을 유니 병원으로 옮기어, 간호와 정밀검사로 잠에서 깨어나도록 조치를 함이 우선이라 생각합니다."

아버지가 타당한 결정이라 생각하며, 의사와 경찰의 동의를 구한다. 의사와 경찰도 이에 동의하여, 총무부장의 의견에 따르기로 결정한다.

유니 병원 특수실로 입원하다

호사인은 유니 병원 특수실로 인계되어 정밀검사로 원인을 찾아본다. 10일이 지나고 20일이 지나도, 호사인은 잠에서 깨어나지 못하고, 가늘게 숨만 쉬며 누워있다. 이 소식은 해외토픽에서도 다루어지며, 수많은 사람들의 자문이 들어오나 다 허사가 되고 만다.

어머니와 혜지는 번갈아 호사인을 지키고, 아버지는 백방으로 잠에서 깨어날 수 있는 비법을 찾아 헤매고, 호사인의 절친, 철중이와 친구들은 매일 병원을 찾아서 안위를 확인하고, 밖에서는 세계의 기자들이 몰려들어 진을 치고 하여, 세상의 이목이 집중되고 있었다. 그리고 33일이 흐르지만, 여전히 변화는 없다.

18장
관광의 천국

제15일

    먹고 자고 입는 것이 해결되고, 생활에 필요한 통화가 풍족하게 있으면, 인류는 나태하고 게을러져 삶에 의미를 잃어버리기 쉽다.
    유리 행성 유람들은 이 모든 것이 갖추어져 있다. 그래서 필요한 것이 관광 예술 분야를 활성화시키는 것이다. 그러므로 오늘은 관광 예술부를 방문하기로 한다.

    호사인과 수로 아가 비행차에 오른다.
    "오늘은 지방 '도' 행정에 있는 관광 예술부를 방문합니다." 하는 말과 동시에 비행차는 분화하여 하늘을 날기 시작한다.
    "호기심이 많아집니다. 관광 예술부에 대해서." 호사인은 천진하게 수로 아를 바라보며 웃는다.
    한참을 날아가니, 비행차 유리에 점점 성에가 끼어 뿌옇게 변한다.
    "공기가 차군요." 하고 말하고선 수로 아가 섬섬옥수로 성에 제거 버튼을 누른다. 창이 맑아지며, 창밖이 아주 투명하게 보인다. 하늘은 구름 한 점 없이 맑고 깨끗하다. 우애가 깊은 갈매기가 'V' 자를 그리며, 한없이 먹이 있는 환경을 찾아 날아간다. 그들은 비행차와 경쟁이라도 하듯 같은 방향으로 날아가다가, 따라오지 못하고 점점 뒤로 멀어진다. 이렇게 상당한 시간 동안 하늘을 날았지만, 어디에나 문명의 흔적은 나타나지 않는다. 30~50m 높이의 나무들이 산과 들에 숲을 이루고 있기에, 고을을 지나도 보이지 않는다. 한없이 넓고, 광활한 들과 산이지만, 가지를 쳐주고, 낙엽을 쳐 주며, 나무들이 원 없이 자라도록 관리해 준다.
    수로 아가 호사인을 바라보며, "동방의왕의 초대 유리왕 시대에는 모든 유람은 하루에 10시간의 힘든 노동을 했었지요. 모두가 풍족한 생활을 위해서입니다." 하고 말한다.

호사인이 수로 아를 바라보며, "그때는 자급자족의 시대요. 농경 사회요. 물물교환이 일어났던 시대이겠군요." 하고 이야기한다.

수로 아가 감동하며, "맞아요. 하지만 단순직 개개인의 기능이 전문직으로 대량의 생산이 이루어지면서, 노동시간은 8시간으로 줄었지요. 그 후, 과학이 생산에 접합되면서, 노동시간은 6시간으로 줄었지요." 하고 설명한다.

"여유와 시간이 많아졌겠군요. 쉬는 날은 없었나요?"

"여기서도 지구 행성과 비슷한 7일제를 이용하고 있답니다. 초대 유리왕 시대부터 6일 일하고, 하루를 쉬는 제도였답니다."

"그러면 과학이 생산에 접합되면서, 7일제에서 6일 동안 일한 시간이 6시간으로 줄었다는 말이군요."

수로 아가 호기심 많은 호사인을 바라보며, 고개를 끄덕인다. "일주일 중 4일만 일하게 되고, 연 2개월의 휴월이 있게 된 것은 과학의 발달로 로봇이 유람의 일을 대신할 수 있게 되어 가능한 것입니다."

깊은 명상으로 호사인은 지구의 문명을 바라본다. 과학 문명이 발달하여, 기계화, 전문화, 기능화, 산업화, 자동화, 전산화 등으로 능률화가 이루어졌지만, 인류 전체의 삶은 좋아지지 않고, 소수의 혜택으로, 일부만의 낙원으로 변해가고, 대부분은 과학 산업화가 낳은 공해와 폐기물 쓰레기, 일자리 부족, 가난과 질병, 전쟁 같은 기근으로, 피폐한 삶으로 전락하고 있다.

호사인은 마음이 답답해진다. 누가 지구 행성의 인류를 구할 것인가! 문명 과학을 이용한 소수의 탐욕가들이 무기를 만들어, 분쟁을 유도해 전쟁을 일으키고, 이를 이용해 끝없는 부를 축적하면서, 그 부를 이용해 인류를 지배하면서, 지구 행성을 피폐하게 만들어가고 있다. 호사인은 지구 문명의 모순에 큰 책임이 있는 것처럼 신음하고 있다.

이러한 마음을 알기라도 한 듯, 수로 아가 다정하게 말한다. "당신은 지구 행성으로 돌아가 여기서 보고 들은 것을 전하기만 하면 된답니다."

천사 같은 수로 아의 위로에, 호사인도 마음이 밝아진다. 그러면서, "알겠습니다, 선생님." 하며 아양으로 화답한다.

"유리의 유람들은 이렇게 일하는 시간이 적기 때문에, 많은 시간을 어떻게 행복하게 지낼까 하는 문제로 관광 예술부의 기능이 다양하게 발달해 가고 있습니다." 수로 아가 설명을 이어간다.

호사인은 "유리 행성이야말로 첨단과학의 혜택이 모든 유람에 고루 분배되는구나!" 생각한다.

평지같으면서도 낮은 동산들이 연결되어 있고, 가물가물 건물의 창들이 보이는 새싹의 잔디 위에 비행차가 살며시 안착한다. 차에서 내리니 찬바람이 옷깃을 스친다. 호사인은 나무들의 신비한 세상을 보는 듯 주위를 살핀다. 어린 시절 만물이 소생하는 봄기운이 역력하다. 호사인과 수로 아는 안내 전광판을 발견하고 가벼운 마음으로 걸음을 옮긴다. 안내지도 중심에는 '도' 지방행정부가 있고 주위에 학교와 이름 모를 건물이 수없이 늘어져 있다.

수로 아가 안내지도안의 '도' 지방행정부 안의 관광 예술과의 버튼을 누르니 음성이 들린다. "어서 오세요. 호사인 님, 수로 아 님, 조금만 기다리세요. 예 티 안내를 보내겠습니다." 하는 음성이 들린다.

호사인은 이 새로운 세상을 바라보며, 생명 탄생의 비밀이라도 알 듯 말 듯 호기심을 자아내며 수로 아에게 미소를 보낸다.

꽁꽁 언 추운 겨울을 보내고 따뜻한 봄이 되며 새롭게 피어나는 생명, 호사인은 자기도 모르게 "따뜻한 에너지!" 하며 놀란다. 그리고 열, 빛에너지에 생명 탄생의 비밀이 있지 않을까 하는 생각에 이른다.

이때 깜찍한 예 티가 마차를 타고 나타나 마차에서 내리며 호사인과 수로 아에게 공손히 인사를 한다. "안녕하세요? 수로 아님, 호사인 님. 저는 예 티입니다. 마차에 오르시면 주인께 안내하겠습니다."

"고맙다, 예 티." 하고 답례하며 수로 아와 호사인이 마차에 오르니 마차가 출발한다. 마차라고는 하지만 말이 끄는 것이 아니고 동력으로 움직인다.

"여기는 굉장히 넓답니다. 그래서 우리의 안내 마차가 아니면 가고자 하는 곳을 찾기 힘듭답니다." 하며 공치사를 한다.

행정도시의 도로는 넓지는 않지만, 바둑판처럼 바르고 일정하다. 그리고 좁은 도로지만 주변에는 아담한 나무들이 죽 늘어져 있다. 20분을 달리니 드디어 목적지에 도달한다. 예 티가 '관광 예술과'를 가리키며 안내하고 사라진다.

그러자 안에서 아주 매력적인 여 유람이 환하게 웃으면서 나와 유쾌하게 호사인과 수로 아를 반기며 인사한다. "어서 오세요. 지구 행성을 만난 기분입니다. 수로 아 님도 너무 반갑습니다! 나는 은하 예술과장입니다."

호사인과 수로 아가 동시에 "은하 과장의 친절에 감사합니다." 하며 답례한다.

"이리 오시지요." 하며 친절한 은하 과장이 예술적 감각으로 잘 꾸며진 접견실로 안내한다. 탁자 위에는 향기로운 꽃바구니에 화사한 꽃이 피어 손님을 반기듯 인사하고 있었다.

타원형 탁자 주위의 의자에 자리를 권하고, 은하 과장이 옆으로 앉는다.

호사인과 수로 아의 맞은편에는 하얀 벽면이 있고, 왼쪽에는 창문이 있어 밖의 풍경을 볼 수 있다. 오른쪽 벽에는 고풍스러운 그림이 그려져 있으며 천정에는 예쁜 빛을 만들어 내고, 네 벽의 아래 바닥에는 화분들이 예쁜 꽃을 피우며 향기를 뿜어내고 있었다.

피부가 빛나는 은하 과장이 즐거운 표정으로 "잠깐만 기다리세요. 차를 만들어 드리겠습니다." 하며 자리를 뜬다.

호사인과 수로 아는 자리에서 일어나 오른쪽 벽면의 고풍스러운 그림을 바라본다. 초라한 궁전의 뜰에서 아주 세련된 남녀가 검법을 겨루는 장면이다. 아래는 수수한 왕과 신하들이 의자에 앉아 구경하고 있는 모습이다. 그리고 주위에는 검법사들이 서서 구경하고 있었으며, 결투가 치열하여 주위의 나무들이 심하게 흔들리고 있는 그림이다.

호사인은 검법을 겨루는 청춘남녀가 낯설지 않다. 호사인이 고개를 갸우뚱하자, 수로 아가 그림의 내용을 설명한다. "이 그림은 초대 유리왕이 세상을 완전히 장악하기 전의 시대에 있었던 그림입니다. 당시에 4성검이 태약의 무리를 제거하였지만, 그들을 추종한 뿌리가 워낙 강했기 때문에 끝없는 반란이 일어났지요. 이때 유리왕의 경비를 후성과 소냐가 밤과 낮으로 담당했으며, 경비의 교대 시간에는 후성과 소냐가 결투를 하며 경비사들에게 검법을 선보여 가르쳤답니다."

호사인이 놀라며 "그렇다면 결투의 남 유람은 주성진 성검의 수제자 '후성'이고, 여 유람은 도시진 성검의 딸 '소냐' 아닌가요?" 하고 이야기한다.

"맞습니다." 수로 아가 답한다.

다감한 은하 과장이 차를 준비해 자리를 같이한다. 호사인을 바라보고 웃으면서 "차를 드시지요." 하며 차를 권한다.

호사인이 차를 한 모금 음미하며 "차의 맛과 향기가 일품입니다." 하며 극찬하니, 수로 아가 동의하며 웃음을 띠며 고개를 끄덕인다. 차를 마신 뒤 은하 과장이 예술과를 소개한다.

"우리 관광예술과는 유람이 제일 많이 필요하며 다양한 예능 기술이 발전되고 있답니다. 다른 부는 로봇이 일을 거의 다 맡고 있지만, 예술부는 로봇으로 대체가 안 되어, 거의 유람들이 직접 해야 하는 부서랍니다. 마치 공부를 로봇이 대신할 수 없는 것과 같답니다. 일주일에 4일 일하면서 그것도 오전 3시간, 오후 3시간, 또 1년에 2개월 휴가가 있으니 많은 시간을 관광으로 즐길 수 있지요. 그러므로 이 많은 남는 시간을 행복하게 즐기기 위해서 관광예술부가 필요하며 '예능' 기술 개발을 위해 많은 학교가 늘어나고 있답니다."

호기심 가득한 호사인이 고개를 크게 끄덕이며 "유람들은 어떤 예술을 가장 즐깁니까?" 하고 묻는다.

"대부분의 유람은 지식과 지혜를 탐구하는 독서를 좋아한답니다. 그다음으로 춤과 노래입니다. 여기는 사랑과 성이 개방되어 있습니다. 결혼하여 30년은 부부가 이혼할 수 없게 엄한 의무로 규정되어 있지만, 30년이 지나면 마음대로 이혼하고, 자기가 좋아하는 새로운 유람과 만나 다시 결혼할 수 있답니다. 그리고 새로운 사랑의 만남은 거의 춤을 통해서 이루어집니다. 춤은 일상의 여가가 되었답니다."

궁금증이 더해진 호사인이 이상히 여기며 "왜 결혼이 30년으로 묶여 있고, 30년이 지나며 자유로워지나요?" 하고 묻는다.

"당연한 질문이지요. 지구 행성의 문화와 다른 면이 많으니까요. 30년의 강제 규정은 아이를 낳고, 교육하고, 결혼하기까지 약 30년 동안 따뜻한 부모, 보살핌의 가정이 필요하기 때문입니다. 그러나 평균 수명이 125세인데 그 긴 시간 부부가 같이 산다면 사랑의 로맨스가 싫어져 유람의 낙이 없어지기 때문입니다. 하지만 부부가 일심동체로 평생을 산 부부도 아주 많답니다. 그래야 자녀들과 사랑이 넘치기 때문이랍니다."

호사인은 생각에 깊이 잠긴다. 지구 행성 남녀가 부부가 되어 평생을 사랑으로 금실 좋게 사는 부부가 얼마나 될까? 사회적 제도와 규약 때문에 사랑 없이 의무적으로 사는 행복이 없는 부부가 얼마나 많은가. 후자가 훨씬 많겠다는 생각이 든다. '유리의 제도는 개인의 행복을 어떻게 사회가 보장해 주는가에 초점이 맞추어졌구나.' 하고 생각하게 된다.

"우리 예능과는 많은 시간을 뜻있고 행복하게 보낼 수 있는 수많은 예능프로그램을 창작하고, 개발하여 많은 예능인에게 가르쳐, 행복 도우미를 양성하고 있답니다. 각 고을의 문화관에 춤과 노래, 스포츠, 각종 예능을 지도하는 선생은 모두 관광 예능 학교에서 양성합니다."

호사인이 고개를 갸웃하며, "행복 도우미는 모든 유람의 관광 시간에 열심히 근무해야 하는데, 추가 근무가 필요하지 않나요?" 하고 묻는다.

은하 과장이 한참을 생각하다 답한다. "호사인의 나라에서도 경찰이나 소방 근무자는 휴일에도 근무해야 하는 것처럼 여기서 행복 도우미도 마찬가지입니다. 하지만 근무 시간은 모든 유람의 시간과 다르지만, 근무 시간은 추가하지 않는답니다."

호사인은 은하 과장의 설명에 만족하며 고개를 끄덕인다. 수로 아가 나서 설명한다. "점심을 먹고 오후는 현장방문이랍니다."

"점심시간이 되었습니다." 은하 과장이 일어서며 안내한다. "2층으로 된 이 건물은 모두 식당 건물입니다. 3,000 유람의 학생이 점심을 먹는 식당이랍니다." 은하 과장이 식당의 가운데 복도를 지나면서 "식당의 출입문은 양 밖에 있습니다." 하고 설명하면서 앞장서 지나간다. 식당마다 벌써 학생들이 들어와 아주 즐거운 표정을 짓고 있다. 왁자지껄 소리가 귀를 울린다. 식당은 한참을 가도 끝이 없는 것처럼 보이며 파고처럼 건축되어 있었다.

드디어 끝이 보이며 식당 안으로 안내한다. 식당의 시작부터 끝까지 일부로 복도를 걸으며 식당의 규모를 알리려는 배려가 있는 듯이 보였다.

안내된 식당은 상당히 넓었다. 은하 과장과 호사인, 수로 아가 들어서자 모든 유람 예능 선생이 일어나 손을 흔들며 "호사인, 호사인! 수로 아!"를 연발하며 탄성을 지른다.

은하 과장이 손을 들어 자제를 시킨 뒤 호사인을 향해, "모두가 예능을 가르치는 선생들입니다. 지구 행성에서 온 호사인을 환호하고 있는 것입니다. 소개와 소감을 말씀하시지요." 하고 이야기한다.

수로 아가 "쉽고 편하게 소감을 말하면 됩니다. 근사하고 고상한 수식어로 말하려고 하지 마세요." 하고 북돋아 준다.

호사인의 마음이 편안해지면서 입이 열린다. "여러분의 환호에 감사합니다. 지구 행성에서는 예술인 하면 선망과 존경의 대상이 된답니다. 여러분은 그 예술인을 가르치는 선생님입니다. 그래서 마음이 떨렸답니다. 그러나 수로 아님의 도움으로 지금은 마음이 편안합니다. 여러분의 개성과 미모, 아름다움을 지구 행성 인이 본다면 눈부신 천사로 여길 것입니다. 지구 행성에서는 수많은 종교가 있으며, 다는 아니지만, 종교마다 내세관을 두어 종교를 믿는 신앙인에게 소망을 갖게 하고 있답니다. 대표적으로 천국이나 극락 같은 내세관인데, 그곳은 모두가 부유하고, 모두가 아름다우며, 시기, 질투, 미움이 없으며, 차별이 없으며, 사랑만 가득한 곳으로 현세에 종교를 믿고 선하고, 착한 일을 하면 사후에 천국이나 극락에 갈 수 있다고 가르칩니다. 그러나 놀랍게도 여기는 현세에 이미 천국과 극락이 이루어져 있군요. 그리고 이것이 바르고 실리의 교육과 빈틈없는 제도로 이루어져 있다는 것을 느낄 수 있었답니다. 천국보다 더 아름다운 이곳에서 영원히 살고 싶다는 생각이 간절하며, 여러분을 만나니 꿈처럼 기쁩답니다." 우레와 같은 박수가 이어진다.

식사는 어디서나 비슷하게 꿀밥과 영양 차다. 꿀밥은 처음 씹을 때는 맛을 느끼지 못하지만 씹을수록 담백하고 맛이 있다. 거기다 영양 차를 한 모금씩 마시면 씹는 입안이 더욱 달콤해진다.

여기의 식사 문화는 아주 간단하여 심심할 따름이다. 하지만 이로 인해 어떠한 음식 쓰레기도 발생하지 않으며, 식사 회사에서 과학적으로 영양칼로리를 조절하기 때문에 원활한 건강 유지에 충분하다.

지구에서는 음식 쓰레기로 얼마나 많은 환경을 오염시키고 있는가!

나무들의 생존 전쟁

식사를 마치고 호사인과 수로 아는 은하 과장의 안내로 뒷동산 산책을 한다.
동산은 나무들을 방목하니 나무와 가시덤불, 갈대 등이 어우러져 빽빽한 숲을 이루고 있었다. 산책로는 단단한 철조망으로 터널처럼 구조되어 있어 잡목과 맹수들의 침략을 막아내고 있었다. 나무들이 철조망 위로 덮어 울창하지만 크게 자란 나무는 없었다.

가운데 호사인을 두고 양쪽에 은하 과장과 수로 아가 나란히 걷는다. 은하 과장이 숲의 나무들을 가리키며 이야기한다. "나무들도 생존 경쟁이 치열하답니다. 그들도 종의 생존을 위해 종족을 번식시키며 치열한 영역 다툼을 벌인답니다. 저 나무들은 소나무 군단이랍니다. 저 소나무 아래에서는 어떤 종의 식물도 자라지 못합니다. 소나무가 자기의 영역을 지키기 위하여 소나무의 무기인 독성을 아래로 뿌리기 때문에 다른 식물들은 침범할 수 없지요. 하지만 칡 식물은 소나무의 천적이지요. 칡 줄기가 소나무를 타고 올라가 넓은 입으로 소나무를 덮어 버리면 소나무는 햇빛을 못 받아 죽어버리지요. 저기를 보세요."

은하 과장이 가리키는 곳을 호사인과 수로 아가 바라보니 상당히 넓은 지역이 칡으로 가득하였다.

"저 지역은 소나무 지역이었는데 칡이 소나무를 죽이고 차지하고 있답니다. 하지만 저 칡 식물도 억새가 천적이랍니다. 억새 풀씨가 칡 줄기 사이로 떨어지면 그 줄기 사이로 올라와 빠르게 번성합니다. 칡 줄기와 이파리가 마침내 억새 풀 아래로 잠기면 칡은 억새 풀에 영역을 빼앗기게 됩니다. 그리고 그 억새 풀 지역을 다시 소나무가 침범하며 소나무가 지역확장을 하면서 돌고 돌지요."

호사인은 무심하게 보았던 식물의 세계도 자기의 종 식물을 보호하기 위하여 치열한 경쟁을 한다는 것이 참으로 놀라웠다. 호사인은 '새로운 시선으로 동산의 숲들을 바라보니 식물들도 살아남기 위해 저렇게 치열히 경쟁하고 있구나, 산다는 것은 식물이나 동물이나 차이가 없구나' 하는 생각을 하게 된다.

동산 정상의 정자에 오르니 사면이 환하게 보이며, 자연 그대로의 모습으로 온 식물이 뒤엉켜 자라고 있었다.

호사인이 고개를 갸웃하며, 수로 아와 은하 과장을 바라보며, "여기 산들의 나무숲은 관리가 안 되고, 자연으로 방치하고 있는데 왜 그러지요? 깊고 험한 산들의 나무도, 관리한다고 하지 않았나요?" 하며 묻고는 수로 아를 바라본다.

은하 과장이 호사인을 바라보며, "여기 보이는 숲들은 자연 숲으로 식물들의 자연 생태계 공원으로 식물들의 생존경쟁을 연구하는 자연공원이랍니다." 하고 이야기한다.

호사인은 고개를 끄덕이며 "그렇군요." 하며 사면의 숲들을 다시, 한 번 의미 있게 바라본다. 너무도 다양한 나무와 식물들과 새들이 어우러져 조화를 이루며 화려한 자연의 미관을 만들어 냈다.

그리고 그들은 하산하여 오후의 시청각 탐방으로 예능 프로를 보기 시작한다. 호사인과 수로 아가 나란히 앉고 옆으로 은하 과장이 앉아 맞은편 화면의 내용을 설명한다.

화면에는 넓은 실내 공간에 경건한 자세로 독서하는 유람들의 모습과 화려한 춤을 배우는 영상이 나타난다. 이어서 20여 가지의 춤은 모두가 개성 있고, 화려하고, 흥이 나고, 신나는 춤이었다.

은하 과장은 "유람의 행복은 남녀가 마주 보며 춤을 출 때 가장 행복하답니다. 오전 수업은 모두 강의 수업이고 오후는 이렇게 실기 연습을 합니다." 하고 설명한다.

다음은 음악 시간이다. "우리의 예술부에는 음악을 하는 학생이 가장 많답니다. 노래는 마음을 언제나 즐겁고, 흥겹게 만들기 때문에 모든 유람은 노래를 배우는 데에 적극적이랍니다."

그리고 노래를 부르고 가르치는 영상을 차례로 보여준다. 영상의 유람 학생들은 마치 음악을 위해 태어난 유람처럼 기쁨이 가득하며 천상의 자녀처럼 느껴진다. 다음의 영상들은 악기를 배우는 학생들의 모습이다. 피아노와 이름 모를 수많은 악기를 열심히 연습하고 있었다.

다음은 스포츠 영상들이 나오고 있었다. 여기서도 건강은 적당한 운동이란 인식을 하고 있다는 은하 과장의 설명이 있으며, 격렬한 스포츠도 많이 즐긴다고 설명했다. 영상은 수많은 스포츠의 단체종목과 단일종목들이 보이며 땀을 흘리며, 모두가 열심히 운동을 배우고 있었다. 이어서 성검을 배우는 도원장도 선보인다. 그리고 직접 검사들의 결투도 선보인다.

호사인은 신이 나서 검사들의 결투를 신명나게 호기심을 가지며 감상하다, 감탄으로 변한다. 검사들의 실력이 대단하기 때문이다. 물론 당시의 5성검의 실력에 비하면 뒤지지만, 그래도 대단한 실력이고, 호랑이나 사자도 한 방에

날릴 수 있는 실력이라 평가된다.

　다음 영상에서는 각자 취미를 배우고 있었다. 놀라운 것은 여기서도 바둑을 배우고 있었다. 양인이 경건한 자세로 마주 앉아 바둑을 놓는 모습은 신선해 보이기까지 하였다.

　장기를 배우는 학생도 있었다. 코믹하게도 장기를 물려달라며 사정하는 모습도 보였다.

　그리고 또 이름 모를 수많은 취미를 배우고 있었으며, 붓글씨를 배우는 학생들의 영상에서 보이는 작품은 글인지 그림인지 분간하기 힘들 정도로 예술적으로 아름다웠다.

　다음 영상은 개그를 배우는 학생들이 있었는데 언어와 행동들이 보기만 하여도 웃음이 나왔다.

　이밖에 수많은 예능을 배우고 있었으며, 이들이 졸업하면 각 고을의 문화회관과 관광지에 근무하면서 모든 유람에게 즐거움과 행복을 준다는 것이다.

　영상의 교육 시청을 마치니 오후 5시가 되었다. 오후 근무가 2시부터 5시이니, 은하 과장이 근무를 종료할 시간이다. 은하 과장은 호사인과 수로 아를 직접 비행차가 있는 곳까지 마중나와 따뜻한 석양의 봄빛을 받으며 석별의 정을 나누었다.

　비행차가 이륙할 때는 해가 서천에 있었지만, 집에 돌아오니 하늘에 초롱초롱한 별들이 밤하늘을 가득히 수놓고 있었다.

　호사인은 밤하늘의 별들이 총총히 가까운 곳에서 반짝반짝 빛나는 모습을 바라보며, '이렇게 아름다운 밤하늘인데 도시의 문명에 가려져 있었구나!' 하고 생각한다.

　그리고 토 티가 반갑게 인사하며 반긴다. 마치 애완견처럼! 그러면서 식탁으로 안내한다.

　여기의 식사 문화는 아주 심심할 정도로 단조롭다. 하지만 음식쓰레기가 제로니 얼마나 실리적인가. 여기 유람이야말로 유리 행성을 내 몸처럼 사랑하고 있지 않은가. 호사인은 수로 아를 바라보며 "당신들은 너무 아름답습니다." 하고 말한다. 이 밤도 호사인은 행복한 하루를 마무리하고 있었다.

19장
유리 행성을 지키는 방위부

제16일

　지구 행성의 200여 개 크고 작은 국가들은 저마다 국가를 지키는 국방부가 있다. 각 국가는 국방 무기가 얼마나 첨단화되었느냐에 따라 국가의 국력이 달라진다. 서로가 강대국이 되기 위하여 무기 개발은 필수이다. 하지만 유리 왕국은 하나의 국가다. 왜 방위부가 필요한가? 오늘은 방위부를 방문한다. 그 역할이 무엇일지 궁금해진다.

　상쾌한 아침, 호사인과 수로 아는 식탁에 마주 앉는다. 창가의 햇살은 맑고 깨끗하여 향긋한 마음을 만들어 준다. "오늘은 마지막 유리 행성 방위부를 탐방합니다. 지구 행성에서는 각 나라의 국방부 같은 것이지요."

　호사인이 의아해하며, "여기는 유리 왕국이며, 대립할 국가도 없는데 무슨 방위부가 필요하지요?" 하고 묻는다.

　"유리 행성을 지켜야지요."

　"누가 유리 행성을 침범하지요? 내부의 적이라도 있나요?"

　수로 아가 고개를 저으며, "우주 공간에는 유리 행성을 노리는 적들이 아주 많답니다." 하고 답한다.

　호사인이 더욱 궁금하여 질문하려 하나 수로 아가 손을 내젓는다. "방위부 탐방에서 물어보면 됩니다." 하며 선을 긋는다.

　호사인은 할 수 없다는 듯 주제를 돌린다. "오늘의 방문지는 어디이지요?"

　"5252입니다."

　"걸리는 시간은요?"

　"4시간입니다."

　"그렇다면 4000km의 거리입니까?"

　수로 아가 고개를 끄덕인다. 수로 아가 호사인을 바라보며 "오늘은 마지막 탐방이며 내일부터는 8일 동안 세계관광을 합니다. 그리고 마지막 날에는 통왕을 오전에 만나고, 오후에는 석별의 파티를 마치고, 저녁에 당신은 여기를

유리 행성을 지키는 방위부

떠나게 됩니다."

　호사인은 슬픈 표정을 하며 수로 아를 바라보고, "여기가 너무 좋아요." 하고 속삭인다.

　하지만 수로 아는 단호한 눈동자로 "당신은 지구 행성을 구해야 합니다. 부모와 형제, 친구가 있지 않나요?" 하고 말한다.

　호사인이 너무 민망하여 안절부절못하는 사이에 수로 아가 가까이 다가온다.

　"지구 행성의 인류는 아름다워요. 그 인류를 위해 나는 청춘을 바쳤답니다."
　호사인이 눈물을 주르르 흘린다. "나는 나쁜 놈이에요."

　수로 아가 안았던 팔을 밀어내며 호사인의 눈물을 닦아준다. "인류의 본능은 이기적이고, 단순하나, 위대한 문명의 사랑 정신은 바다보다 넓답니다." 호사인이 고개를 끄덕이며 환하게 웃는다.

　비행차는 신비한 햇살을 받으며 하늘을 쏜살같이 달리나, 호사인과 수로 아는 아름다운 자연의 그림을 감상하며 창밖에 시선을 집중하고 있다. 산을 넘고, 계곡을 지나며 강을 건넌 다음 다시 높은 산의 등산을 지나 깊은 협곡을 지나며, 나무들이 작아지고, 갈대가 우거지고, 눈들이 보이며 눈들이 쌓이고, 높은 바위 위에 육식의 매들이 날카로운 부리를 날름거리며 매서운 눈빛을 발하여 먹잇감을 찾고 있으며, 갈대밭에는 멧돼지가 어실어실 기어다니고, 나무숲 속에는 새들이 이리저리 분주히 날아다니고, 호랑이가 멧돼지와 사슴과 늑대를 번갈아 바라보며, 표적을 저울질하고 있으며, 길고 큰 살모사가 머리를 1m나 높이 들어 먹잇감을 찾고 있으며, 하늘의 갈매기는 부지런히 북쪽을 향해 날아가고 있으며, 북쪽의 찬 공기는 남쪽의 더운 공기를 사정없이 밀어내어 거센 바람을 일으키며, 만물을 흔들어 대고 있었다.

　수로 아와 호사인이 탑승한 비행차는 어느 높은 산을 빙글빙글 돌며 정상을 오르고 있었다. 주위에는 온통 눈과 빙산으로 덮여 있으며 한눈에 보아도 정상이 아주 높은 산임을 알 수 있었다. 설경과 빙산이 등선과 골에, 기괴한 절경을 만들어 내면서 아름다움의 극치를 만들고 있었다. 이러한 저온의 하늘을 제 세상인 양 활보하는 새들이 비행차를 먹잇감인 양 달려들다, 가까이 접근하면서 괴물로 변하는 비행차를 보고 잽싸게 도망가며 길을 비키고 있었다.

한참을 돌면서 정상을 향해 달리는 비행차가 드디어 정상 위로 우뚝 솟아올랐다. 그런데 놀랍게도 상당히 넓은 정상의 가운데는 잔디가 파란빛을 내며 자라고 있었다. 비행차가 낙하산을 펴, 잔디 위에 일직선으로 내리니 무엇인가 위를 덮으며 잔디 장이 아주 따뜻한 느낌을 주었다.

그리고 호사인과 수로 아가 비행차에서 내리니 전혀 춥지가 않았다. '참 이상하구나' 하고 호사인은 속으로 생각한다. 이때 예쁜 안내원이 나타나 "안녕하십니까? 호사인 님, 수로 아 님. 저는 방위 과장님의 명을 받아 두 분을 모셔 오라는 명을 받은 '방 티' 입니다."

수로 아, 호사인이 입이라도 맞춘 듯 동시에 인사한다. "안녕, 방 티. 그런데 왜 춥지가 않은 거지?"

방 티가 만족한 듯 웃으며 "하늘을 보세요. 까만 선이 보이지요?" 하면서 들고 있던 리모컨의 버튼을 누르니 까만 선이 갈라지면서 심장을 찌르는 찬 공기가 들어와 얼굴을 강타한다. 방 티는 잽싸게 리모컨으로 조정하여 찬 공기를 막으면서 "여기는 특수 비닐 유리로 하우스가 되어 찬 공기를 막으며 온방을 하고 있기에 따뜻하답니다." 하고 말한다.

호사인과 수로 아가 놀라며 고개를 크게 끄덕인다. 수로 아가 물었다. "우리를 어디로 안내할 거니?"

방 티가 방향을 가리키니, 여러 개의 큰 공들이 모여 있는 그림들이 보였다.

호사인이 웃으면서 "거기까지 가는 동안 우리가 얼어 버리지 않을까?" 하고 말한다.

방 티도 따라 웃으면서 몇 발자국 옆으로 가서 허공을 만지며, 만져 보라는 것이다.

호사인이 방 티 옆으로 가서 허공을 만지니 벽 같이 느껴지지 않은가. 그제서야 호사인이 여기가 투명유리로 된 하우스라는 것을 실감하게 된다.

"오늘의 일과 활동은 모두 실내에서 이루어집니다. 밖은 영하 80도 이하입니다. 어떠한 생물도 살 수 없습니다."

호사인이 비행차를 바라보며 영하 80도에서도 전혀 이상이 없는 비행차의 성능에 감탄한다.

방 티가 앞장서 안내한 곳은 큰 원을 가운데로 잘라 엎어 놓은 건축물이다. 파란색의 반원 건물은 안에서는 밖이 보이지만 밖에서는 안이 보이지 않았다.

문패가 달린 방문 앞에 도착하니, 안에서 상냥한 모습을 한 늘씬한 사내가 독특한 스타일로 수로 아와 호사인을 매료시키면서 뛰어나와 반갑게 맞이하며 포옹한다.

"정말 반갑습니다. 지구 행성과 유리 행성이 한데 어우러지는 모습입니다. 나는 유리 방위 과장입니다." 하며 웃는다.

호사인이 "유쾌한 환대에 기분이 환상적입니다. 반갑고, 감사합니다." 하고 인사한다.

수로 아도 "아주 멋진 분이시군요. 별들과 가까이 사니까, 별처럼 반짝이나 봐요." 하고 이야기한다.

방위 과장이 통쾌하게 "하하하!" 웃으며, 좁은 공간으로 둘을 안내한다. 그러고선 원탁 탁자에 놓인 의자를 내밀어 자리를 권하며 앉는다.

사방을 둘러보니 실내인지 실외인지 구분이 안 될 정도로 환하게 주변이 보인다. 마치 하늘에 앉아 있는 기분이다. 밑으로는 구름이 덮여 큰 배를 타고 바다에 떠 있는 기분이다.

"지금은 화창하여 밖이 훤히 보이지만 언제나 눈보라가 휘날리며 구름이 흐르며 변덕이 아주 심하답니다."

"해발 몇m나 되나요?"

"1만 2천m이며 '생명 호수', 고산들과 높이가 거의 같답니다."

'지구 행성의 최고봉이 8800m인데 비하면 놀라운 고봉이다. 그렇다면 공기가 희박하여 대기의 압력이 낮을 수 있는데.' 호사인이 방위 과장을 바라보며 묻는다. "생활에 어려움은 없나요?"

방위 과장이 밖으로 시선을 돌리며 "저 밖에는 산소가 희박하여 숨쉬기가 어렵답니다. 하지만 여기 실내는 산소와 압력을 인공으로 적당히 조절하여, 사는 데 전혀 불편이 없답니다." 하고 답한다.

호사인은 "여기의 과학발전은 어디까지란 말인가!" 하고 새삼 놀라며 수로 아의 동정을 살핀다.

수로 아도 호기심 가득한 표정을 지으며, "여기서 방위의 역할이 어떻게 수행되는지 호사인은 가장 궁금할 것입니다." 하고 이야기한다.

유리 방위 과장이 수로 아 그리고 호사인을 번갈아 바라보며 고개를 끄덕이고는 설명을 하기 시작된다.

"호사인의 지구 행성은 200여 국의 크고 작은 국가가 영역을 확보하여 지배권을 갖기 위하여 국방부를 두어 서로의 나라를 방위하지만, 여기는 하나의 유리 왕국이므로 국가를 지키는 국방부가 아니라 유리 행성을 지키는 방위부입니다. 지구 행성도 마찬가지이지만 유리 행성의 방위부도 끊임없이 우주에서 날아드는 혜성 같은 물질로부터 안전하게 보호하는 임무를 갖고 있습니다. 유리 행성도 지구 행성처럼 유리별을 향해 초속 30km의 속도로 공전하고, 적도 기준 시속 1600km로 자전하므로 어떤 물체가 대기권에 부딪히면 3만 도의 열이 발생하여 재로 변해버리지요. 하지만 지름 10m 이상의 큰 혜성과 부딪힌다면 상황은 전혀 다르답니다. 즉 3만 도의 마찰이 지름 10m의 혜성을 가루로 만들지 못하고 그대로 대기권을 공약하며, 지상에 부딪힌다면 그 충격이 엄청나서 유리의 문명과 모든 생명이 순식간에 소멸되지요. 그러므로 유리방위부에서는 우주 공간을 철저히 감시하여 유리 행성에 위협이 되는 물질을 사전에 제거하는 임무를 갖고 있답니다."

호사인이 의아해하며 말한다. "만약에 10km의 혜성이 유리를 향해 접근한다면 어떠한 방법으로 물리치지요? 이해가 안 됩니다."

유리 방위 과장이 "당연한 의문입니다." 하고 답한다. 유리 방위 과장이 손가락으로 가리키는 곳에는 가운데 '큰 반원 건물'과 '4개의 반원 건물'이 사면에 놓여 있었다.

"저 사면의 건물이 우주를 감시하는 x 감시선이며, 저기서 우주로 날아드는 해성의 물질을 감시하고 있으며, 위험한 해성이 유리 행성으로 접근하면, 유리 행성의 우주정거장에 있는 우주기지에서 핵미사일로 공격하여 박살을 내든지 아니면 옆쪽을 공격하여 유리 행성을 비켜가게 하고 있지요."

호사인이 놀라며 "이렇게 평화로운 행성에 어떻게 첨단의 핵미사일이 개발되었으며 우주기지가 설계되어 있다니 참으로 놀랍습니다." 하고 말한다.

유리 방위 과장이 온화하고 근엄한 얼굴로 일어서서 서성이며 무겁게 입을 연다. "여기의 첨단과학은 지금도 지구 행성의 덕을 보고 있습니다. 지구 행성 국가 간의 군비경쟁을 통해 첨단과학 군비들이 호사인이 모르는 이상으로 발전되어 있습니다. 여기의 첨단과학자가 지구 행성의 그러한 첨단기술을 습득해 여기의 우주 핵미사일 기지를 설계할 수 있었지요." 하며 호사인을 바라본다. 호사인은 깊은 생각에 잠겨 지구 행성의 첨단과학 무기들은 선진 나라의 주도권을 지키고 살생하는 무기로 사용하는데, 여기서는 유리 행성을 방위하는 무기로 전환되어 사용되니! 얼마나 다행이고, 인류를 서로 죽이는 전쟁하는 살생 무기가 여기서는 평화를 지키는 무기로 사용되니 얼마나 다행한 일인가. 분명한 것은 그래도 지구 행성이 유리 행성에 도움을 주고 있다는 생각에 자부심을 느끼며, 크게 웃고 나서, 유리 방위 과장을 바라본다.

이때 침묵을 깨고 방 티가 식사를 가지고 들어오면서, "즐거운 점심시간입니다." 매력 있게 웃으면서 탁자에 식사를 내려놓는다.

방위 과장이 커튼을 열어 환하게 하고, 방 티를 향해 "방 티야, 지구에서 오신 호사인과 수로 아는 귀한 손님이니 잘 발효시킨 탁주를 한 주전자 안주와 함께 준비하여라."

"예, 알겠습니다." 하며 바삐 걸어 나간다.

"유리 행성의 유람들은 로봇 티들 덕분에 일손을 줄여 충분한 여가로 행복한 일생을 살아갈 수 있지요. 유람의 수보다 많은 로봇 티들은 가사부터 농산물 생산과 관리까지 힘이 들어간 모든 노동일을 대신하며 유람들을 편리하게 하고 있답니다."

호사인은 생각한다. 지구에서는 과학이 발달해도 일부의 수혜로 나타나고 대부분은 삶이 나아지지 않는다. 하지만 유리는 과학이 발달한 수혜가 모두에게 골고루 돌아간다. 만약에 지구에 티 같은 로봇이 활성화되면 일자리 70%가 사라진다. 70%의 실업자가 발생한다. 70%의 소비시장이 사라진다. 경제가 무너진다. 그렇다면 경제의 구조를 바꾸어야 한다. 그래서 수로 아가 나를 초청했다.

명상이 깊어질 즈음 수로 아가 호사인을 치며 이야기한다. "밖을 보세요!"

호사인이 밖을 바라보니 눈발이 날리는데 눈이 하늘에서 내리는 것이 아니라 하늘로 올라가고 있었다. "이럴 수가." 호사인이 놀라는데 방 티가 탁주와 안주를 준비해 온다.

"'방 티' 수고했다."

방 티가 웃으며 "감사합니다." 하고 탁주와 안주 무지개 색깔이 들어있는 유리잔을 탁자의 가운데 위에 올려놓고 나간다.

유리 과장은 주전자에 들어있는 탁주를 흔들어 호사인의 잔과 수로 아의 잔에 붓고, 마지막으로 자기 잔에 부으며, "여기에 근무는 6개월이고 6개월이 휴가랍니다. 6개월의 기간이 지루해서 이렇게 탁주를 만들어 가끔 마신답니다." 하고 말한다.

모두가 잔을 높이 들고, 수로 아가 "지구와 유리의 우정을 위하여!" 선창하고 탁주의 맛을 음미하며 마신다.

호사인은 호기심의 발동으로 탁주를 단숨에 마시니 탁하고 향긋한 냄새가 나면서 술술 넘어간다. 처음으로 유리에서 먹어본 탁주의 효능은 얼굴에 화색이 느껴지면서 기분이 상쾌해진다. 수로 아도 유리 과장도 얼굴에 화색이 넘친다.

"여기는 얼마의 유람이 근무하나요?"

"총 25 유람입니다."

호사인이 고개를 갸웃하며, "24시간 하늘을 감시하는데 부족하지 않나요?"

"4명씩 6교대로 4시간씩 근무니까 충분합니다. 4개의 레이더 기지에서 하늘을 4등분으로 감시하며 혜성들의 움직임을 감시하지요. 모두가 자동이고 레이더에서 이상이 발견되면 벨이 울리므로 레이더 화면을 계속 감시할 필요는 없답니다. 그리고 위험한 혜성이 발견되면, 즉시 우주 미사일 기지로 전송하면 우주 미사일 기지에서 추적이 시작되어 감시하게 됩니다."

1시간의 식사 시간이 지나고 휴식 시간이 된다. "휴식 시간을 이용해 전망대에 올라 보지요?" 유리 과장이 제안한다. "이곳 어디에 전망대가 있단 말입니까?" 수로 아가 의아해하며 반문한다.

유리 과장이 웃으며 벽 쪽으로 다가가 벨을 찾아 누르니 그들의 실내가 서서히 위로 오르기 시작한다. 호사인과 수로 아는 놀라며 유리 과장을 바라본다. "50m까지 오르면 여기의 절경이 한눈에 보이며, 자연의 신비가 너무 아름답니다."

수로 아와 호사인은 호기심으로 주위를 번갈아 바라보며 놀라기 시작한다. 모든 세상이 한눈에 보인다. 회색의 대지 위에 설경이 바다 위에 솟아 있는 것처럼 유리 과장의 기지는 섬처럼 보이며, 눈들이 하늘로 오르며, 먼 지평선에서 빛이 날아와 설경을 비추니 세상이 무지갯빛으로 보인다. 회색의 대지는 큰 파도가 출렁이는 것처럼, 파도를 일으키며 요동을 일으킨다.

회색의 대지는 산봉우리의 갈대숲이 바람에 이리저리 흔들리는 모습처럼 보인다. 그리고 눈송이들을 품어내어 하늘에 날린다. 빛이 눈송이에게 무지개 옷을 입히니 눈송이들이 신부가 되어 하늘에서 춤을 춘다. 나에게 동영상 카메라가 있다면 이 모습을 하나도 빠짐없이 담아내고 싶다.

최고봉 고지에 영하 80도의 얼음덩어리 위에 기지국 설치도 어려운데 지상에서 50m까지 높이의 전망대는 건축공학발전의 척도를 알 수 있듯이 놀랍다.

전망대의 화면이 나타난다. 둥그런 원통을 중심의 기둥이 받들고 있다. 세찬 바람에 약간씩 흔들리나 어지러움은 전혀 느낄 수 없다. 또 하나의 기적을 체험하고 있는 것이다. 전망대는 여전히 보온이 되어 춥지 않다. 잠깐의 순간에도 세상은 수없이 변화하고 있다. 이번에는 대지가 검게 변하며 암흑의 덩어리가 날아다닌다. 그래서 온천지가 어두워진다. 마침내 암흑의 세상으로 변해버린다.

호사인은 두려워진다. 암흑의 고통을 알기 때문이다. 검은 구름이 전망대를 덮어버려 일어난 현상이다. 그리고 다시 암흑이 걷히면서 찬란한 빛이 반기러 내려와 암흑을 물리친다. 마음이 찬란한 환상으로 변한다. 마음도 변덕이 심하다.

마음의 감정은 환경을 시각, 청각, 후각, 미각, 촉각들의 정보를 받아들여 중뇌로 전달되어 재구성하여 뇌의 각 분야로 전달되어 감정을 만들어 낸다. 보는 동시에 감정이 나타나는 것은 정보가 전극으로 바뀌어 빛의 속도로 이루어지기 때문이다. 그래서 환경에 따라 감정의 기분이 달라진다.

뇌에는 기쁨을 나타내는 부위, 슬픔을 나타내는 부위, 용기 나타나는 부위, 분노를 나타내는 부위, 복수를 나타내는 부위, 절망을 나타내는 부위, 기억을 장치하는 부위 등 각종 부위의 뇌 분야에 전달되어 감정이 만들어지며, 생존경쟁을 향해 오감이 세상 정보를 끊임없이 뇌에 전달하여 대처한다.

수로 아도 이곳의 전망대에 처음 오른 듯 신기한 모습이다.

유리 과장이 입을 연다. "30분 이상은 넘기지 못합니다. 이제 하강을 합니다." 하며 하강 벨을 누르니 전망대가 하강하기 시작한다.

호사인은 생각한다. 이러한 자연의 변화 근본은 어디일까? 무척 궁금해진다. 수로 아를 바라보며 '화학적 자연의 원리에 대해 물어보아야지.' 하고 생각한다.

전망대는 원위치되어 전망대의 흔적을 나타내지 않는다.

유리 과장이 호사인을 바라보며 소감을 물어본다. 호사인은 감동적인 언사로, "자연의 최고의 걸작 묘기를 보는 것 같습니다. 황홀하고, 신비하고, 너무 아름다워요." 하고 답한다.

수로 아가 나서며 "자연이 부리는 최고봉의 연기를 보는 느낌이랍니다." 하며 찬탄한다.

유리 과장도 "나도 보면 볼수록 새로운 모습이 늘 신기하답니다." 하고 말한다. 그러고선 화면이 커지자 "자, 그럼 유리 행성의 주위의 혜성 띠를 살펴보지요." 하고 이야기한다. 태양계와 유리계를 번갈아 화면을 보여주며 설명을 시작한다.

"태양계는 지구와 화성의 중간에 수많은 혜성이 집단을 이루어 태양을 공전하고 있지요. 우주의 작은 물질들이 혜성 집단으로 떨어지며, 이때의 충격으로 혜성들이 지구의 대기권으로 떨어져 밤하늘의 별똥이 되어 긴 불빛이 떨어지는 모습을 볼 수 있지요. 이러한 혜성의 집단은 행성과 행성 사이에 존재하며 태양계에 수없이 존재하듯이, 유리별의 유리 행성도 행성과 행성 사이에 혜성이 수없이 존재합니다." 그렇게 설명하며 수많은 혜성의 집단을 화면에서 생생하게 보여준다.

"혜성들은 크기가 다양하며, 작은 탁구공에서 지름이 수백km나 되는 거대한 혜성이 있지요. 그러므로 우리는 그러한 혜성들을 늘 감시하지요. 20년 전에는 실제로 지름이 100km나 되는 거대한 혜성이 유리로 접근해 오고 있었습니다. 이때 모든 유람은 크게 놀라며 두려움에 떨었답니다. 만약 이 혜성이 유리 행성에 떨어져 충돌한다면, 유리의 문명에 큰 타격을 주면서 모든 생명이 일시에 사라질 운명에 처하게 되었지요. 하지만 우주기지에서 핵미사일을 수백 발을 발사하여 이 혜성이 옆으로 간신히 비껴가게 하였지요. 만약 그때 그대로 충돌하였다면 여기는 지금 원시 세상으로 변해 있겠지요. 상상만 해도 끔찍한 일이지요."

유리 과장이 눈을 감고, 당시의 위기 상황을 상상한다. 유리 과장의 이마에 땀이 흐른다.

화면이 꺼지고, 창문이 밝아지며 밖이 환해진다.

유리 과장이 환한 미소로 "미안합니다. 20년 전 혜성이 접근할 때만 떠올리면, 이렇게 이마에 땀이 흐른답니다." 하며 일어서서 "전파망원경이 설치된 기지를 시찰하지요." 하고 안내한다. 밖에서는 순간마다 환경이 변하지만, 기지에는 아무 일도 일어나지 않으며 따뜻해 채소도 자라고 참외나 고추, 도마도 같은 식물이 재배되어 자라고 있으며, 이들이 신선한 공기까지 선사한다.

유리 과장의 친절한 설명을 들으며 사면에 각자 설치된 우주로 향한 전파망원경을 이용해 바라보니 밖에서 보는 것과 비교도 안 되게 웅장했다. 전파망원경과 컴퓨터가 연결되어 화면에 고화질로 선명하게 혜성 집단을 보여 혜성들의 움직임을 감시하고 있었다.

"여기의 전파망원경은 혜성 집단에서 떨어져 나온 혜성 중에 위협이 될 만한 혜성들을 발견하여 우주 미사일 기지로 보내면 거기에서 추적이 시작되어 대처하게 되는 것입니다."

아주 길게 늘어진 혜성 집단은 우주로부터 수많은 물질이 떨어지고, 떨어져 나오고, 있는 현상들이 선명하게 보이고 있었다.

유리 과장의 안내로 호사인과 수로 아는 4면의 전파망원경 기지를 모두 탐방하고 돌아와 유리 과장과 뜨겁게 포옹하고 비행차에 오른다.

유리 과장은 멀리 피하여 두 손을 들어 흔든다. 비행차는 헬리콥터처럼 프로필을 위로 올리고 회전하면서 마치 점프하는 것처럼 튀어 오르면서 심한 악조건의 환경을 무시하면서 날아오르기 시작했다.

호사인은 오늘도 감격하며 옆의 수로 아를 바라본다. 상상을 초월한 유리 행성 과학의 진보를 보면서 지구 과학을 상상해본다.

20장
8일간의 신혼 관광 여행

제17일

지금까지 호사인은 수로 아의 도움으로 각 부를 방문하여 의식주가 어떻게 해결되나, 교육, 경제, 법 제도가 어떻게 이루어졌나, 과학 관광 예술방위가 어느 정도인가를 살펴보았다. 이제 앞으로 8일 동안은 관광을 통하여 많은 유람과 접촉하며 유람들의 삶을 살펴보게 될 것이다.

아름답고 황홀하며 상쾌한 아침을 맞는 호사인은 창문을 열며 이상한 현상에 호기심이 넘친다. 털들이 깨끗하고 탐스러운 토끼며 노루들과 닭 같은 짐승들이 모여들어 긴장하며 귀를 쫑긋하고 숲속을 바라보고 있었다.

호사인이 이상하게 여기며 의아해하는데, 수로 아가 뒤에서 앉으며 시선을 호사인과 같이 한다. "맹수가 나타났군요." 하며 먼 숲속을 바라보다, "저기 보세요." 하고 말한다.

호사인이 바라보니 호랑이와 비슷한 맹수가 이쪽을 향해 눈동자를 조준하고 있었다. 호사인은 나약한 초식동물들을 불쌍히 여기며 맹수에 분노를 표출하며 맹수를 쫓아 버려야 한다는 생각을 하며 수로 아를 바라본다. 수로 아는 걱정하지 않아도 된다는 생각인지 아무런 반응이 없다. 그러면서 "맹수도 지혜가 있어서 유람 옆으로 피신한 초식동물들은 공격하지 않는답니다." 하며 호사인을 안심시킨다. "그리고 이것은 자연의 조화랍니다."

이때 토 티가 나타나 "즐거운 아침 식사입니다." 하며 호사인과 수로 아를 부른다. "그래 알았다." 하며 수로 아와 호사인이 식탁으로 다가간다. 식탁에 마주 앉은 수로 아가 토 티를 부르며 의자에 앉게 한다. 토 티가 당황하며 무슨 잘못이나 했나 하며, 둥그런 눈으로 수로 아를 바라본다.

수로 아가 부드러운 눈빛으로, "토 티야 호사인께서 오늘부터 관광을 가시고 그 다음 지구로 떠나신다. 오늘이 마지막이고 다시는 볼 수 없을 거야." 하고 일러준다.

토 티가 놀란다. 수로 아가 말을 잇는다. "우리 유리행성의 유람들은 모두가 행복하지만, 지구 인류는 일부만 행복하단다. 그래서 호사인을 여기에 오도록 하여, 여기의 문화를 알고 배우게 하여, 지구 인류도 모두 행복하게 만들기 위해서란다."

"주인님은 우주를 사랑하는 큰 마음을 가졌군요."

호사인이 나서면서 "그렇단다. 토 티는 너무 사랑스럽고 영리하구나." 하고 말한다.

"마지막 이별이라니 너무 슬퍼요. 아침이나 맛있게 드세요."

"고맙다. 토 티, 정이 참 많구나!"

토 티가 곰곰이 생각하고선 이야기한다. "지구에 갔다가 또 올 수 있지 않나요?"

수로 아가 "지구는 너무 멀어서 한 번 돌아가면 다시 올 수 없단다." 하고 답한다.

토 티가 고개를 흔들며 "지금 왔는데 다음에는 올 수 없다니 이상하네요?" 하고 말한다.

"여기와 지구는 240광년 떨어져 있단다."

토 티는 더 궁금하여 "광년의 뜻을 모르겠어요." 하고 묻는다.

"광년이란 빛이 1년 동안 가는 거리를 말한다. 240광년이란 빛의 속도로 240년 걸리는 거리라는 뜻이다."

"빛은 얼마나 빠른가요?"

호사인이 대신 설명한다. "토 티는 점점 똑똑해지는구나. 빛은 1초에 30만 km를 간단다. 그러니까 240광년이면 2400조km의 거리고, 만약 비행차를 타고 시속 1,000km로 달린다면 2억 3천 년 이상이 걸린단다."

토 티는 숫자 감각이 무디어 멍해진다. 그리고 "내가 준비할 게 없나요?" 하고 말한다. 어쨌든 토 티는 집만 잘 관리하면 된다.

아침과 목욕을 끝내고 호사인과 수로 아는 의자에 앉아 벽의 화면을 바라보며 수로 아가 여행지를 설명한다. "여기는 지하 관광열차가 발달하여 여행은 거의 지하 관광열차를 이용한답니다." 화면에는 관광지가 표시되고 관광지를 연결하는 열차 선이 선으로 연결되어 있다.

"관광지는 얼마나 되지요?"

호사인의 질문에 수로 아는 "약 10만 곳이 있으며 하루에 평균 10억 유람들이 관광을 즐긴답니다."

호사인이 놀라며 "여기는 관광 천국이군요. 8일간의 여행은 너무 아쉽군요." 하며 수로 아를 바라본다.

"여기서 평생을 살아도 관광지를 모두 구경 못 한답니다, 호사인. 하루 한 곳의 여행지를 택하고 이제 여행지를 예약할 것입니다. 우선 동방의왕의 생가가 있는 유적지를 가장 먼저 선택하고, 다음은 정평 도원 성검의 선사유적지를 관람하고, 다음은 태약성검의 동굴 궁을 관람하고, 다음은 남극유원지를 방문하고, 그다음엔 해저 관광을 하고, 마지막은 황혼의 천사의집을 방문하고자 합니다. 가는 곳마다 호텔이 있어 예약했답니다."

"유리왕의 마지막 일정은 빠져 있군요?"

"마지막 날 들어있답니다. 그리고 가장 가까운 역으로 비행차가 인도할 것입니다. 자 그럼 출발하지요."

수로 아가 일어서며 서두른다. 수로 아는 색상이 화려한 여행복으로 갈아입고 호사인도 여행복으로 갈아입는다. 호사인이 토 티에게 다가가 "토 티야 그동안 고마웠다. 마지막 이별이니 아쉽구나, 악수." 하며 손을 내민다. 토 티도 손을 내밀어 아쉬운 표정을 하며 악수한다.

"토 티의 손이 아주 부드럽구나! 안녕." 하고 호사인이 집을 나온다.

여행의 준비는 너무 간단했다. 여행복으로 갈아입으면 그만이다. 호사인은 여행을 많이 해보았기 때문에 여행 전에 얼마나 많은 것을 준비해야 하는지를 잘 알고 있다.

비행차에 오르려다 수로 아와 호사인이 동시에 뒤를 바라본다. 토 티가 열심히 두 손을 흔든다.

"토 티야, 8일간 집 관리 잘하고 있어라."

"예, 주인님. 잘 다녀오세요." 호사인도 토 티에게 손을 흔든다. 토 티가 두 손을 눈으로 가져다 대며 이별을 슬퍼한다.

수로 아가 "시간이 되었어요." 하며 비행차에 오른다.

10분 후 유리왕역 앞에 비행차가 멈춘다.

수로 아가 비행차에 "돌아가라" 하니 비행차가 홱 돌아간다. 호사인이 놀라며 "비행차가 어디로 가는 것입니까?"

수로 아가 웃으며 "집으로 돌아가 있을 것입니다."

호사인이 다시 놀라며 "그렇다면 어디서든 부르면 오나요?" 수로 아가 고개를 끄덕이며 긍정의 답을 한다.

호사인은 혼란스러워진다. '이곳의 과학은 어디까지 발전했단 말인가!' 하며 멍해진다.

엘리베이터를 타고 지하로 내려가니 여기는 조명이 대낮처럼 밝다. 긴 역사에는 천사보다 아름다운 수많은 유람이 독서나 그림들을 감상하며 관광열차를 기다리고 있었다.

그리고 안내 전광판에는 먼저 도착할 순서대로 시간이 나와 있었다. 호사인과 수로 아가 기다리는 관광열차는 15분 후에 도착한다고 시간이 나와 있다. 수로 아가 "여기는 뒤쪽이니 앞으로 가면서 유람들과 인사해요. 유리 행성의 25억 유람들은 호사인이나 나를 모르는 유람은 없답니다. 여기서는 아무리 유명한 스타 연예인이라도 관광지에서 우르르 몰려 사인을 부탁하거나 악수를 청하지 않는답니다. 그들도 관광을 즐겨야 하기에 방해해서는 안 된다는 교양이지요." 하고 말한다.

수로 아의 제안에 호사인은 흔쾌하게 응하며 수로 아와 나란히 뒤쪽으로 걸어가며 유람들과 눈인사를 하며 손을 흔든다.

유람들은 독서를 멈추고, 그림 감상을 멈추고, 그 자리에서 환하게 웃으며 두 손을 흔들어 반기어 준다. 호사인은 하나 같이 개성 있고, 지성 있고, 교양미가 넘치며, 꽃보다 아름다운 유람들의 미소에 취해, 기쁨이 넘치고 벅차, 얼굴이 상기되고 흥분한다. 수로 아가 호사인의 감정을 알고, "관광의 가장 큰 기쁨은 수많은 유람을 만나 환한 미소로 인사를 나누는 기쁨이 가장 크답니다." 하고 이야기한다.

호사인이 수로 아를 바라보며, "당신의 말이 옳은 것 같아요. 나는 지금 너무 기쁘답니다." 하고 말한다. 수로 아가 고개를 끄덕이며 화답한다. 호사인과 수로 아가 수많은 유람과 인사하며, 앞 라인까지 오니 전광판의 시간이 1분을 남겨두고 있었다. 이번 관광열차를 이용할 유람들이 열차 출입구 대기소에 줄을 서며 기다리고 있다.

관광열차가 기적으로 신고하며 멋진 위용을 자랑하며 살며시 멈춘다. 긴 대기실과 열차가 들어오는 레일 쪽과 역사에는 스크린도어가 설치되어 위험을 방지하고 있으며, 탑승 출입구는 스크린도어 문이 자동으로 열려 열차에 안전하게 승하차할 수 있도록 되어 있었다.

열차에 승차하니 이미 수많은 유람이 승차해 있었다. 긴 관광열차는 가운데 복도가 있고, 전면을 향해 양쪽 두 개씩의 의자가 놓여 있고, 양 창 쪽에 미니 냉장고가 있고, 그 안에는 간단한 간식과 음료가 들어있고, 냉장고 옆에는 책장이 있고, 책장에는 여행에 필요한 정보와 교양 문학 도서가 정돈되어 있었다.

호사인과 수로 아의 자리는 앞쪽이 아니라 맨 뒤쪽에 정해져 있었다. 수로 아와 호사인은 복도를 나란히 걸으며, 승객들을 향해, 눈인사하며 손을 흔든다. 승객들도 너무 반가운 얼굴로 환하게 웃으며 박수를 쳐 준다.

어떤 유람은 "지구는 우리의 영원한 친구요. 호사인은 미남이요. 두 분은 너무 아름답답니다." 등 갖가지 덕담을 보내며 흥분한다.

호사인은 유람들을 자세히 바라보며, 생각한다. '저들의 나이는 얼마나 될까? 젊어도 아름답고, 늙어도 아름답고, 마음에 근심, 걱정, 미움, 시기, 불평이란 찾아볼 수 없고, 마음이 행복으로 가득 차 있는 것 같다. 꽃보다 아름답고,

천사보다 멋있다.'

한참을 걸어 뒷자리에 도착하니 두 자리가 비어 있다. 의자에 앉으니 침대처럼 편안하다. 수로 아가 약간 피곤한 기색을 보인다. 호사인이 수로 아를 바라보며 "당신 피곤해 보입니다." 하고 이야기한다.

수로 아가 수긍하며 "3시간은 달려야 합니다. 우리 누워서 쉬어요." 하며 의자를 뒤로 젖히니 의자가 누우면서 다리 쪽에는 받침대가 올라와 편안한 침대로 변한다. 그러면서 통로 쪽에는 가림막이 쳐지며 주위의 시선이 가려져 편안한 휴식을 취하게 되어 있었다.

열차는 흔들림이 전혀 없고, 밖이 보이지 않으니, 얼마나 달리고 있는지 감각이 없다. 천정의 속도계를 보니 700을 가리키고 있었다. 호사인이 궁금하여 수로 아를 바라보며 시속 700km라며 속삭인다. 수로 아가 눈을 뜨며 "1시간을 잤구나." 하며 하품한다. 호사인도 눈을 뜬다. 피로가 풀리고, 다시 상쾌한 기분이 되어, 의자를 세우니 받침대가 아래로 내려가며 편안한 공간으로 바뀐다.

그리고 주위의 소리가 들리기 시작한다. 각각의 여행지의 이야기, 역사 이야기, 그중 지구 행성과 호사인 이야기도 들린다. 영화 이야기, 스포츠 이야기 등 다양한 소리가 들린다.

수로 아는 천정의 전광판을 바라보고, "목적지에 도착하였어요." 하고선 호사인에게 눈짓하며 일어선다. 관광에도 짐이 없으니 너무 간편하여 실감이 안 난다. 지구에서의 여행은 큰 가방에 필요한 물건을 잔뜩 넣어 무거운 가방을 힘겹게 들고 다녀야 한다. 그러나 여기의 여행은 가는 곳마다 필요한 물품이 다 비치되어 있으니 따로 준비할 필요가 없다. 그뿐만 아니라 지구 행성처럼 국가마다 다른 화폐를 교환하거나 소지할 필요가 없다. 모두가 필요한 물품은 점화로 자동결제가 이루어지기 때문이다.

관광열차 역사를 나오니 수많은 유람이 벌써 여행의 즐거움에 빠져 환호하며 즐거워한다.

수로 아는 호사인을 바라보며 "관광지는 어디를 가나 기본으로 갖추어진 코스가 있습니다. 1. 역사박물관 2. 독서실 3. 토론방 4. 의상백화점 5. 음식백화점 6. 스포츠 놀이센터 7. 예술광장 8. 데이트 코스 9. 호텔 마을 10. 동물코스 등이 있답니다. 오늘 관광의 주목적은 역사박물관인 동방의왕 생가와 유물전시관을 방문하는 것입니다." 하고 설명한다.

수로 아와 호사인은 관광 안내 전광판으로 가서 하루의 관광코스를 정한다. 전광판 위에는 동방의왕 생가 유적지란 글귀가 들어온다. 가운데 생가의 유적지와 주위에는 음식백화점, 의상백화점, 스포츠시설, 예술 문화관, 숙박 등이 나타나 있었다. 전광판에서 50m 떨어진 약간 넓은 공간에 역마차가 대기하고 있었다.

호사인과 수로 아는 역마차 앞으로 걸어가 줄을 선다. 벌써 역마차를 타려는 유람들이 많이 기다리고 있었기 때문이다.

동방의왕 유적지

역마차는 '동방의왕 유적지 생가' 목적지를 알리고 있었다. 잠시 후 차례가 되어 호사인과 수로 아가 마차에 오른다. 말이 마차를 앞에서 끌고 로봇인 마부가 말을 부리며, 마차에 탄 손님을 목적지로 모시는 역할을 하고 있었다.

호사인은 고개를 갸우뚱하며, '백 년 전 지구에서 유행한 교통수단 아닌가?' 생각했다.

마부가 친절하게 "호사인 님, 수로 아 님. 내 마차를 이용해 주셔서 영광입니다. 나는 동방 티 3번입니다." 하고 설명한다.

호사인이 신기하여 "친절하고 똑똑하고 매력적이구나, 반갑다." 하고 받아주니 마부가 웃는 모습을 연출한다. 수로 아가 질문한다. "하루에 관광 유람이 얼마나 오니?"

로봇 마부는 거침없이 "10만 정도 옵니다." 하고 답한다.

호사인이 신기하여 "어떻게 아니?" 하고 묻는다.

"관광 유람의 편의를 위해 입력해 주지요." 동방 티가 답한다. 호사인은 로봇의 영특함에 놀란다.

마차는 약간 빠른 속도로 달리고 있었는데, 창밖을 보니 왕복 2차선 도로를 수많은 마차가 끝없이 왕래하고 있었다.

호사인이 "동방 티야, 여기는 관광지가 넓어 걸어서 관광은 힘들 것 같은데 유적지 생가에서 다른 관광코스로 이동할 때는 마차를 타야 하지 않겠니?" 하고 묻는다.

"물론이지요. 거기도 마차 터미널이 있어 원하는 방향 코스를 이용하면 됩니다."

호사인은 어머니에게 들은 이야기를 상상한다. 역마차 하면 귀족 마님이나 절세미인 기생들이 이용하는 이동 수단이었다고 들은 바 있다.

관광지라 하지만 지금 가고 있는 코스는 울창한 녹음으로 덮여 있었다. 신비한 새들의 노랫소리가 들리고 다람쥐와 토끼와 고양이들도 나름대로 분주히 움직이고 있었다. 저들도 생존을 위하여 열심히 뛰고 있는 것이다.

호사인과 수로 아가 자연의 풍경에 젖어 사색하다, "목적지에 도착하였습니다." 하는 소리에 눈을 뜨니 주위가 북적이며 유람들의 웃음과 인사와 환호가 넘치고 있었다.

수많은 마차가 질서 있게 각자의 위치에 정돈되어 있으며, 호사인과 수로아의 마차도 지정된 위치에 정차하고 있었다. 동방 티의 친절한 작별의 인사를 받으며 마차에서 내렸다.

동방의왕 생가

앞쪽을 바라보니 동방 왕의 생가와 옆에 아주 넓은 전시관이 눈에 들어온다. 많은 유람이 전시관을 먼저 발길을 옮기는 듯 보였다. 호사인과 수로 아는 한가한 생가 쪽으로 방향을 잡았다.

약간 높은 위치의 동방의왕 생가에서 바라본 시야는 넓은 들판에 곡식들이 누렇게 익어가고, 야산에는 노란 단풍이 무르익어, 호사인 나라의 가을을 연상하고 있었다.

호사인은 고대의 가난했던 동방왕국을 상상하며 생가로 들어갔다. 초라한 대문을 들어서니 마당이 나오고, 조그만 대청마루가 나오고, 안쪽의 거실은 책장으로 가득 차 있었다. 왕비가 머물던 내실과 왕자와 공주가 거처한 방이 광을 사이에 두고 있었으며, 내실 옆에는 부엌이 있었으며, 동방의왕의 생가는 지금의 눈으로 보기에는 아주 초라하였다.

하지만 수로 아는 신기하고 감명한 얼굴로 생가의 물품들을 들여다보고 있었다. 지금의 문명 제도 기틀을 마련한 유리왕의 생가. 수로 아는 호사인을 바라보며 작은 소리로, "우리 유람들은 이 생가를 방문할 때는 모두가 가슴이 떨린답니다. 그만큼 동방의왕인 초대 유리왕을 사랑하고 존경하기 때문이랍니다." 하고 말한다.

하지만 호사인은 어떠한 감정도 일어나지 않았다.

전시관

생가 관람이 끝나고 전시관을 향했다. 전시관은 아주 화려했다. 가운데의 넓은 홀을 중심으로 빙 둘러 출생부터 생존의 업적들이 전시되어 있었다.

호사인과 수로 아는 먼저 출생실로 들어갔다. 그곳에는 동방의왕의 윗대 가족의 족보가 나열되어 있었다.

〈동방의왕의 할아버지는 문인으로 주위로부터 존경을 받았으며, 인자 왕국의 선비로 아이를 가르치는 훈장으로 존경을 받았다. 동방의왕의 아버지는 할아버지의 엄격한 훈육으로 지성을 겸비하여 만왕의 높은 요직에 올라 만왕의 높은 신임을 얻었다. 천하를 통일한 인자왕을 도운 장군은 5성검의 스승 별장군의 공로로 천하를 통일하고, 동방의왕의 할아버지 동명은 문명의 법치를 세워 태평성대를 이루었다. 그러니까 인자 왕국은 5성검의 스승 별 장군과 동방의왕의 할아버지 동명이 이룩한 인자 왕국이라고 볼 수 있었다. 인자 왕은 동명의 손자 동방의 영특함의 소문을 듣고, 10세인 동방을 불러 세상 이치에 대한 여러 가지 질문을 하였다. 그런데 질문의 답에 막힘이 없고, 지혜가 뛰어나 5년 후 15세에 공주와 결혼시키고, 동방왕국의 동방의왕으로 등극시켰다. 그리고 10년 후 인자왕의 사후에 분열되어 사분되었고, 별 장군은 깊은 산속으로 들어가 5성검을 육성하였다.〉

다음은 동방의왕 공부 전시장에 들렀다. 동방의왕은 어려서부터 책 읽기로 하루의 모든 시간을 바쳤다. 그러니 책 읽기는 일과요, 독서가 습관화되어 책을 보지 않으면 오히려 안절부절못하였다고 한다.

전시실에는 어려서부터 동방의왕이 책을 읽는 모습, 인자왕 앞에 공손히 앉아 질문에 답하는 모습과 왕비와 결혼하는 그림들이 전시되어 있었다.

동방의왕은 결혼해서 왕이 되어서도 국사에는 관심이 없고 글만 읽고 있으니, 심복인 해성이 나타나 "의왕이시여 왕이시면 지방을 순찰하여 유람의 고충을 살펴 편안하게 살 수 있도록 정사를 해야 합니다." 하고 충언했다.

동방의왕이 껄껄껄 웃으시며, "유람이 편안하게 살도록 하는 것은 왕이 간섭을 안 하는 것이요, 왜적이 침탈하지 못하게 막아주는 것이요." 하고 말했다.

해성이 기가 막혀, "전자는 이해할 수 있지만, 후자는 무엇으로 왜적을 막으실 수 있나요? 정예부대 10만은 필요하지 않을까요?" 하고 반문했다.

젊은 의왕이 심복 해성을 바라보며, "정예부대 20만이 쳐들어오면 어떡하지요?" 하고 말했다.

해성이 아차! 하며, "왕의 수를 읽지 못하겠습니다. 소인도 알아야 하지 않습니까?" 하고 물었다.

왕이 해성을 바라보고 "법과 도로 막아야지요." 하고 이야기한다.

해성이 흥이 나서 "의인은 의인의 법이 있고, 악인은 악인의 법이 있고, 지혜로운 자는 지혜로운 자의 법이 있고, 우매한 자는 우매한 자의 법이 있고, 정예부대는 정예부대의 법이 있으며, 도도 같다고 생각합니다." 하고 답했다.

의왕이 여유 있게 웃으며, "법은 법으로 통하고, 도는 도로 통하는 법입니다. 다만 보는 눈과 듣는 귀가 다르기에 다를 뿐입니다." 하고 이야기했다.

해성이 감탄하며 의왕을 더욱 존경하게 되었답니다.

동방의왕을 구한 도시진 성검

어느 날 여전히 글을 읽고 있는데, 밖에서 요란한 말굽 소리가 들리며 회오리 같은 먼지를 일으키며, 무시무시한 정예부대가 의왕의 집을 에워쌌다. 몸이 철처럼 단단해 보이는 젊은 장수가 대장인 듯 앞으로 나와서 "의왕은 나오라." 하고 고함을 친다. 의왕이 책장을 덮고 대청으로 걸어 나와 1,000명의 칼과 창으로 무장한 말을 탄 무시무시한 무사들 앞에 서서 의연하고 태연하게, "너희는 어디서 온 거지 산적이냐?" 하고 묻는다. 젊은 장수가 기이하게 여기며 멍하니 서 있다가 정신을 차리고, 남방 대왕의 초상화를 펼치며 "나는 남방 대왕을 모시는 오 장군이다. 왕이 무사하려면 초상화에 3번 절하고, 왕비를 남방 대왕에게 보내라." 한다. 젊은 장수의 우렁찬 목소리에 의왕이 근엄한 목소리로 "무례한 놈이구나! 나, 동방의왕은 남방 대왕을 알지 못한다. 너의 왕이 신일지라도 알지 못하는 자에게는 나무 목석에 지나지 않는다. 그런데, 알지 못하는 너의 왕에게 3번 절을 한단 말이야? 또한 너의 대왕은 장가도 못 가는 불구란 말이냐? 천하에 절세의 아가씨가 많은데 어찌하여 유부녀요 나의 아내인 왕비를 너의 왕에게 보내란 말이냐? 너는 똑똑하고 현명한 장수 같은데 어찌하여 바보 왕을 섬기고 있느냐?" 하고 호통친다.

　오 장군은 어이가 없다. 아무리 강심장인 왕이라도 무서운 정예부대 앞에서는 기가 죽는 법인데, 오히려 당당하게 훈계하고 있으니, 이 초라한 왕이 왕을 지키는 경비병도 없는데 무엇을 믿고 저리도 여유로울까! 오 장군이 당황한다. 하지만 청천벽력 같은 소리로, "저 왕을 대청 기둥에 단단히 묶어 놓고, 왕비를 끌어내어 마차에 태워라." 하고 명하니 번개 같은 병사들이 말에서 잽싸게 뛰어내려 왕에게 달려든다. 의왕이 준엄한 목소리로, "멈추어라, 부부는 일심동체니라. 그래서 떨어지면 안 되는 법이다. 나도 너의 왕에게 데리고 가거라." 하고 말한다. 오 장군이 한참을 생각하다, "왕을 결박한 채로 마차에 태워라." 하니 왕과 왕비가 포로가 되어 남방 대왕의 노예가 될 운명에 놓이게 되었다. 지식과 지혜가 바다보다 넓고, 하늘보다 높지만, 오 장군의 완력 앞에서는 초라한 포로가 되어 버렸다. 장군은 고뇌에 빠졌다. '왕비만 데리고 오라 하였지, 왕까지 데리고 오라 하지 않았다. 의왕이 남방 대왕 앞에 서면 단단히 꾸짖고 무례한 언행을 할 것인데, 그러면 남방 대왕의 분노가 끓어 당장 처형해 버릴 것인데, 그러면 남방 대왕은 의인의 피를 뿌린 폭군의 왕으로 세상에 알려질 것이요, 나 또한 폭군을 섬기는 장수로 명예롭지 못하다.' 그런 생각이 머리를 압박한다. 왕비는 울고불고하며 난리지만, 포박된 왕은 눈을 감고 조용히 운명에 맡긴다. 오 장군과 병마들은 속도를 내며 동방 국을 빠져나가기 시작한다. 국토고개 정상을 벗어나면 서방 국이고, 여기서 하루만 지나면 남방 국에 도달한다. 오 장군이 앞장서 국토고개 정상을 달리다가 깜짝 놀라며 손을 들어 마병들을 멈추게 한다. 천하의 명장 오 장군은 사자나 호랑이 같은 맹수라도 토끼처럼 생각하는 장수이다. 하지만 정상에 더벅머리를 날리며 초라한 젊은이가 우뚝 서 있다. 마병들은 알아보지 못했지만, 고수는 고수를 알아보는 법. 오 장군은 그냥 무시하고 넘어갈 수 없는 직감이다. 하지만 오 장군은 무적의 장수이다. 그래서 마병 앞에서 기가 죽는 것은 자신을 포기하는 것이다. 벽력 같은 소리로 "너는 누구냐? 목숨이 아깝거든 옆으로 비켜서라." 하고 소리쳤으나 사나이는 동산처럼 움직임이 없이 오 장군을 쏘아본다. 천하무적 오 장군이 천하의 강적을 맞는 기분이다. 하지만 피할 수 없는 운명이다. "칼." 하고 말하니 뒤의 마병이 재빨리 반짝반짝 빛나는 명검을 바친다. "나는 무고한 피를 흘리지 않는다. 하지만 내 앞길을 방해하는 자는 목숨을 바쳐야 한다." 하며 결전의 동작을 취한다. 하지만 사나이는 여전히 미동도 하지 않고 눈빛만 쏘아보며, 육중한 소리로 "천하의 비겁자, 너는 지금 무고한 피를 흘리고 있다." 하고 말한다. 오 장군 앞에서는 적군의 어느 장수라도 먼저 기가 죽는다. 그만큼 오 장군은 쇠처럼 강인하고 무시무시한 장군이다. 그러한 장군이 지금은 고전을 면치 못하고 있다. 그러나 장군은 배짱과 담력이다. 최고의 검법으로 일거에 제거해 버려야 한다. 오 장군은 일거에 목을 베어 버리기 위해 '살수' 검법으로 공격한다. 하지만 무적의 최고 검법이 지푸라기가 되어 사나이의 옷깃 하나 건드리지 못하고 물거품이 된다. 하지만 멈추지 않고 계속 공격한다. 정신없이 공격한다. 하지만 사나이는 여유 있고 부드럽게 피한다. 동작이 비호같아 눈에 보이지 않는다. 그러다 오 장군의 검은 날아가고, 멱살을 잡히어 공중에서 팽이처럼 돌아간다. 그러면서 높이 올랐다가 땅에 꼬꾸라진다. 정신을 잃은 듯 비틀거린다. 간신히 정신을 차린 오 장군은 사나이 앞에 크게 3번 절하고, "비겁하게 목숨은 구걸하지 않겠습니다. 그러나 존함이나 알고 죽었으면 합니다." 하고 말한다. 사나이는 눈빛이 잔잔해지면서 "나는 5성검 중 도시진 성검이다. 의왕과 왕비를 원위치로 모셔다 드려라. 누구든지 동방왕국을 침노하면 침노하는 나라는 망하게 되리라." 하고 바람처럼 사라져 버린다. 벌벌 떨던 마병과 오 장군은 사라진 성검 쪽을 한참이나 바라보다 정신을 차린다. 오 장군이 동방의왕 앞으로 나와 결박을 풀어주며, 공손하게 "용서하여 주십시오. 왕비와 함께 집으로 안전하게 모셔다 드리겠습니다."

하고 말한다. 그때까지도 눈을 감고 명상에 잠기었던 동방의왕은 영문을 모르고 "무슨 흉계를 꾸미려는 것이오." 하고 의아해하며 오 장군을 바라본다. 오 장군이 더욱 겸손하게 "조금 전 도시진 성검이 나타나 의왕과 왕비님을 원위치로 모셔다드리라 하였습니다." 하고 답한다. 의왕이 놀라며 "5성검 중 도시진 성검이 나타났단 말이오?" 하고 묻자, "그렇습니다." 하고 오 장군이 답한다.

"아, 하늘이 도와주었구나." 하며 동방의왕은 탄복한다.

오 장군이 조심스레 "5성검을 알고 계십니까?" 하고 묻는다.

"이름은 알고 있지만 만나보지는 못했다오."

"이름이라도 알고 싶습니다."

"하하하, 무적의 장수도 성검에 관심이 있군요."

"성검이 독수리라면 나는 참새에 지나지 않습니다. 어찌 흥미가 없겠습니까?"

"공평 성검은 지와 덕과 무를 겸비하고, 주성진 성검은 의리와 무를 겸비하고, 신기루 성검은 생명 호수 부근에서 검법만 연마하고, 도시진 성검은 온화하며 세상에 나와 불의를 감시하고, 태악 성검은 악이 가득하여 4성검의 감시를 받고 있답니다."

오 장군이 허리를 굽혀 "동방의왕님, 무례함을 용서하여 주십시오." 하며 용서를 빈다.

"하하하, 오 장군은 선한 장수구려. 용서하리다." 오 장군이 다시 엎드려 3번 절하고, "여봐라, 의왕과 왕비님을 원위치로 모셔드린다. 가자." 하고 말한다. 이후로 다시는 왜적이 동방국을 침노하는 자가 없었다고 한다.

호사인과 수로 아는 동방의왕의 일대기를 그림과 고전으로 생생하게 접하며 만약 당시에 4성검이 태악과 결전에서 승리하지 못했다면 태악 무리가 영원히 세상을 지배하게 되겠고, 그들의 소수가 그들만의 낙원을 이루고, 유람 모두는 빈곤의 삶으로 영위되어 비참한 세상이 되었을 것이라는 수로 아의 설

118

명을 들으면서, 의인의 세상 지배와 악인의 세상 지배가 천국과 지옥의 차이라는 생각을 하게 된다. 생가 전시실을 나오니 어느덧 오후가 저물어 가고 있었다.

마차를 타고 음식백화점으로 이동하여 내리니, 유람들이 저마다의 맛집을 찾아 북적이고 있었다.

수로 아는 호사인을 향해 맛집을 고르라고 이야기한다. 하지만 호사인은 수로 아에게 맛집을 고르라고 부탁한다. 수로 아는 여기저기 열심히 구경하다 불고기집을 찾아 안으로 들어간다. 비어 있는 칸막이 방으로 들어서니 도우미가 친절히 안내하며 주문을 받는다.

벽에는 불고기 음식을 만드는 과정이 설명되어 있었다. 쌀을 가루로 만들어 반죽하고, 넓고 납작하게 늘려 불고기를 쪄서 양념하여 납작하게 늘여 가운데 놓고 쌓아 납작하게 누르면, 넓적한 돈가스 모양으로 만들어진다. 그리고 익혀서 과도와 포크로 잘라먹는 음식이다.

자리가 칸막이로 막혀 있어서 다른 유람들은 둘의 모습을 볼 수 없다.

수로 아가 "지구의 예술은 신과 옛 권력자의 칭송으로 시작되었지만, 여기는 5성검과 동방의왕의 칭송으로 음악과 춤 그림들의 내용이 바탕이랍니다." 하고 말한다.

호사인이 고개를 끄덕이며 "생가 전시실의 탐방은 고전을 읽는 것만큼이나 흥미가 있었답니다. 2천 년 전의 고대의 역사에 생시처럼 빠져들었답니다." 하고 답한다.

수로 아는 호사인을 바라보며 "당신은 감정이 풍부하고, 머리가 좋고, 말도 점점 잘하는군요." 하며 웃는다.

로봇 도우미가 주문한 음식을 큰 접시에 담고 차를 곁들여 가져와 식탁 앞에 공손히 내려놓으며, "맛있게 드세요, 두 분." 하고 간다.

호사인이 "드세요." 하며 돈가스처럼 넓적한 고기를 잘라 입에 넣고 씹으며 차를 약간 마시며 맛을 음미한다. 호사인은 고개를 끄덕이며 씹을수록 단맛이

나는 담백한 맛에 취한다. 수로 아도 맛에 만족하는 표정으로, "메뉴 선택을 잘했군요." 하며 흡족한 표정을 짓는다.

　식사를 마치고 음식백화점을 나와서 숙소들이 모인 방면으로 걸어간다. 호텔들은 2층으로 되었고, 1층에는 4개의 방이 있고, 2층도 4개의 방이 있어 8개의 객실이 있다. 수백 개의 호텔이 옹기종기 모여 있으며, 지구의 고층 호화 호텔과는 거리가 멀지만, 자연환경과 동떨어진 건축은 여기서는 용납이 되지 않는다는 수로 아의 설명을 들으면서 여기의 유람들은 얼마나 자연을 아끼고, 가꾸며, 사랑하는가를 실감할 수 있었다.

　호사인과 수로 아는 2층의 시야가 트인 곳의 객실을 잡아놓고 나와서 유람들이 많이 모여 있는 광장으로 가서 합류한다. 광장에서는 춤의 축제가 벌어진다. 예술 도우미의 리드에 따라 수많은 유람이 손에 손을 마주 잡고 빙글빙글 돌며 춤을 춘다. 마치 대한민국의 전통 강강술래처럼 처음 만나는 유람들이 모두 하나의 친구가 되어 흥겨운 마당이 된다.

　수로 아가 호사인에게 "언어가 발달하기 전 춤은 의사소통의 도구가 되었지요. 하지만 춤이 언어가 발달한 뒤에는 건강의 흥겨운 예술로 발달하여 유람들이 모이는 곳은 춤의 무대가 되었어요. 아름답고, 흥겨운 음악에 취하며 남녀가 어우러져 추는 춤은 기쁨이 충만하게 되어 건강을 유지하는 큰 버팀목이 된답니다." 하고 설명해 준다.

　호사인과 수로 아는 노천 무대에서 발랄한 음악에 맞추어 시간 가는 줄 모르게 춤을 추다가 호텔로 돌아와 저녁을 맞이한다. 그리고 내일의 여행을 위하여 잠에 취한다. 어두움의 고요한 밤에 이들의 숨소리만 들린다.

21장
어두움을 이긴, 정평 도원장의 유적지

제18일

　5성검 중에 '정평 성검'은 문무를 겸비한 성검이다. '태약 성검'이 스승의 명을 어기고, 세상에 나와 악인을 모아 세력을 만들어 세상의 부와 권력을 장악해 악을 행할 때, 정평 성검은 4성검을 모아, 악마가 된 태약 성검을 제거하기 위한 모든 계획을 기획한다. 역사는 이러한 정평 성검의 업적을 기르기 위해 당시 활약했던 정평 도원장의 유적을 보호하며, 관광 유적지로 많은 유람이 관광한다.

　간단한 아침 식사를 마치고 수로 아는 컴퓨터 앞에 앉는다. 오늘의 일정을 확인하기 위해서다. 일정을 확인하고 마차를 타고 관광열차 역사에 도착한다.

　수로 아가 호사인을 바라보며 "10분 후면 열차가 도착해요. 5시간 걸리는 먼 거리입니다." 하며 나란히 역사 안으로 들어선다.

　긴 역사 안에는 어제처럼 유람들이 많이 들어서 있다. 하나같이 표정들이 너무나 밝다. 얼굴에 근심이나 걱정, 두려움, 미움, 질투가 없으니 얼마나 행복해 보이는지! 호사인은 지구에서 많은 여행을 해 보며 많은 사람을 만나고 하였다. 하지만 여행을 하는 사람도, 얼굴이 아주 환한 사람은 거의 없다. 무슨 근심이나 걱정이 얼굴에 나타나 있다. 그러나 여기의 유람들은 마음이 너무 편안해 보인다. 그리고 서로 눈을 마주치며 환하게 웃는다. 그 모습들이 진주보다 아름답다.

　관광열차가 음악 소리를 내며 들어 온다. 호사인과 수로 아는 관광열차 특실에 자리한다. 특실은 단독 방처럼 꾸며져 있다.

　관광열차는 시속 700km 이상으로 달리지만, 외부와 차단되어 속도 감각을 느낄 수 없다. 지구가 우주 공간에서 빛처럼 빠르게 움직이지만, 대기에 덮여 움직임의 감각을 느낄 수 없듯이 마찬가지로 조용하다. 시야도 대기에 차단되어 밤하늘의 별과 해, 달이 보이지만, 더 이상의 우주의 공간을 볼 수 없다. 그러니 지구가 빠르게 움직임을 감지할 수 없는 것이다.

관광열차가 벌써 목적지에 도달하고 있었다. "다음은 정평 도원 유적지입니다." 안내 음성이 들리니 많은 유람이 일어나 가운데 복도로 서며 내릴 준비를 한다.

관광이라 하지만 누구도 가방이나 짐을 가지지 않고 빈손이다. 그것은 어디를 가나 필요한 것들이 모두 준비되어 있으며, 그러므로 쓰레기가 발생하지 않는다. 또한 여기의 모든 필수품은 일회용이 아니고, 위생과 소독을 철저히 하여, 영구히 사용하고 활용한다. 소량의 음식 찌꺼기가 나오지만 정교한 분쇄기에 넣어 완전히 분해하고, 정수하여 일급수로 정화 시켜 강으로 흘려보내니 일급수 물고기라도 해를 입지 않는다. 여기의 유람들은 자연과 함께하며, 자연을 파괴하는 것이 아니라 자연을 가꾸고 보전하는 임무로 살아간다. 그러니 자연도, 유람들을 지켜주고 보전해준다. 얼마나 아름다운 공생인가. 그뿐만 아니라, 여기의 무시무시한 맹수들도 유람들은 해치지 않는다. 어린 유람들이라도 호랑이나 사자 같은 맹수들이 절대 해치지 않는다. 그만큼 만물이 유람들을 보호해준다.

호사인과 수로 아는 역사 밖으로 다정히 걸어 나온다. 공기를 마셔본다. 시원하고 향기가 나는 맛이다. 사면을 바라본다.

수로 아를 다정히 부른다. 호사인이 수로 아를 바라보며 "너무 아름다워요! 수로 아는 여기에 처음 오는 건가요?" 하고 묻자, 수로 아가 고개를 흔들며 손가락 3개를 펴 보인다.

남쪽으로는 광장처럼 넓은 호수가 자리하고, 동과 서는 일직선의 칼바위가 양쪽으로 하늘이 다다를 것처럼 높이 솟아있고, 북쪽은 수많은 봉우리의 골들이 모여서 하나의 깊은 계곡을 만들어 이어지고 있었다.

그리고 그들이 서있는 곳은 좁은 골 사이의 작은 섬이다. 여기서 정평 성검이 2,000년 전에 검법의 후예를 양성하는 장소다.

"우리 걸어요. 이 작은 섬의 구석구석을 걸어요." 마치 이곳 이천 년 전의 향수에 취한 듯 수로 아에게 이야기한다. 잘 다듬어진 오솔길을 걸으며 수로 아가 인도한다.

　축구장 넓이의 섬, 어두움의 악인들을 물리칠 수 있게, 기지를 만든 섬이 아닌가. 그리고 원형이 손상되지 않게 잘 보전된 섬이기도 하다. 나무들이 대접받는 세상, 어디를 가나 나무들이 잘 관리되어 있다. 죽은 가지는 잘라주고, 뿌리가 물으로 나오면, 흙을 옮기어 덮어준다. 수백 년 된 아름의 나무들도 여기에 보답이라도 하듯이 자연의 아름다운 무대를 만들어 내며, 상쾌한 공기를 제공해 준다. 검법 기초 체력장에 도착한다. 호사인은 검법에 깊은 관심을 보이면서 수로 아의 설명에 귀를 기울인다.

　"검법의 기본 체력은 빨리 달리기와 점프입니다. 달리기는 섬의 둘레를 달릴 수 있는 코스를 만들어 연습하게 하고, 점프는 양쪽에 기둥을 세우고 긴 막대를 가로로 걸쳐 넘게 합니다.

　처음 1m 높이에서 시작하여 2, 3, 4, 5, 6, 7, 8, 9, 10, 15, 20, 30, 40m 높이로 점점 올려 결국은 하늘을 날게 되는 훈련이지요.

　다음은 마네킹을 세워 놓고 360의 급소를 지정해 두어, 그 360의 급소를 제압하면 불이 들어오게 하는 장치입니다. 처음에는 시간이 걸리나 성검의 실력이 되면 순식간에 불이 들어옵니다.

　다음은 청각 훈련입니다. 주로 가을에 큰 나무 밑에 앉아 눈을 감고, 낙엽 떨어지는 소리를 감지합니다. 몇 개의 낙엽이 떨어지나 감지하면서, 청각의 감각을 높입니다.

　마지막으로 시각의 훈련을 합니다. 빠르게 공격해 들어오는 적의 검날을 정확히 볼 줄 알아야 검을 피할 수 있기에 시력 훈련은 아주 중요합니다. 종이에 글을 쓰고 가까이에서 시작하여 점점 멀리 두어 읽는 방법과 사면의 여러 군데 글을 써놓고, 동시에 읽게 하는 방법 등으로 시력 훈련을 합니다. 또한 눈을 빠르게 깜빡이어 눈동자를 맑게 하는 훈련도 합니다." 등으로 수로 아가 설명하면서 훈련장을 돌아본다. 수로 아의 설명을 들으면서 호사인은 연신 고개를 끄덕이며 긍정한다.

선인을 구한 별 장군, 인자왕으로 추대

체력장을 돌아보고 다음으로 이동하니 큰 돌기둥이 보인다. 돌기둥의 납작한 앞면에는 글자가 수록되어 있다. 위에는 '별 장군'이란 제목이 있고 아래의 글에는 이러한 내용이 쓰여 있다.

〈5세에 산적에게 가족을 잃어버리고, 고아가 된 별 장군은 어린 나이에 거지가 되어 먹을 것을 얻어먹는 신세가 되었다. 낮에는 여기저기 밥을 얻어먹고, 밤에는 나무 밑에 거적을 덮고 잠을 청했다. 어느 날 잠이든 별 장군 앞에 도인이 나타나 검법을 가르치기 시작했다. 잠에서 깨어난 별 장군은 기이히 생각하며, 꿈에서 가르쳐준 검법을 낮에는 밥을 얻어먹는 시간을 빼고는 열심히 연습했다. 이렇게 도인이 꿈에 12년 동안 검법을 가르치니 17세가 된 후 별 장군은 천하의 무적이 되었다. 어느 날 낮잠을 자고 있는데 도인이 나타나 "너는 더 이상 검법을 배울 것이 없다. 빨리 사망의 고개로 달려가 선인을 구하고 도우라. 그는 천하를 통일할 인자왕이 될 것이다." 하고 바람처럼 사라진다.

별 장군은 사라진 스승을 부르다가 깨어나 급히 사망 고개에 이르니 수많은 산적이 선인을 둘러싸고 조롱하며, "봇짐을 내려놓고 가거라. 목숨만은 살려 줄 것이다." 하는 게 아닌가. 하지만 선인은 당당하게 "이 봇짐은 지혜가 들어있는 나의 소중한 재산이다. 어서 길을 비켜라." 하고 엄포를 놓는다. 산적 두목이 호탕하게 웃으며 "목숨보다 봇짐을 더 귀하게 여기는 바보로구나. 어서 해치워라." 명하니 산적들이 우르르 선인에게 달려든다. 이때 "멈추어라." 산을 가르는 벼락같은 소리에 산적들이 행동을 멈추고 바라보니 초라한 젊은이가 아닌가. 두목이 어이가 없어, "목숨을 소홀히 여기는 바보가 또 있구나. 애송이 놈부터 없애라." 명하니 산적들이 우르르 달려들어 죽이려 하는 순간 수십

명이 한꺼번에 나가떨어지고, 두목은 멱살을 잡히어 공중으로 돌리니 비명을 지르며 땅에 꼬꾸라진다. 고양이 앞에 쥐의 신세가 된 산적들은 땅에 엎드리어 목숨만은 살려 달라 애걸한다.

별 장군은 선인에게 정중하게 인사한 뒤, "상처는 없는지요?" 하고 묻는다. 선인은 자기 생명을 구한 초라한 젊은이를 기이히 바라보며 "그대는 누구이며, 어디서 왔으며, 왜 나의 생명을 구하였는고?" 하고 묻는다. 죽음 앞에서도 초연한 선인의 물음에, "저는 여기저기 떠도는 별 장군이라 합니다. 저의 스승 도인께서 꿈에 나타나 선인을 구하라 명을 받아 일거에 달려와 선인을 돕게 된 것입니다." 하고 답하자, 선인은 별 장군을 한참이나 바라보고 기이하게 생각한다.

"검법이 달인의 실력인데 젊은 나이에 어디서 그러한 검법을 배웠나요?" 별 장군이 설명하자, 선인은 별 장군의 이력을 듣고 크게 고개를 끄덕이며 "하늘이 내린 장군이구려!" 하며 감탄한다. 별 장군이 벌벌 떠는 산적 앞으로 가서 큰 소리로 "너희의 또 다른 두목이 있느냐?" 하고 묻자 산적두목이 앞으로 기어나와, "예, 저희는 왕초라는 두목을 모시고 있습니다." 하고 답한다. "왕초…" 별 장군은 한참을 생각한 뒤, "왕초 두목은 몇 명의 산적을 거느리고 있느냐?" 하고 묻는다. "예, 10 두목을 거느리고 있으며 1 두목은 50여 명의 산적을 거느리고 있습니다." 별 장군은 산적들을 유심히 바라보다, "들어라, 여기의 선인은 인자왕이 될 분이시다. 너희는 이 별 장군과 선인을 왕초 두목 앞으로 인도하라. 내가 너희들을 군사로 삼아 천하를 통일할 것이다." 하고 선언한다.

이리하여 별 장군은 선인을 인자왕으로 추대하고, 별 장군은 군사가 되어 천하 통일을 이루고, 태평성대를 이루었는데 후대의 왕이 선왕의 의로운 정치를 버리고 간신의 농간에 놀아나 폭군이 되어 버리자, 노령이 되어버린 별 장군은 깊은 산속으로 들어가 5명의 제자를 두어 검법

을 가르치니 이들이 바로 5성검이 되었다.〉
수로 아도 돌기둥에 새겨진 글을 보면서 감동을 한다.
'유구한 세월 속에는 수많은 소용돌이의 사건들이 이리저리 얽혀 있구나!'
하고 생각하며 호사인은 별 장군과 5성검을 다시 떠올려 본다.

정평과 철의 선사

호사인과 수로 아가 다시 걸으니 섬을 알리는 조감도가 나온다. 조감도 위에는 조약 섬의 유래라는 제목으로 설명이 쓰여 있었다.

〈너무 오랜 유구한 세월이 만들어 낸 골짜기에서 흘러든 돌과 흙들이 모여 만들어진 섬은 조약돌처럼 아름답다 하여 조약 섬이라 하였다.
 조약 섬을 발견한 사람은 고대의 정평 성검이다. 정평 성검은 이 아름다운 섬에 매료되어 정착하고, 정평도 원장을 만들어 후원을 양성하였다. 그리고 태약을 물리칠 수 있는 중요한 기지 역할을 하였다. 처음 정평을 매료시킨 또 하나의 특징은 호수를 동서에서 높은 절벽을 만들고 있으며, 아래에는 석회암 동굴이 분포되어 있어 수많은 동굴이 있었다. 처음 정평 성검이 훌쩍 날아 동쪽의 동굴을 시찰하다 깜짝 놀란다. 고릴라처럼 털이 무성한 무시무시한 괴한이 망치와 정을 가지고 동굴을 다듬고 있었기 때문이다. 그 괴한도 놀라기는 마찬가지로, 정평을 바라보는 순간 살기를 쏘아대고 있었다. 드디어 괴한의 입에서 괴성이 터진다. "너는 오지 말아야 할 지옥문을 들어 왔구나. 시장기가 드는데 잘 왔구나." 그리고 음흉하게 웃는다. 천하의 성검도 움찔하나 곧 평정하며, "너는 누구이며 무엇을 하고, 있느냐." 하고 묻는다. 괴한이 어이없다는 듯 "너는 바보로구나. 내 뱃속에서 곧 소화될 신세인데 그것도 모르다니." 하면서 "너는 어떻게 여기를 왔느냐?" 되묻는다. "네가 나의 질문에 대답하면 알려 주겠다." 괴한이 가소롭다는 듯이 "나는 철 장군이고 집을 짓고 있는 중이다" "나는 날아서 왔다." "그럼 넌 누구냐" "나는 성검이다." "앗, 성검!" 괴한이 깜짝 놀라며, 성검을 유심히 바라본다. 그러다 얼굴을 일그러뜨리며 옆에 세워둔 장검을 들어 번개처럼 정평에게 달려든다. "내 장검에서 살아남은 자는 없다." 격렬한 기세에도 정평은 여유 있게 그의 공격을 받아넘긴다. 당황한 괴한이 사력을 다해 10 합을 공격하지만, 숨이 막히고, 정평 성검의 장풍이 급소를 강타당하니 괴한이 힘없이 쓰러진다. 간신히 정신을 차리고 괴한은 엎드리어 용서를 빈다.

"살생을 하는 자는 한번은 용서한다. 그러나 두 번째는 용서하지 않는다." "감사합니다." 하며 머리를 조아린다. 정평 성검이 다정히 일으켜 세우며 말한다. "나의 심복이 되어라." 이리하여 이 유람이 나중에 철의 선사가 된다.〉

오성검은 100의 검법이다

동쪽의 동굴에서는 학문을 닦고, 서쪽의 동굴은 검법을 가르치는 장소로 이용되었다. 전광판 안내에는 조약 섬과 동서의 동굴 그림과 동굴 안의 관광여관들과 독서실이 안내되어 있었다. 그리고 조약 섬과 동서 동굴이 다리로 연결되어 있었다.

호사인과 수로 아는 조약 섬을 돌아보고, 서쪽 동굴의 다리를 건너면서 호수의 경관을 바라본다. 하늘까지 닿아 보이는 웅장한 절벽이 정신을 압박한다. 대낮인데도 빛이 아득해 보인다. "지금은 다리가 있지만, 옛날에는 다리가 없었겠지요." 호사인이 수로 아를 바라본다.

"이 다리는 지하 철도와 동시에 놓였답니다."

호사인은 고개를 끄덕이며 수로 아와 함께 동굴 안으로 들어간다. 안으로 들어서니 운동장처럼 넓었다. 벽에는 당시의 벽화들이 수두룩이 그려져 있어 당시의 현실감을 느낄 수 있었다.

검법의 내용도 들어있었다. '1부터 100가지의 검법이 있는데 위로 올라갈수록 난해하고 어려워지며 100가지의 검법을 마스터한 사람은 오직 5성검뿐으로, 주성진 성검의 수제자 후성과 도시진 성검의 딸 소냐가 90 검법이며 태약의 대 악장이 90 검법이며, 그 아래 5 무리 장이 80 검법이며 5십 부장이 70 검법 10부 장이 60 검법이며 태약 무리는 50 검법 수준이고, 일반 산적 두목들이 40 검법의 수준이며 천하무적 오 장군도 60 검법이다.'라고 쓰여 있었다.

벽을 따라 오른쪽부터 식당과 휴게실이 즐비하게 늘어져 있으며, 벽화에는 검법을 연습하고 겨루는 모습들이 생동감 있게 그려져 있었다.

정평 도원장과 10인의 선사

서쪽의 동굴 관람을 마치고 동쪽 동굴로 이동했다. 넓은 바위 책상 주위로 빙 둘러 11개의 돌의자가 놓였고, 돌의자에 정평 도원장이 모습과 10인의 선사와 두 의식 선사에 관심을 보이며 수로 아가 설명을 한다. "전쟁의 승패는 상대를 아는 빠른 정보에 있습니다. 두 의식 선사는 시간과 거리의 제한 없이 무한으로 태약의 모든 정보를 수집할 수 있었기에 정평의 성검이 승리할 수 있었다고 생각합니다."

호사인은 대견한 마음으로 수로 아를 바라보며, 고개를 끄덕이며 공감한다. "두 의식 선사가 어떠한 정보들을 수집했나요?"

호사인의 질문에 의기양양하게, "당시에 의인의 승리는 첨단 검에 있었습니다. 태약이 먼저 광검을 개발하여 4성검을 제압할 수 있는 상황이었지요. 하지만 의식 선사가 광검의 정보를 알아내고, 정평 성검이 동방의왕에 의뢰하여 동방의왕의 설계로 광검보다 백 배 강력한 감마검을 개발하여 대처했기에 신기루 성검에 의해 태약을 제거할 수 있었답니다." 수로 아가 설명하자 호사인은 자세하고 현장감 있는 설명을 듣고 감명한다.

독서가 문화가 된 유람

유람들이 붐비지 않아 여유로운 관람을 마치고, 수로 아와 호사인은 독서실로 향한다. 관광지에 빠지지 않는 독서실은 유람들이 정숙한 품행으로 양식을 채우는 곳이다. 넓은 공간에 책들이 진열되어 있으며 구간마다 책들의 목록이 비치되어 필요한 책들을 손쉽게 찾을 수가 있었다. 유람들은 필요한 책을 골라 비치된 책상에 앉아 독서를 하는데 자리도 예술적으로 마련해 넓은 지역에 분포하여 자리하고 있다. 호사인은 독서하는 유람들을 바라보다. 머리를 갸웃한다. 책장을 넘기는 속도가 속독에 가깝기 때문이다. 독서하는 여러 유람을 보아도 비슷하였다. 호사인은 수로 아를 바라보며 "독서는 정독해야 작가의 깊은 뜻을 알 수 있지 않나요?"

수로 아는 호사인의 말을 금방 알아차리고 답한다. "유람들은 독서가 생활의 일부로 자리하고 있습니다. 그만큼 독서의 양이 많다는 것입니다. 그러니 자연히 속독으로 변해가지요. 유람들의 독서 시간은 보통 하루에 2~3시간 정도지요. 하루 평균 3권 이상의 독서를 합니다. 여기는 전문서적과 교양서적으로 분류되지요. 전문서적은 전공인들이 주로 보지만, 모든 분야의 교양서적은 모두가 보게 됩니다. 화학을 교양서적으로 보면 전공이 아니라도 쉽게 이해할 수 있게 쓰여 독서에 취미를 만들어 주지요. 그뿐 아니라, 천문학, 물리학, 철학, 양자, 역사학, 정치, 경제, 사회 등 다양한 분야가 교양서적으로 내용을 쉽게 이해할 수 있게 쓰여 있답니다. 그러니 유리의 유람들은 모두가 아주 박식합니다."

　호사인은 지구의 역사를 바라본다. 대개의 독재 권력자들은 민중을 우매하도록 지도하고 가난하게 하여 영구 집권을 노린다. 민중이 우매하고 가난해야 독재 권력에 대항하지 못하기 때문이다. 이리하여 권력자와 충성자들은 부유하나 대개의 민중들은 가난으로 내몰린다. 민중이 지혜가 있어야 강대한 국가를 만들고 정직한 지도자를 세운다. 반면에 독재 국가는 오래가지 못하여 망한다. 호사인은 '유리 왕국은 유람이 뛰어나게 지혜로우니 영원하겠구나.' 하고 생각하며 감명받는다.

　여관을 찾아 들어간다. 2층의 방은 크고 화려하지는 않지만 아름다운 보석으로 잘 꾸며져서 마음을 아주 편안하게 해주고 있었다. 저녁과 차를 마시고 샤워를 하고 침대로 들어간다.

22장
빛에 점령당한 태약의 궁 유적지

제19일

　태약 성검은 불운의 성검이다. 어린 시절 산적에게 가족이 몰살당하고 유모의 지혜로 항아리에 숨어 간신히 목숨을 구했고, 정평 부모의 도움으로 정평과 어린 시절을 보내며, 13세 때부터 별 장군의 제자가 되어 검법을 배워 성검이 되었다. 하지만 그의 마음에는 복수의 한이 남아 있었다. 스승의 훈계를 무시한 것도, 한이 만들어 낸 비인격의 소유자로 변한 것이라 볼 수 있다.

　정평 도원장의 유적지가 강을 낀 절경의 아름다운 유적지라면 여기 태약 궁의 유적지는 산세의 절경을 유지하고 있었다. 남과 서 사이에만 삐죽이 터져 있고, 사면이 높은 산봉우리로 빙 둘러있으며, 가운데는 분지처럼 상당히 넓은 공간에 요새를 이루고 있었다.

　북쪽의 높은 산봉우리가 흘러서 양쪽으로 낮은 산맥으로 이어져 분지를 감싸고 있으며, 양 산맥 너머에는 또 다른 산봉우리가 우뚝 솟아 하얀 설봉의 위용을 드러내며, 남쪽에는 북동서의 산봉우리에 비해 낮지만 무성한 녹음이 산소를 품어내고 있는 듯하였다.

　북쪽의 아래에는 높게 병풍처럼 암벽이 이루어져 있고, 가운데 네모난 문이 있는데 여기가 바로 태약신의 신궁이며 악의 둥지인 것이다.

100인의 화형장

　분지의 곳곳에는 전광판에 고대의 그림들이 생생하게 그려져 있어서 의인과 악인의 치열한 당시의 전쟁 모습을 실감할 수 있었다.

　많은 관광객들의 발길이 이어지는 가운데, 호사인과 수로 아는 첫 번째 전광판에 그려진 '의인 100인의 화형장'을 마주했다. 그곳에는 당시 모습을 재현하듯, 형틀에 매달린 100인의 의인을 마네킹으로 재현해 두었고, 각 의인의 이름과 이력을 새긴 작은 돌판이 함께 놓여 있어 그들의 역할과 삶을 알 수 있었다.

호사인은 생각한다. '의인들을 목숨을 걸고 진실을 말하지만, 조직으로 확대하지 못하므로 거짓으로 조직화된 악인들의 밥이 되었구나.' 지구의 역사를 뒤돌아 생각한다. 여기도 의로운 4성검이 없었다면, 태약의 일당들이 세상을 지배할 것이요. 악인이 기득권이 되어 지배하는 문명이 되지 않았을까 하고 스스로 질문해 본다.

호사인과 수로 아는 동방의왕의 열자 앞에 서서 죄목을 살펴본다. '죄목: 간음죄'

그러나 아래에는 또 다른 유람의 외침이 들린다. 젊은 부부가 소리쳐 동방의왕은 죄가 없다. 우리가 거짓말을 했다. 하며 소리치는 장면이 그려져 있다.

의인들의 열자 형틀을 돌아보며, 세상의 의인들은 곧 산소 같은 존재들이구나 하고 느끼면서, 두 번째의 의인과 악인의 결투장으로 향한다. 넓은 결투장에는 실감 나고 생생한 결투의 모습이 재현되어 있었다.

가장 눈에 띄는 것은 황금으로 만들어진 황금 가마이고, 황금 가마에서 태약신이 뛰쳐나와 정평 성검과 결투하는 모습이 현실감이 있게 재현되어 있어 관광유람들도 환호하는 모습들이다.

남방 왕과 서방 왕, 북방 왕들도 여러 귀족을 거느리고 관전하는 모습과 수많은 유람이 주위를 둘러싸고 구경하고 있는 모습은 당시의 긴장감을 느낄 수 있었다.

정평 주성진 도시진 성검, 태약의 광검에 쓰러지다

정평과 태약이 펼친 설전이 기록되어 있었으며, 태약의 광검에 의해 정평 성검과 주성진 성검, 도시진 성검이 차례로 쓰러질 때, 숨이 넘어질 듯 탄성과 절망감이 넘치고 있었다.

신기루의 감마검에 태약이 무너지다

그러나 신기루 성검이 나타나 감마검으로 태약의 양팔을 무처럼 자르고, 태약이 큰 비명으로 울부짖으며 날아서 태유궁의 암벽에 머리를 박혀 제압되었을 때는 의인의 함성이 세상에 가득하고, 어두운 구름이 사라지고 세상이 환하게 밝아졌다.

그때 태약의 광검에 죽었던, 정평, 주성진, 도시진, 성검이 아무 일도 없는 것처럼 살아서 일어서니, 태약의 무리는 사색이 되어 부들부들 떨면서 도망가기 시작하나 4성검의 의군들에 결박당하게 된다.

호사인과 수로 아는 당시의 상황을 기억하며, 의인의 승리에 환희와 기쁨이 충만하여 크게 감동한다. 또한 모든 유람도 한결같이 감동하게 된다.

태약 성검과 500유람의 악당조직

세 번째는 태약 성검이 황금 가마에 모습을 숨기고, 태유신으로 둔갑하여 살인마 식인종과 같은 무시무시한 500명의 악당을 개편하여 의로운 모습으로 변장시키고, 엄격한 서열의식의 조직으로 개편하여 태약의 명령에 철저히 복종하도록 하는 모습들이 생생하게 재현되어 있다.

태유신으로 둔갑한 태약 성검은 황금 가마 안에서 절대 심복인 대유장을 대장으로 삼고, 수하에 100명을 거느리는 5명의 무리 장을 1, 2, 3, 4, 5의 무리 장 앞에 기호를 붙이고, 무리 장의 서열을 주고, 각 무리 장은 100명의 무리를 50명으로 분리하여, 5십 부장으로 50명의 수장을 만들고, 각 5십 부장 산하에

10명을 거느리는 십 부장을 두어 500여 명의 무리를 대유장으로 하여금 일사 분란하게 통솔하도록 조직을 개편하였다.

500여 악인을 의인으로 변장

다음으로 태유신은 500명의 무리를 흰옷으로 갈아입게 하고, 얼굴은 인자한 가면을 쓰게 하고, 발에는 고급가죽 운동화를 주어 신게 하고, 머리는 세련된 가발을 주어 쓰게 하고, 언제나 이를 깨끗이 닦게 하고, 목욕을 자주 하여, 청결하게 하여 악마를 천사로 변장시켜 고단수의 검법을 가르치고, 덕과 교양을 가르쳐 세상을 지배하는 준비를 하였다.

태유신이 대악장에 명하고, 대유장은 5명의 무리 장에 명하고, 무리 장은 각 2명의 5십부장에 명하고, 각 5십부장은 10부장에 명하고, 각 10부장은 10명의 무리에게 전달되며, 명령을 불복하는 자는 죽음을 명령을 따르는 자는 세상의 부귀영화를 주는 약속을 하니, 이들은 태유신을 중심으로 철처럼 단단한 조직으로 거듭나서 힘으로 세상을 지배하게 된다.

각 무리 장에 충성과 임무 부여

1무리 장과 그의 심복 100인은 태유궁에 경호와 행정업무를 맡게 하였다.
2무리 장과 그의 심복 100인은 남방 대국의 총리가 되어 남방 대왕을 보좌하고 다스리게 하였다.
3무리 장은 같은 방법으로 서방 왕국을 다스리게 하였다.
4무리 장은 같은 방법으로 북방왕국을 다스리게 하였다.
5무리 장은 동방의왕국의 총리가 되어 가난한 유람들을 동원하여, 버려진 땅을 개간하여 농토를 만들어 곡식을 심어 부강하게 만들어라, 명하며 태유신이 세계의 지배권을 갖게 된다.

당시의 태약은 모든 무리에게 자칭 '태유신'과 서약을 한다.

"나, 태유신은 하늘과 땅에서 가장 강한 신으로 나의 명을 따르고, 충성하는 자는 세상의 부와 권세와 미인을 차지하게 될 것이오. 나의 명을 따르지 않는 자는 죽음을 면치 못하리라." 하는 신명을 한다.

이에 보답하듯 대악장 무리는 "천세 만세 태유신이여, 영원무궁하소서" 하며 화답하므로 태약과 무리는 하나가 된다.

3일의 잔치와 태약의 신궁

네 번째로 호사인과 수로 아는 긴장하며 태유신 궁이 있는 동굴로 들어간다. 동굴에는 당시의 세세한 기록들이 곳곳에 새겨져 있어서 쉽게 이해할 수 있었다. 동굴의 입구를 지나면 넓은 광장이 나온다. 이곳은 밖에서 조직개편과 변장과 언약을 마치고, 태유신과 500인 무리가 멧돼지를 잡아 잔치를 벌인 최초의 자리다.

태유신은 여기서도 황금 가마 안에서 엄격한 규약들을 지시하고, 계단을 따라 3층 높이의 신궁으로 올라간다.

3일 동안 잔치를 벌이고 태유신의 무리는 드디어, 태유신의 명령이 시작되며, 철저한 업무가 시작된다.

광장을 지나면 크고 작은 홀들이 나오며, 1무리 장의 직무실과 각각의 행정 직무실 들이 들어 있다. 1무리 장의 직무실은 생각보다 넓다.

1무리 장 마성이 광검을 개발한다.

　1무리 장은 문무를 겸비한 '마성'이다. 후에 1무리 장인 마성이 광검을 개발하여 태유신에 바친다. 태유신이 그동안 자기와 동급의 4성검 때문에 마음고생이 심했는데 4성검을 제거할 수 있는 광검을 개발해 태유신에 바치니, 얼마나 감동하였는지 자기의 애인을 마성에게 주어 아내를 삼게 하며, 혈맹으로 공로를 표시한다. 하지만 이러한 모든 기술의 정보가 청 의식 선사에 의해 모두 정평 도원장에 전달된다.
　태유신 궁에서는 끊임없이 강도 높은 검법훈련을 모든 태약 무리에게 윤번제로 훈련하여 실력을 높여가고 있었다.
　한편, 3층에 자리한 태유신 궁은 규모는 크지 않지만 눈부시게 화려하다. 당시에는 귀하던 황금으로 실내가 장식되어 있었고, 침실은 금강석으로 꾸며져 있었다. 욕실과 화장실은 호화롭게 마련되어 있어 절로 상쾌함을 느낄 만큼이었다. 침실을 나오면 바로 직무실이 있었고, 그 직무실을 지나면 아담한 홀이 이어졌다. 홀을 둘러싼 벽에는 작은 방 여섯 개가 붙어 있었는데, 다섯 개는 애첩들의 거처로, 나머지 한 칸에는 중년의 여인이 이들을 관리하는 모습이 그려져 있었다.
　애첩 다섯은 모두 당시 귀족 가문의 딸들이었으나, 대악장이 무리 장에게 명하여 심야에 몰래 납치해 오면서 이곳에 오게 되었다. 그들은 자신이 어디로 끌려온지도 모른 채 태유신의 곁에 머물게 된 것이다. 이들을 관리하는 중년 부인의 얼굴에는 날카로운 기운과 함께 어쩔 수 없는 슬픔이 배어 있었다. 그녀는 사실 태유신이 되기 10여 년 전, 태약이 산적의 두목으로 살던 시절에 큰 부잣집을 습격했을 때 끌려와 아내가 된 인물이었다. 그날 집안의 주인과 자녀, 하인들은 모두 목숨을 잃었고, 그녀는 살아남았지만 이후 자유를 잃은 삶을 살게 된 것이다.
　지금은 애첩들을 돌보는 역할로 남아 있지만, 불만을 드러낼 수 없는 처지라 더욱 애잔한 모습이었다. 다만 그녀에게는 한 가지 희망이 있었다. 당시 열 살이던 장남이 공부를 위해 먼 곳에 머물고 있었기에 목숨을 건졌고, 언젠가는 그 아들을 다시 만날 수 있으리라는 꿈을 간직하고 있다는 것이다.

태약의 정보 활동

홀의 벽면에는 당시의 모습이 생생하게 기록되어 있었다.
태유신은 성검을 지니고 궁에만 머무는 인물이 아니었다. 그는 마치 귀신처럼 세상을 떠돌며 정보를 수집하고, 정복을 기획한 뒤 대악장에게 명령을 내려 차례로 왕국들을 장악해 나갔다.

남방대왕의 꿈

가장 흥미로운 기록은 이렇다. 남방 대왕이 괴이한 꿈을 꾸고 근심이 깊어지자, 지혜로운 벗 해성을 불러 꿈 이야기를 들려주고 해몽을 부탁하였다. 그러나 해성은 "이 꿈은 전능자가 장차 일어날 일을 예시한 것이나, 내 능력으로는 해몽할 수 없습니다. 다만 동방의왕만이 그 뜻을 풀 수 있습니다"라 하며 곧 말을 달려 동방의왕을 찾아갔다. 실제로 해성은 그곳에서 꿈의 해석을 듣고 크게 만족하여 서둘러 귀국길에 올랐다. 그러나 돌아오는 길, 사망고개에서 50부장이 그를 납치해 자루에 묶어 수명호수에 던져버렸다. 운명은 하늘의 뜻이었을까. 죽음 직전, 도시진 성검이 나타나 해성을 구해내었고, 벌벌 떠는 50부장에게 "해성을 해치면 죽음을 면치 못하리라." 경고만 남기고 목숨은 살려 주었다.
한편 남방 대왕은 해성이 떠난 뒤, 근심 가득한 얼굴을 본 왕비의 물음에 꿈

이야기를 들려주었다. 왕비는 웃으며 "걱정할 것 없으십니다. 전국의 해몽가들을 불러 모아 꿈을 풀이하게 하시면 되지 않겠습니까?"라 하였다. 이에 크게 기뻐한 대왕은 전국에 방을 내어 거액의 상금을 약속하고 해몽가들을 불러 모았다. 그러나 그는 진실한 해몽을 듣기 위해 꿈 이야기를 먼저 말하지 않고, 꿈과 해몽을 동시에 맞히라 명했다. 아무도 꿈을 짐작할 수 없어 결국 많은 해몽가들이 사형 위기에 처하게 되었다.

이때 태유신은 처음부터 꿈 이야기를 엿듣고 해성의 해몽까지 파악하고 있었다. 그는 해성이 남방 왕국으로 돌아오지 못하게 50부장에게 죽이라 명한 뒤, 제2무리장을 시켜 남방 대왕 앞에 나아가 꿈을 해몽하게 하였다. 남방 대왕은 크게 감탄하며 그를 총리로 삼았고, 함께 모였던 해몽가들에게는 후한 노자까지 주어 목숨을 살려주었다. 그 결과 제2무리장은 지식인에 가까운 존재로 여겨져 남방 대국 어디에서나 학자들과 백성들의 환대를 받게 되었다.

이렇게 입지가 넓어진 총리는 오 장군과 쓰리 장수로 하여 삼십만 대군을 북방왕국으로 보내 침략하게 하고, 북방왕국에는 제4무리 장을 보내 제4무리장으로 하여 오 장군과 쓰리 장수를 제거하게 하고, 북방왕국에 2명의 50부장 중 하나는 왕의 경호 대장으로 하나는 국방 장수로 임명하여 북방왕국과 남방왕국의 실권을 동시에 장악한다.

이렇듯 태유신은 동방과 서방을 비롯해 여러 왕국을 직접 탐방하며 약점을 파악했고, 각 무리장을 통해 문제를 해결해 주는 방식으로 왕들의 신임을 얻었다. 마침내 그는 총리 자리에 올라섰고, 그 휘하의 50부장들을 왕의 경호대장과 국방 장수로 배치함으로써 왕들의 실권을 장악하며 정복의 길을 넓혀갔다.

물물교환에서 통화를 발행해 시장체제로 경제를 발전

 그리하여 물물교환에 머물던 시장 체제는 점차 각국이 왕의 이름으로 통화를 발행하는 화폐 경제로 전환되며 크게 발전해 갔다. 각국의 50부장 아래에 속한 10부장들은 곳곳에서 군사를 모집해 검법을 가르치며 군세를 길러냈고, 그 아래 10의 무리들은 각 고을마다 은행을 세워 통화 창구를 운영하며 막대한 부를 쌓고 고을을 장악하였다. 그 결과 각국의 왕들은 실권을 잃고 허수아비에 불과한 존재가 되고 말았다.
 그러나 겉으로는 여전히 왕에게 깍듯한 예를 다했으니, 이는 모두 태유신의 지시였다. 태유신이 언제 어디서든 자신들을 감시할 네 성검의 존재를 늘 의식하고 있었기 때문이다.

성검의 위력

 만약 태약 성검과 도시진 성검이 결투를 벌인다면 하루가 지나고 열흘, 한 달이 지나도 승패가 나지 않을 것이다. 태약 성검이 수하의 500인을 이끌고 도시진 성검을 공격한다 해도 결과는 마찬가지다. 이는 마치 프로 10단 바둑 기사들이 대국을 벌일 때, 하수 500명이 한쪽에 훈수를 둔다 해도 그 훈수를 받은 프로가 이길 수 없는 이치와 같다.
 또한 정예군 10만 명이라도 한 사람의 성검을 꺾을 수 없다. 그래서 세상의 왕들이나 사악한 산적들조차 성검의 이름만 들어도 고양이 앞의 쥐처럼 몸을 움츠리는 것이다. 그만큼 성검의 검법은 '신의 검법'이라 불릴 만했다.
 호사인과 수로 아는 태유신 궁을 세세히 살펴본 뒤 동굴을 나와, 왼편에 놓인 세 개의 넓은 돌판에 새겨진 기록들을 보았다.
 거기에는 태약의 무리들이 세상을 지배한 지 20년 후의 모습이 기록되어 있었다. 그 시절 세상은 몰라보게 달라졌다. 집들이 새롭게 단장되고, 도로가 넓어졌으며, 농노를 조직해 농사를 기계화하고, 학교를 세워 단계별 교육을 시행하였다. 과학이 발전하고, 생필품이 기계화·대량화되어 생산되었으며, 통화가 발행되어 시장이 활성화되자 고급 생필품들이 쏟아졌다. 일자리도 많아져 누구나 일할 수 있는 세상이 된 듯 보였다.

겉으로 보아서는 모두 풍요롭고 잘사는 것처럼 보였지만, 정작 대부분의 유람들의 얼굴에는 만족감이 보이지 않았고, 오히려 불만이 가득 서려 있었다.

악인들의 세상은 불공정하다

각국의 무리 장 총리들은 특수 종이에 금액을 적고 왕의 인장을 찍어 통화를 발행하였다. 이어 태유신의 무리들에게 고을마다 은행을 세우게 하고, 그 통화를 관리하는 창구 역할을 맡겼다. 이로써 통화 유통이 활성화되면서 세상의 부는 고스란히 태유신의 무리에게 집중되었다.

즉, 태유신의 무리는 통화를 발행하는 주체가 되어 거대한 부자가 되었지만, 일반 유람들은 아무리 열심히 일하거나 장사를 해도 겨우 생계를 이어갈 만큼의 통화만 벌 수 있을 뿐이었다. 결국 유람들이 부자가 되는 길은 완전히 막혀 있었고, 반대로 태유신의 무리들은 하나같이 영주와도 같은 거부가 되어 있었다.

태유신 무리에게 아부하거나 길에서 넙죽 절을 하는 해몽가 같은 이들에게는 노임을 두 배로 주어 그나마 잘사는 무리에 속하게 하였고, 병사들에게는 노임의 열 배를 주어 절대적인 충성과 신봉을 이끌어냈다. 겉으로는 문명과 과학이 눈부시게 발전해 풍요로운 세상처럼 보였으나, 실제로는 과학 문명의 혜택이 태유신 무리에게만 집중되었고, 일반 유람들의 삶은 크게 나아지지 않았다. 불만은 쌓였으나 감히 드러낼 수 없었고, 간혹 왕족이나 대신들이 불만을 토로해도 태유신의 무리는 곧장 정보를 수집해 총리에게 보고하였다.

이리하여 태유신은 무리들에게 약속한 바대로 세상의 부와 권세, 심지어 아름다운 여인들까지 차지하게 되었고, 그의 언약은 현실이 되었다. 그래서 태유신의 무리는 그의 명령을 신의 뜻처럼 여기며 철저히 복종하였고, 그 권력은 철벽처럼 단단해 보였다.

더군다나 제1무리 장 마성이 광검을 개발해 태유신에게 바치자, 태유신은 직접 그 성능을 시험하고는 광검으로 4성검마저 제거할 수 있다고 확신하였다. 그는 자신감을 얻어 자신의 초상화를 새긴 '태화'를 만들어 왕들의 권력을 완전히 무력화시키고, 세상의 권력과 부를 장악하려 하였다.

그러나 의인들의 불만이 극에 달하자, 태유신은 동방의왕을 비롯해 의인 100인을 화형에 처하고, 동시에 4성검을 유인해 제거하려는 작전을 꾸몄다. 그러나 끝내 신기루의 감마검에 양팔이 잘려 나갔고, 스스로 자결하여 몰락하고 말았다.

악인을 물리친 4성검 동방의왕을 유리왕으로 추대

태약당 무리가 무너진 뒤, 정평 도원과 세 성검은 십자가에 묶여 있던 의인들을 풀어주고, 동방의왕을 새 군주로 추대하였다. 처음에 동방의왕은 강하게 사양했으나, 정평 도원이 간곡히 말했다.

"태약과 같은 악인을 제거했으니 이제는 의인의 도를 세워 공평한 세상을 이끌 인물이 필요합니다. 오직 동방의왕만이 세상을 의롭게 평정할 수 있습니다. 그렇지 않으면 세상은 다시 악인의 손에 넘어갈 것입니다."

결국 동방의왕은 뜻을 받아들여 왕권을 수락하였고, 초대 유리왕으로 즉위하였다.

그러나 세상을 지배하던 태약당 무리의 저항은 쉽사리 꺾이지 않았다. 후성과 소냐는 낮에는 소냐가 경호대장이 되어 철통같이 유리왕을 지키고, 밤에는 후성이 교대로 경호를 맡았다. 또한 사방의 네 성검과 황건적이 힘을 합쳐 3년 동안 온 힘을 다한 끝에 무리를 완전히 제거하고서야 비로소 유리왕 시대의 평정이 이루어질 수 있었다.

역사의 불꽃 토론

태약 궁의 유적지를 둘러본 뒤, 조금 떨어진 넓은 정자에는 많은 유람들이 모여 열띤 토론을 벌이고 있었다. 호사인과 수로 아가 다가가자, 모두가 환영의 눈빛으로 맞이하였다.

호사인이 인사를 건넸다.

"반갑습니다. 토론은 새로운 견문을 열고 상생의 길로 발전하지요."

그는 곧 자리에 함께 앉았다.

진행자가 중앙에 서고, 남녀 유람 100인이 양쪽으로 나뉘어 앉아 토론을 시작했다.

"오늘은 특별한 토론이 될 것 같습니다. 지구 행성에서 오신 호사인과 수로아 과학위원장이 함께하시기 때문입니다. 모두 박수로 환영하지요."

환한 웃음과 박수가 쏟아졌다.

"오늘의 주제는 '선과 악의 역사'입니다. 2,000년 전 선과 악의 결투에서 선이 승리하여 오늘의 문명국이 세워졌습니다. 하지만 악은 언제든 틈을 타 다시 세상을 어지럽히곤 합니다. 오늘은 '악한 문명의 견제'라는 제목으로 토론을 벌이겠습니다. 여러분 앞에 놓인 토론 피켓을 들어 발언 의사를 표시해 주십시오."

가장 먼저 피켓을 든 이는 사유라는 이름의 여 유람이었다. 긴 머리를 단정히 관리하고, 몸에 어울리는 화사한 원피스를 입은 아름다운 인물이었다.

진행자가 말했다.

"사유라 유람, 발언 기회를 드립니다."

그녀가 조용히 입을 열었다.

"태약 궁의 유적을 둘러보며 당시의 긴박했던 상황을 느낄 수 있었습니다. 만약 그때 태약의 무리가 승리했다면, 지금의 사회가 어떠했을까요? 저는 그것이 오히려 지구 행성을 떠올리게 합니다."

진행자가 잠시 정리하며 덧붙였다.

"호사인과 수로 아 위원장이 이 자리에 계십니다. 지구 행성을 직접 비유하는 발언은 삼가 주십시오."

이어 또 다른 피켓이 들렸다. 장발의 중년 유람이 침착하게 말했다.

"유리 행성의 지금의 아름다운 사회는 비교가 있어야만 알 수 있습니다. 우리가 누리는 최상의 복지와 공정, 공평한 행복한 삶은, 많은 유람이 지구 행성을 다녀와 그 사회와 비교했기에 더욱 감사히 인식할 수 있었습니다."

진행자가 다시 흐름을 정리했다.

"오늘의 주제는 선과 악의 역사토론입니다. 주제에 맞추어 논의를 이어가겠습니다."

이번에는 정숙한 기품을 지닌 여 유람이 피켓을 들었다. 그녀는 도도하면서도 잔잔한 어조로 말했다.

"성검 태약은 왜 사부의 명을 거부하고 세상에 나와 권력과 부를 좇게 되었는가. 그것이 중요하다고 생각합니다. 모든 상황에는 원인이 있기 마련입니다."

또 다른 발언자가 나섰다. 더벅머리의 남 유람이 침착히 말했다.

"태약 성검은 정평 성검과 어린 시절을 함께 보냈습니다. 더 거슬러 올라가면, 만왕 시절 두 사람의 아버지는 모두 고관이었습니다. 태약의 아버지는 곧고 정직하여 정적이 많았고, 정평의 아버지는 유하고 부드러워 적이 없었다 합니다. 그런데 어느 날, 간신의 사주를 받은 산적들이 밤중에 태약의 집을 습격해 가족을 몰살시켰습니다. 태약은 유모의 도움으로 독 안에 숨어 목숨을 건졌고, 다음 날 정평의 아버지가 사건을 수습하며 그를 데려와 정평의 집에서 공부하며 자라게 되었다고 합니다."

이야기를 들은 모든 유람이 태약의 비참한 어린 시절에 동정을 표하며 눈시울을 적셨다. 진행자가 분위기를 바꾸며 말했다.

"다음 발언을 듣겠습니다."

이번에는 의상이 잘 어울리는, 빼어나게 아름다운 여 유람이 피켓을 들었다. 그녀가 또렷하게 말했다.

"악은 환경이 만들어내는 것이라 생각합니다. 우리는 지금까지 악인을 저주하고 비난했지만, 태약의 과거를 생각하니 우리가 너무 단순하게만 보았구나 하는 깨달음이 듭니다."

다시 피켓이 들렸다. 지성이 넘쳐 보이는 젊은 유람이 말했다.

"그래서 고서에 '용서'라는 단어가 나오는 것이군요. 이제야 그 뜻을 알 것 같습니다."

이어 반백의 머리에 예리한 눈빛을 가진 유람이 발언했다.

"모든 사건과 사회 현상에는 원인이 있습니다. 악인 역시 그 환경의 영향을 받았을 것입니다. 그러나 그렇다고 해서 악인을 무조건 용서하거나 관용을 베푼다면, 선과 악의 경계가 흐려질 수 있습니다. 우리는 용서가 왜 필요한지를 분명히 알아야 합니다. 어떤 유람이 나에게 피해를 주었을 때 분노가 일어나는데, 이때 용서가 필요한 이유는 상대를 위한 것이 아니라 나 자신을 위해서입니다. 피해자가 용서 없이 사회에 남아 있다면, 그 한 사람으로 인해 사회 전체에 분노가 퍼지기 시작합니다. 그러므로 피해자의 용서는 사회적 분노의 싹을 없애는 일입니다. 그러나 또 하나의 문제가 남습니다. 그렇다면 악인까지 용서해야 하는가? 만약 그렇다면 세상은 곧 악한 세상으로 변할 것입니다. 그래서 우리는 법을 만든 것입니다. 법이 악한 행위자를 엄중히 다스려 죄를 짓지 못하게 하는 것이지요."

다음 피켓은 선사의 기풍을 지닌 여 유람에게서 들렸다.

"우리는 2,000년 전의 역사를 돌아볼 필요가 있습니다. 오래전에도 국가 제도가 있었고, 교육과 법도 있었습니다. 그러나 그 교육은 기득권 소수만의 것이었고, 법 역시 그들의 편의대로 만들어졌습니다. 그래서 공정하고 공평할 수 없었지요. 기득권은 민중을 속이고 거짓으로 부를 축적했고, 민중은 점점 가난해졌습니다. 권력자들은 오만해지고 신분의 차별이 심해졌습니다. 결국 일부 민중은 도적과 산적으로 내몰렸고, 사회는 혼란에 빠졌습니다. 민심이 바닥까지 떨어졌을 때 국가는 붕괴했고, 새로운 나라가 세워졌습니다. 그러므로 선과 악은 환경에서 나오며, 그 환경은 곧 국가가 만든다고 보아야 합니다."

이어서, 의상이 단아하게 잘 어울려 중후한 아름다움을 드러내는 여 유람이 발언했다.

"우리는 다시 초대 유리왕, 동방의왕을 떠올려야 합니다. 그는 왕권 세습을 없애고, 의식주를 국가가 책임지게 했으며, 모든 이에게 공정한 교육과 경제 제도를 마련했습니다. 공정과 공평을 사회의 토대로 세운 그 공로는 영원히 기억될 것입니다."

진행자가 말을 이었다.

"이번에는 지구 행성에서 오신 호사인께 발언 기회를 드리겠습니다."

호사인은 주위를 살피며 입을 열었다.

"여러분의 수준 높은 토론을 잘 들었습니다. '선과 악의 역사'라는 주제로 본다면, 제가 짧은 기간 경험한 유리 왕국은 악이 사라지고 선이 넘치는, 사랑 가득한 사회로 보입니다. 이는 교육과 공정한 법, 그리고 풍요로운 경제가 함께 이루어낸 결과라 할 수 있습니다. 여러분 모두가 동방의왕을 닮아 지혜롭게 다독이며 살아간다면, 유리 왕국은 앞으로 더욱 발전하고 영원히 번영할 것이라 믿습니다."

장내에 박수가 울려 퍼졌다.

곧 도우미가 수로 아를 지명했다.

"수로 아 님의 의견을 듣고 싶습니다."

수로 아가 차분히 말했다.

"어제는 정평 성검의 유적지를, 오늘은 태약 성검의 유적지를 둘러보고 이 자리에 섰습니다. 악으로 타락한 태약 성검과, 끝까지 선을 지키려 한 정평 성검의 대결은 그야말로 선과 악의 싸움이었습니다. 당시 선의 승리가 있었기에 오늘의 유리 왕국이 존재합니다. 지금 우리가 누리는 풍족한 복지와 공정, 공평은 모두 동방의왕의 넓고 깊은 지혜 덕분입니다. 그러나 방심해서는 안 됩니다. 악은 틈만 생기면 다시 고개를 들어 세상을 어둡게 합니다. 그러므로 평화와 행복 속에서도 항상 깨어 있어야 하며, 악에 대해서는 모두가 단호히 맞서야 합니다."

진행자가 상냥한 목소리로 마무리했다.

"오늘의 토론은 이것으로 마치겠습니다."

큰 박수 속에 토론의 장은 막을 내렸다. 호사인과 수로 아는 의미 깊은 태약궁의 고대 유원지 관람을 마치고, 해가 서산에 지자 숙소로 발길을 옮겼다.

23장
짝을 찾는 사랑의 공원

제20일 - 생명을 탄생시킨 포근한 봄

만물이 소생하는 따뜻하고 포근한 봄기운에, 앙상하고, 생명력을 잃어버렸던 대지가 부활이라도 한 듯 새로운 생명을 탄생시키고 있었다.

마른 가지에 빛의 에너지를 가하니, 마른 나뭇가지들이 목이 마른 듯 뿌리가 땅의 물을 빨아들여, 마른 가지들이 파랗게 생기를 얻으면서 부풀며, 마른 가지의 눈에서는 빛에 의해 뿌리의 물이 가지로 올라와 수소와 산소로 분해되어, 산소는 공기 중으로 내보내며, 수소와 공기 중의 탄소가 화합해 탄수화물인 물질이 만들어지니, 이 작용이 온 천지에 새로운 생명을 잉태하고 있었다.

산과 들과 나뭇가지에 귀엽고, 깜찍하고, 아름다운 새싹과 새잎과 꽃들이 피어나며, 생명 탄생의 신비함을 온 천지에 드러내고 있으며, 하늘에는 이 생명을 잉태하여 상고하는 것처럼, 파란 하늘 아래로 강한 햇살을 부어 찬 기운을 몰아내며, 이름 모를 크고 작은 새들이 종마다 대오를 이루며, 춤을 추며 환영하듯 분주히 움직이고 있었다.

호사인과 수로 아가 역사를 나오니 수많은 남녀 유람이 북적이며, 서로가 누군가를 찾아 짝을 이루어 춤 광장으로 이동하며, 넓은 잔디광장에 흥겨운 춤 잔치가 벌어지고 있었다.

호사인이 수로 아를 바라보며 주변의 상황에 궁금증을 드러내니 수로 아가 설명한다. "여기는 유리 남녀 유람의, 사랑 낙원입니다. 호사인의 지구 행성에서는 남녀의 결혼은 백년해로가 미담이며, 부부가 법으로 인정되고 보호받으며, 이혼이 법으로 판결을 받아야 하지만, 여기서는 부부가 25~30세에 결혼하여 자녀를 낳아 결혼시킨 30년의 기간만 엄격히 정해져 있고, 30년이 지나면 누구나 이혼하여 자유의 몸이 되어 좋아하는 유람이 있으면, 누구라도 만나 재결합할 수 있습니다.

그러므로 이 사랑의 공원은 남녀 독신들이 관광여행을 하여 서로의 맞는 짝을 찾아 사랑의 춤 파티를 하여 사랑의 열매를 맺는 인기의 공원입니다." 하며 호사인을 바라본다.

1차 춤의 광장에서는 남녀 유람들이 릴레이로 돌아가며 춤을 추다 서로가 눈이 맞으며 쌍이 되어, 멋지고 아름다운 춤의 2차 광장에 합류하여 황홀한 춤이 시작된다.

1차의 춤은 대한민국 농경사회에서의 정월 대보름 남녀가 모여 빙빙 돌며 강강술래의 흥겨운 춤과 흡사했다. 여자가 안에서, 남자가 밖으로 원을 그리며 반대로 돌아 남녀가 서로 눈을 마주치며, 서로의 마음이 당기면 윙크하여 쌍을 이루어 2차 광장으로 이동한다.

느린 지루박에서 시작하여 발레, 탱고, 왈츠, 탭댄스 등 다양한 춤이 이어진다. "여기는 춤과 음악의 천국입니다. 로봇 일꾼들이 생산에 필요한 모든 일을 해주니, 유람들은 모두가 부유하며, 여가의 시간이 많아 관광과 춤과 음악이 대단할 정도로 보편화 되어 있답니다.

비교하자면 지구 행성에서 1%의 부자와 권력자일지라도 이곳의 유람처럼 행복하지 못합니다. 여기는 모두가 부유하고, 모두가 만족하며, 모두가 서로 사랑하여, 모두가 행복하고, 모두가 즐거워한답니다.

마음의 죄를 교육으로 가르치니, 서로 미워하지 않고, 업신여기지 않고, 질투하지 않고, 서로서로 사랑이 넘치니 모두가 저렇게 아름답답니다."

호사인은 10년 동안 세계 일주를 하며 선진국과 후진국, 문명국과 비문명 지역, 심지어 아프리카 대륙까지 발길을 옮기며 환상의 여인 수로 아를 찾아 지구 곳곳을 누볐다. 그가 크게 깨달은 것은, 인류가 처한 환경과 문명권의 상황이 재앙에 가까운 참사라는 사실이었다. 어떻게 같은 땅 위에서 천국과 지옥이 동시에 존재할 수 있단 말인가? 소수의 능력 있고 욕심 많은 자들이 권력 조직을 만들어 그 힘으로 거대한 창고에 부를 축적하는 동안, 대다수의 사람들은 가난으로 내몰리고 있었다. 그러나 과거 자급자족의 시대에는 각자가 생존에 필요한 것을 스스로 생산할 수 있었기에 가난이란 개념조차 없이 평화롭게 살아갈 수 있었던 것이다.

그러나 과학 문명이 발달하면서, 자본가들은 인류가 필요로 하는 생필품을 기계로 대량생산하기 시작했다. 그 과정에서 사람들은 스스로 생계를 꾸려가던 자족 능력을 잃고, 자본가들의 공장으로 내몰렸다. 거기서 분업적이고 단순한 노동을 하며 돈을 벌고, 다시 자본가들이 만든 대량생산품을 사서 쓰는 삶이 시작된 것이다.

하지만 아무리 열심히 일해도 자본가들은 노임을 적게 주어 노동자들이 필수적인 생필품조차 제대로 살 수 없게 만들었다. 이에 노동자들은 단결하여 단체를 조직하고 임금 인상을 요구했으며, 생활이 어느 정도 나아졌다. 그러나 자본가들은 더 큰 이익을 위해 기계화·자동화·로봇 생산을 도입하여 노동자들을 해고하고, 소수의 인력만으로 대량생산을 가능하게 했다. 그 결과 노동자들은 일자리를 잃고 실업과 가난 속으로 내몰렸다.

자본가들은 산더미 같은 부를 쌓아두고, 그 부를 이용해 권력자를 세우며 미디어와 언론을 장악하여 여론을 조작했다. 또한 자신들의 이익을 보호하는 법을 만들어 영구적인 기득권을 공고히 하였다. 더 나아가 차등적 교육제도를 도입해 고등교육으로 갈수록 교육비를 높여, 가난한 이들에게는 교육의 길을 차단하고 세습적 빈곤을 고착화시켰다.

뿐만 아니라 자본이 만들어 낸 과학 문명은 환경을 심각하게 파괴하여 지구는 숨 막힐 지경에 이르렀다. 각국은 지배력을 확보하기 위해 재래식 무기에서 첨단 핵무기에 이르기까지 경쟁적으로 개발하며, 그것을 소비하기 위해 분쟁을 유도하고 전쟁을 일으켰다. 그 과정에서 수많은 생명이 희생되었고, 지구촌은 혼란에 빠졌다.

오늘날 지구 행성은 인구폭발, 환경 파괴, 핵전쟁의 위협 등으로 말미암아 파멸의 길목에 서 있다.

누가 지구를 구할 것인가, 하는 호사인의 중얼거림에 수로 아가 말한다. "당신이 구하셔야지요. 당신의 행성에도 개념 있고, 양식 있으며, 의로운 사람들이 많습니다. 다만 그들에게는 구심점이 없어 하나로 뭉쳐 자본가의 횡포를 막아내지 못하고 있을 뿐입니다."

"가능할까요?" 하는 호사인의 질문에 수로 아가 고개를 강하게 끄덕이며 답변한다. "당신이 여기서 보고 들은 것을 지구 행성에서 전하기만 됩니다. 지구의 인류는 능력이 많습니다."

그 말에 호사인의 마음은 한층 밝아졌다. 그는 광장 쪽을 바라보며 생각에 잠겼다.

수로 아가 옆으로 다가가 낮게 속삭였다. "유리의 문명은 주권을 존중하고 평등을 바탕으로 한 문명입니다. 반면 지구의 문명은 강자가 약자를 지배하는 서열 중심의 수직 문명, 말하자면 원시적 동물 문명이지요. 만약 2,000년 전 태약의 무리가 네 성검을 꺾고 세상을 영원히 지배했다면, 지금의 유리도 지구와 같은 처지가 되었을 겁니다."

호사인은 그 말을 곱씹으며 수로 아를 바라보았다. 단정하고 세련된 머리 모양, 깊고 맑은 눈동자, 은은히 빛나는 미소와 우아한 한복 차림. 모든 것이 사랑스럽게 다가와 그는 자연스레 그녀의 손을 잡았다. 두 사람은 광장으로 나아가 무리들과 어울려 춤을 추기 시작했다.

호사인은 주위를 둘러보며 놀랐다. 유람들은 하나같이 수로 아처럼 아름답고, 춤사위는 세련되고 자연스러웠다. 그 모습은 모두가 전문 무용수 같았다. 지구에서는 자신도 춤에 있어 프로라는 말을 들었지만, 이곳에서는 어설픈 초보에 불과하다는 생각이 들어 어색했다. 발걸음이 엇나가 수로 아의 발을 밟자 얼굴이 붉어졌다. 그러나 수로 아는 다정히 말했다.

"이곳 사람들은 어려서부터 춤이 생활이 되어 자연스럽게 추는 겁니다. 하지만 당신은 왕초보임에도 지금 실력은 대단합니다."

그 말에 호사인은 마음이 놓였다. 그는 미소 지으며 말한다. "당신은 편안하고, 세련된, 마음을 가지고 있군요."

춤의 형식은 수백 가지였다. 느린 박자로 시작해 점점 호흡을 맞추고, 점차 빠르고 강렬해져 흥분과 매혹으로 이어졌다. 그러다 다시 느려져 기쁨 속에서 사랑을 고백하는 순서로 마무리되었다.

두 시간의 춤이 끝나자, 두 사람은 한 쌍의 연인이 되어 데이트를 즐기게 되었다. 광장을 벗어나면 아담한 카페들이 줄지어 있었고, 언덕 너머에는 수많은 사랑의 보금자리들이 자리하고 있었다.

호사인과 수로 아는 아름다운 유람들과 어울려 오솔길을 걷고 있었다.

모든 유람이 두 사람을 알아보았지만 모르는 척 지나갔다. 호사인은 스타 중의 스타였고, 수로 아는 영웅 중의 영웅이었으며, 그의 일정은 뉴스에서 연일 보도되고 있었다.

호사인은 신기한 듯 말했다.

"유람들이 우리를 몰라보아서 좋군요."

수로 아가 고개를 저으며 "모두가 다 잘 알아보고 있답니다. 여기는 스타도 영웅도 유리왕 같은 왕일지라도 모두가 평등하고, 권위의식은 상상도 못 한답니다. 그래서 누구를 추앙하는 일은 더욱 없답니다." 하고 이야기하자, 호사인은 부끄러워하며 얼굴을 붉힌다.

그들은 카페에 들어섰다. 창가에는 숲의 신선한 공기가 흘러들어 왔고, 테이블은 세 면이 칸막이로 되어 있어 남녀의 오붓한 대화를 보호해 주었다. 북쪽에 난 문을 통해 단정한 종업원 '사 티'가 주문을 받으러 다가왔다. 호사인과 수로 아는 맥주와 마른 안주를 주문하고 마주 앉았다.

호사인이 환한 미소로 말했다.

"오늘은 정말 멋진 날이었어요. 춤과 음악이 너무 아름답고 황홀했어요."

"저도요." 수로 아가 밝게 웃으며 답했다.

잠시 뒤 호사인이 물었다.

"여기는 결혼이 법적으로 30년으로 정해져 있다고 들었는데, 그러면 30년이 지나면 모두 이혼하나요?"

수로 아는 고개를 세차게 저었다.

"아니에요. 70%는 이혼하지 않고 죽을 때까지 함께하지요. 이혼하는 경우는 30% 정도뿐입니다. 자녀들이 부모의 이혼을 원하지 않기 때문이에요."

호사인은 놀라며 말했다.

"그러면 우리 지구와 크게 다를 바가 없군요."

"맞아요. 30년 동안 정이 들고 사랑이 깊어지다 보니, 이혼할 생각조차 못 하는 경우가 많답니다."

그때 종업원 사 티가 주문한 음식을 들고 왔다. 호사인은 다시 물었다.

"여기는 마르거나 비만한 유람을 전혀 보지 못했는데, 특별한 이유가 있나요?"

수로 아는 설명했다.

"물론이지요. 태어날 때부터 체형이 기록되어 전산 관리가 됩니다. 우리가 음식을 주문하면, 화면에 개인의 체형이 나타나고 그에 맞게 조리된 음식이 나옵니다. 쉽게 말해 국가가 모든 이의 건강을 관리해 주는 셈이지요. 그래서 폭식이나 영양실조 같은 일은 있을 수 없습니다."

호사인은 또다시 감탄했다.

"세상에, 이렇게 완벽하게 사람들을 관리해 편안하게 살게 하다니 놀랍군요."

그러고는 고개를 갸웃하며 물었다.

"그렇지만 지나친 관리가 간섭처럼 느껴져 불편하지는 않을까요?"

수로 아는 고개를 저으며 미소 지었다:

"전혀 그렇지 않아요. 호사인께서 보신 것처럼 누구도 불편을 느끼지 않지요."

호사인은 마른안주를 집어 들며 화제를 바꾸었다.

"여기는 어디를 가든 고서나 고화 같은 글과 그림이 많이 보이네요. 혹시 벽에 그려진 수많은 벽화들의 내용을 다 알고 계신가요?"

수로 아는 미소 지으며 고개를 끄덕였다.

"알고말고요. 벽화는 곧 우리의 역사랍니다."

호사인이 창가 아래에 그려진 한 벽화를 가리켰다.

"이건 남녀가 싸우는 장면 같은데요. 설명해 주시겠어요?"

수로 아는 웃음을 지으며 답했다.

"그 유명한 후성과 소냐의 이야기지요. 소냐는 도시진 성검의 외동딸이고, 후성은 주성진 성검의 수제자였습니다. 두 사람은 당대에 5성검을 제외하면 최고의 실력을 자랑하는, 90검법 이상의 고수를 다루던 인물들이었지요. 서로 너무 사랑했기에 늘 검법 시합을 벌였는데, 전문가들의 평에 따르면 후성이 약간 우세했지만 늘 져주었다고 합니다. 왜냐하면 결투가 끝나 후성이 져야 소냐가 기뻐하며 그를 받아주었기 때문이지요. 만약 후성이 이기면 소냐는 얼굴을 붉히며 화를 내고 달아나 버렸다고 전해집니다.

그들의 결투 장면은 너무도 멋지고 아름다워 수많은 검법가들이 구경하러 모였다고 합니다. 신출귀몰한 검법의 묘수가 가득했으니까요. 지금까지도 이들의 사랑 이야기를 기리는 영화가 매년 제작되어 여전히 인기를 끌고 있답니다."

호사인은 고개를 끄덕이며 미소 지었다.

"우리나라에도 춘향과 이 도령의 사랑 이야기가 고전으로 전해 내려오며 매년 영화나 연극으로 상연되지요. 비슷한 점이 있군요."

식사를 마친 두 사람은 손을 맞잡고 의상 백화점을 향해 오솔길을 걸었다. 오솔길은 얇은 망으로 터널처럼 둘러쳐져 있어 외부와 단절되었지만, 밖은 훤히 보였다. 동시에 외부의 독소나 맹수의 공격을 막을 수 있게 설계되어 있었다. 숲은 필요 없는 잡풀과 엉겅퀴는 제거되고 필요한 나무들만 자라도록 관리되고 있었는데, 모든 작업은 로봇이 맡고 있었.

수로 아가 설명했다.

"우리 유리 행성은 숲과 산을 관리하는 데에만도 5억 대의 로봇이 항상 투입되어 있답니다. 하지만 자연 그대로의 숲은 본래대로 두어, 나무들이 서로 경쟁하며 살아가는 방식을 연구하고 있지요."

호사인은 수로 아의 설명을 들으며 감탄했다.

"유리의 유람들은 정말 아름답습니다. 이렇게 행성을 소중히 가꾸며 살아가다니…."

수로 아가 설명을 이었다.

"유리 행성의 모든 관광지는 저마다 특색이 있습니다. 관광시설은 물론, 독서의 광장, 토론방, 음식 백화점, 의상 백화점, 춤의 광장, 모텔까지 있어 불편함이 전혀 없지요. 게다가 유람마다 사용할 수 있는 점수가 미리 정해져 있어 불필요하게 낭비하지 않도록 관리되고 있습니다. 그렇다고 해서 점수가 부족해 불편을 겪는 유람은 단 한 명도 없습니다."

호사인이 숲을 바라보니 귀엽고 털 고운 토끼들이 풀을 뜯으며 뛰놀고 있었다. 아무런 걱정도 없어 보이는 그들은 천진하게 장난을 치고 있었다. 그러나 멀찍이 나무 뒤에서는 커다란 구렁이가 혀를 날름거리며 서서히 다가오고 있었다. 그들의 무리 중 누군가는 곧 구렁이의 먹잇감이 될 운명이었다.

호사인은 수로 아의 손을 잡고 발걸음을 멈추며 그 장면을 지켜보았다. 구렁이는 몸을 숨기며 최대한 가까이 접근했고, 토끼들은 여전히 아무것도 모른 채 즐겁게 뛰놀고 있었다. 드디어 구렁이의 눈빛이 번뜩이며 목표를 정하더니, 순식간에 달려들어 한 마리를 입에 물었다. 놀란 다른 토끼들은 동료를 돌아보지 않고 사방으로 흩어져 달아났다. 입에 물린 토끼는 앞발과 뒷발을 버둥거리며 살려 달라 애썼으나, 점점 구렁이의 입속으로 삼켜져 갔다.

호사인은 불쌍한 토끼를 당장이라도 구해주고 싶었지만 손쓸 방법이 없었다. 그는 수로 아를 바라보며 분노 섞인 목소리로 물었다.

"저 토끼가 불쌍하지 않나요?"

수로 아는 담담히 대답했다.

"그렇다면 구렁이는 굶어 죽으라는 말인가요?"

호사인은 마치 뒤통수를 얻어맞은 듯 멍해졌다. 수로 아는 이어 설명했다.

"지구와 유리의 차이는 편향과 공평의 차이에 있습니다. 구렁이는 사냥할 때 가장 먼저 나이 들고 둔한 먹잇감을 고릅니다. 그래야 성공할 수 있으니까요. 그것이 남은 무리의 발육을 돕고, 개체 수를 적정하게 유지해 주는 역할도 하지요."

호사인은 자신이 토끼만 사랑하고 구렁이는 미워했다는 사실을 깨닫고, 수로 아의 말 속 깊은 뜻을 이해하게 되었다.

오솔길은 숲과 어우러져 향기를 내뿜고 있었고, 그 속을 걷는 기분은 절로 상쾌해졌다. 수로 아도 편안한 표정으로 사방의 숲을 바라보다가 호사인을 마주 보며 깊은 숨을 들이쉬었다. 위로는 흰 구름이 유유히 흐르고 있었다.

호사인과 수로 아는 독서의 광장에 들어섰다. 곳곳에 아담하게 꾸며진 독서방마다 두세 명에서 많게는 다섯 명의 유람들이 모여 앉아 있었다. 그들은 빠른 손놀림으로 책장을 넘기며 몰입한 모습이 엄숙하기까지 했다. 호사인과 수로 아는 방해가 되지 않도록 멀찍이서 바라보았다. 그들의 모습은 마치 지혜를 온몸에 새기고 있는 듯했다.

호사인이 물었다.

"유람들은 주로 어떤 책을 읽나요?"

수로 아가 미소 지으며 대답했다.

"유람은 노후가 되면 평생의 교훈을 모아 한 권의 책을 집필합니다. 의무는 아니지만 모두가 그렇게 하지요. 그렇게 쓰인 책들은 엄격한 심사를 거쳐 선별된 뒤 독서실에 전시됩니다. 선사나 신선 같은 이들은 전문적인 저술을 남기지만, 대부분은 교양서적을 집필합니다."

호사인은 수로 아를 끌어안으며 속삭였다.

"당신은 인류의 영원한 천사입니다."

그날의 꿈같은 하루가 저물고, 여관에 불빛이 켜졌다. 호사인과 수로 아는 나란히 걸음을 옮겼다.

24장
심해 관광

제21일

  심해의 바다는 압력이 상상을 초월하여 잠수함을 변형하여 칼처럼 납작해야 심해의 관광이 가능하다. 심해는 어떠한 세상이 존재할까?
  여기는 아름다운 해성 항구 관광지, 수많은 유람이 북적이며 항구 홀을 서성이고 있다. 홀의 벽에는 심해의 코스와 심해의 명승지들이 그려져 있다. 1박 2일의 심해 관광은 높은 인기를 가지고 있다. 1만m의 심해를 관광하기 위해서는 배가 칼처럼 납작해야 한다. 1만m의 심해는 압력이 상상을 초월하여 고도의 과학 기술이 없으면 불가능하다.
  90명이 탑승할 수 있는 심해의 유람선은 보기만 해도 크고 단단해 보인다. 바다에 떠 있는 유람선이 잠수함으로 변하고, 그 잠수함이 2,000m 깊이의 심해에 진입하게 되면 칼처럼 납작해진다.
  그리고 엔진이 정지되며 앞으로 나아가는 원동력은 앞쪽은 날카롭게, 뒤쪽은 칼등처럼 넓게 하면, 자동으로 높은 압력에 의해 앞으로 나아가며, 위아래 움직일 때도 이와 같은 원리로 움직인다. 만약 속력을 높이려면 전진하는 방향은 그대로 날카롭게 하고, 뒤쪽 부분만 칼등을 넓게 하면 칼등을 미는 압력이 높아져 속력이 빨라진다는 설명이 있다.

꿈의 심해여행

  호사인과 수로 아는 모든 유람과 같이 유람선에 오른다. 하나같이 호기심과 심해의 관광에 들떠있는 모습이다. 관광객들은 유람선의 각자 자리를 확인한다. 그리고 모두 간판 위로 나온다.
  유람선은 2시간 동안 바다 위를 떠가다 잠수를 시작한다. 2시간 동안은 수많은 섬과 바다의 수평선과 얕은 바다에 사는 고기들과 해조류들의 관광을 즐긴다.

드디어 유람선이 항구에서 이동하기 시작한다. 심해유람 관광항구에는 100여 척의 관광 유람선이 일렬로 항구에 정박해 있다. 관광항구라 하지만 2층 규모의, 넓은 항구 홀을 제외하면, 자연 그대로의 모습으로 거창하거나 화려하지 않으며, 건물들이 있으나 건물 옥상에 나무들을 심어 놓으니 자연 그대로의 모습이며, 유람들의 모습도 보이지 않는다.

지구에서 보자면 어느 조용한 시골의 한적한 항구의 모습이다.

갑판 위 무대에는 대형모니터가 설치되어 있고, 배가 이동하는 주위의 바닷속 전경을 환하게 볼 수 있어, 바다 위에서 바다를 직접 보지 않고도 해경의 신비한 모습을 관전할 수 있었다.

무대 앞에 멋진 도우미 미남 안내자가 인사를 한다.

"안녕하십니까? 나는 우리 유람선을 이용한 관광유람들을 1박 2일 동안 즐거운 관광이 되도록 도와줄 도우미 '심해' 유람입니다. 심해 1만m의 관광은 난제가 많습니다. 하지만 여러분이 규칙만 잘 지켜주시면 절대 안전합니다. 해성 항구에는 100여 대의 심해 관광 유람선이 있습니다. 그리고 하루에 10대의 유람선이 심해의 관광을 운행하고 있습니다. 그러니까 20대는 운행 중에 80대는 순번을 기다리며 안전 점검을 받지요. 이 유람선은 2시간 동안 항해를 하고, 후에는 잠수합니다. 그때는 모두 유람선 방으로 들어가 지정석에 앉으셔야 합니다. 해저 잠수는 8시간 동안 이어지며, 그 후에는 심해 관광이 이루어집니다. 심해 관광은 15시간 이루어지며, 6시간은 잠을 자는 시간을 갖습니다. 심해 관광이 지나면, 다시 8시간의 해저 잠수가 시작되고, 잠수가 끝나면 2시간의 바다 여행으로 돌아와 심해관광항구에 도착하고, 관광이 끝나게 됩니다. 우리의 심해 관광은 해양의 식물학자, 생물학자, 해양학자, 예술계, 천문학자들이 즐겨 찾는 관광입니다. 그리고 오늘은 특별한 분을 소개합니다. 지구 행성에서 오신 호사인 님과 동행인 수로 아 님이 여러분과 같이 관광을 하게 되었습니다. 두 분 잠깐 나와 인사를 하시지요. 모두가 환영할 것입니다."

호사인이 당황하며 수로 아를 바라보니, 수로 아가 웃으면서 일어서며 앞으로 나간다. 호사인도 수로 아의 뒤를 따라 나아가자, 우레 같은 박수가 쏟아진다. 수로 아, 도우미 심해와 반갑게 악수를 하고, 호사인을 소개한다.

도우미 심해가 두 팔을 벌려 "환영하며 반갑습니다. 호사인, 우리는 지구 행성의 여행을 소망하고 있답니다. 유리의 모든 유람은 당신의 모습을 늘 지켜보고 있답니다. 우리 관광유람들을 위해 인사를 하시지요." 하고 이야기한다.

"고맙습니다. 이렇게 환대해 주시니 정말 유리의 유람들은 보면 볼수록 아름답답니다." 호사인이 관광객을 향해 인사를 한다. 박수가 끝나자, 호사인은 이어서 말한다. "유람 여러분, 유리의 아름다운 자연과 환상적으로 황홀하게 아름다운 유람들의 모습에 그만 반해버리고 말았답니다. 그리고 여러분과 함께 심해 관광하게 되어, 너무 기쁘답니다. 감사합니다."

우레같은 박수 소리가 쏟아진다. 도우미 심해가 "그렇다면 수로 아 님의 소감도 들어보아야 하겠군요." 하니 다시 박수가 쏟아진다.

수로 아 인류 사랑

수로 아가 앞으로 나오며 우아하고 아름다운 자태로 인사를 한다.

"여러분도 알다시피 나는 지구과학위원장입니다. 나는 지금부터 23년 전에 지구과학위원장이 되어 3년 동안 지구 행성을 두루 돌며 문명과 문화를 연구하기 시작했답니다. 거대한 건물들과 화려한 야경의 문화는 상당히 당황하게 호기심을 자극하게 만들었답니다. 그러나 깊이 있게 접근할수록 문명과 문화의 문제점이 발견되기 시작했습니다. 가장 큰 문제점이 평등의 문명이 아니고, 수직의 서열적 원시 문화라는 것을 알게 되었습니다. 그것은 곧 치열하고 살벌한 경쟁의 문화라는 것입니다. 그리고 10%의 기득권 문화라는 것을 알게 되었지요. 그러니까 10%는 그야말로 지나치고, 풍요롭고, 화려하게 살고,

10%의 협조자들은 그들에게 아부하고 헌신하며 그래도 부족함이 없이 살지만, 대다수의 나머지는 가난하고, 굶주리며, 질병에 시달리며, 원시인보다 못한 삶을 살고 있다는 것을 발견하게 되었습니다. 그리고 심리적으로 불평등과 상대적 빈곤으로 잘 살아도, 잘 사는 줄 모르고, 끝없는 욕심과 권세욕으로 서열의 정점에 다가서기 위해 발버둥을 치는 모습에서 평화나 행복이란 찾을 수 없었답니다. 그런 중에도 인구폭발, 환경오염, 자연 파괴, 핵전쟁의 위험은 지구 행성을 금방 멸망시켜 버리겠구나 하는 안타까움을 가지게 되었습니다. 그러나 나는 지구 인류의 누구와도 교류를 할 수 없다는 안타까움에 고민하게 되었고, 어떻게든 유리의 문명과 문화를 알려서 지구의 인류를 구원해야 한다는 사명에 이르고, 지구 인류를 유리로 오도록 하여 여기의 문명과 문화를 보고, 듣게 하여, 지구 인류에, 알리면 지구 인류는 두뇌가 발달해서 금방 변할 것이라는 생각에 이르고, 이에 고등학생인 호사인을 택하게 되었답니다. 하지만 호사인의 의식을 데려오려면, 두 가지 큰 난제가 있었습니다. 하나는 240광년 거리의 왕복할 의식 비행선과 호사인의 의식을 담을 지구에서와 똑같은 육체를 만드는 일이었습니다. 나는 20년 동안 그 일을 해내고, 드디어 호사인의 의식을 데려오는 데 성공하게 되었습니다." 우레 같은 박수가 다시 쏟아진다.

"하지만 지금은 호사인을 너무 사랑하게 되어 버렸답니다. 그리고 호사인은 3일 후면 지구로 귀환해야 합니다. 그러나 우리의 사랑이 지구와 유리의 문명 교류가 이루어져, 지구도 유리처럼 새롭게 변하리라 믿으며, 후회하지 않는답니다."

다시 우레 같은 박수가 쏟아진다.

심해 도우미가 나서며, "여기에는 시인과 문학인도 계십니다. 이 두 사람의 우주의 사랑과 로맨스를 소설화하고 영화화한다면 어떠한 고전보다 의미가 깊다고 생각합니다. 감사합니다. 들어가시지요."

호사인과 수로 아가 나란히 걸으며 자리로 돌아오니, 모든 유람이 눈물을 흘리는데, 이 눈물은 처음으로 흘리는 눈물이라는 것이었다.
　미움, 질투, 시기, 경쟁이 없고, 부족함이 없으며, 서로 사랑하며, 행복만 있으니, 슬픔이나 눈물은 퇴화해 버렸기 때문이다. 이렇게 아름다운 세상이 있을까? 호사인은 자리에 앉으면서 감격하며 깊이 생각한다.
　심해 도우미는 "여러분이 궁금한 점은 여러분의 앉은 자리에 게시판이 있으니 언제라도 질문해 주시기 바랍니다. 그리고 필요한 주의사항은 필요할 때 그때그때 전달하겠습니다." 하고 인사한 뒤 안내를 마친다.
　대형스크린이 펼쳐진다. 바다 가운데 심해관광유람선이 움직인다. 주위와 사면의 바닷속이 훤히 들여다보인다.
　호사인은 유리의 바다를 관심 있게 바라본다. 지구의 바다와 어떻게 다른가. 바닷물과 바닷속의 어류들을 유심히 살핀다. 바닷물이 맑고, 깨끗하며, 바닷속이 투명하다. 수많은 어류가 떼를 지어 이리저리 돌아다니며, 즐겁게 한가롭게 빠르게 움직인다. 바다 밑에 깔린 모래와 조약돌들 그리고 크고, 작은 바위에는 이끼들이 무성히 끼어있다. 해조류와 어류들의 풍성한 먹이가 준비되어 있다. 군데군데 섬들이 바다에 떠 있는데, 마치 무슨 녹색 보석처럼 보인다. 바다의 수심이 200m를 가리킨다. 하지만 바닷속이 훤하게 보인다.

바다 청소 화물선

　멀리서 대형화물선이 화물함에 무엇인가를 산더미처럼 싣고 이쪽으로 다가온다.
　호사인은 심해 도우미에 무슨 화물선인지 질문한다. 바다 청소 화물선이라 대답한다. 호사인은 놀라면서 "바다를 청소한다고요? 저 넓은 바다를?" 하고 묻는다.
　"물론입니다. 육지에서 흐르는 강 하류를 중심으로 청소를 하며, 유리의 바다를 청소하는 화물선은 10만 척에 이릅니다. 바다도 육지처럼 관리하고 있고요. 보통 한 유람이 50척의 청소 화물선을 관리하고요. 화물선 항해와 바다 청소는 모두 로봇이 담당하고 있습니다."

호사인은 놀라고 놀란다. 지구의 바다는 산업폐기물과 악성 물질을 모두 바다에 버려, 바다 고기의 생태계를 위협하고 있다고 들었다. 그리고 바다를 청소하는 화물선이 있다는 소리를 듣지 못했다.

바다에는 강 하류로부터 떠내려오는 자연의 쓰레기와 인공쓰레기가 쌓이기 마련이다. 물론 바다에서 자체 정화되지만, 오랜 시간이 걸리며 생태계 변화를 줄 수 있다. 또한 상당수 바다 고기를 식용으로 먹으므로, 바다 고기가 악성 물질에 오염되고, 그 오염된 고기를 먹으면 인류도 악성 물질에 감염된다. 호사인은 바닷속을 유심히 바라보며, 바다까지 관리하는 유람들의 인류는 얼마나 아름다운가 생각하며 수로 아의 손을 잡으며 "간판 위로 올라가 실물 바다를 보고 싶군요." 하고 이야기한다. 수로 아가 "좋아요." 하며 일어난다. 간판 위로 나오니 여러 유람도 나왔다.

확 트인 바다가 차지도, 덥지도 않은 바람이 불어와서 머리카락을 날리며, 옷깃을 스치니, 마음이 저절로 상쾌해진다. 스크린의 바다와 실물의 바다는 느낌이 다르다. 바다가 경이롭고 사랑스럽다. 바다가 잘 단장된 신부처럼 보인다. 바닷속을 바라보니 깨끗하고, 오염되지 않아 뛰어들어 마음껏 놀고 싶다.

색깔이 곱고, 은빛 나고, 금빛 나는 물고기가 자유롭게 떼 지어 움직인다. 해초들이 무성하게 자라 고기들의 먹이들과 피난처와 휴식 공간을 제공한다. 큰 고기는 작은 고기를 잡아먹는다.

대형청소 화물선이 다시 가까이 바다 쓰레기를 잔뜩 싣고 다가온다. 쓰레기 재처리 항구로 가서 쓰레기를 잘게 부수어 숙성시켜 동물들의 사료나 농지에 뿌리면 땅이 비옥해진다.

여기서는 유람들의 문화생활에서 나오는 쓰레기는 거의 없다. 모든 생필품이 재사용이다. 분뇨들은 1급수까지 정화하여 강으로 흘려보낸다.

섬이 다가온다. 큰 조개껍데기를 벌려놓은 것처럼 골이 있는 섬이 자태를 드러내어 새들을 유혹한다. 꽃과 나비와 새들이 섬을 새롭게 장식한다. 자연의 모든 만물은 상생한다. 공짜는 없다. 쓸모없는 것은 없다. 어딘가에는 필요하다. 이것이 자연의 섭리다.

호사인과 수로 아는 간판 위를 돌며 사면을 견해한다. 섬들이 멀어지고, 수심은 깊어진다. 머리카락을 날리는 바람이 세졌다. 잔잔한 파도가 골이 깊어지고 배를 흔들어대고 있다. 하지만 잠수가 1시간 정도 남았고 아직도 섬들이 드물게 나타난다. 섬이 지금도 드러나는 것은 아직 수심이 깊지 않다는 것이다. 하지만 심해관광유람선은 바다 가운데 들어선 느낌이다. 속도 감각이 없지만, 물살이 갈라지는 모습으로 배가 전진하고 있다는 것을 느낄 수가 있다.

간판 위에는 새들의 휴식처 역할을 한다. 나비와 잠자리, 참새들은 사라지고, 장거리를 비행하는 기러기와 황새들도 간판 위 새들의 공간에서 쉬어간다. 여기의 크고 작은 조류들도 유람들과 친화적이어서 경계를 하지 않는다.

잠수 30분을 남기고 심해의 안내 소리가 울린다. "모든 관광유람은 유람선의 지정 좌석에 앉아주시기 바랍니다."

호사인과 수로 아가 나란히 유람선의 지정 좌석으로 내려와 앉는다. 모든 유람도 지정 좌석에 착석한다.

멋진 심해 안내자가 자리에서 일어나 또렷하게 말했다.

"여러분, 20분 후 잠수가 시작됩니다. 이번 여행은 총 8시간 동안 진행되며, 그 후에는 어둠 속 심해 관광이 이어집니다. 잠수 초기 8시간 동안은 바닷속의 광활한 평야 지대를 유람하게 됩니다. 육지로 비유하자면 평야와 같은 구간이지요. 수심 500미터에서 1,500미터 사이를 지나며, 다양한 어류와 아기자기한 해저 산들이 빚어내는 신비로운 풍경을 감상하시게 됩니다.

여러분이 앉아 계신 좌석 앞에는 대형 스크린이 설치되어 있습니다. 그곳을 통해 바다의 장엄한 모습이 생생히 중계되며, 어떤 영화보다 감동적일 것입니다. 또한 각 좌석 앞 작은 서랍을 열어 보시면 알약이 하나 들어 있습니다. 심해 여행 동안에는 화장실 이용이 불가능하므로, 반드시 이 알약을 복용해 주시기 바랍니다. 알약은 체내를 조절해 여행 중 불편함이 없도록 도와줍니다.

혹시 궁금한 점이 있으시면 앞에 있는 버튼을 누르신 뒤 음성으로 질문해 주십시오. 순서에 따라 답변해 드리겠습니다. 마지막으로, 깊은 심해 여행이 시작되기 1시간 전에 다시 찾아뵙고 새로운 안내를 드리겠습니다."

안내자는 정중히 인사한 뒤 자리에 돌아갔다.

화면에는 바다 위에 떠 있던 관광 유람선이 잠수선으로 변해가는 장면이 비쳤다. 넓던 선체가 점점 좁아지고, 평평하던 갑판은 사방에서 천막이 치솟아 올라와 날카로운 반달 모양의 칼날처럼 변형되었다. 앞과 뒤, 위와 아래의 구분이 뚜렷해지며 새로운 형태의 선박으로 바뀌어 갔다. 화면에는 자막이 흘렀다. '잠수선은 심해에서 엔진을 정지한 채, 압력의 원리로만 항해합니다. 앞부분을 칼날처럼 날카롭게, 뒷부분을 칼등처럼 넓게 하면 해수 압력이 배를 앞으로 밀어냅니다. 상하 이동 역시 같은 원리로 이루어집니다.'

유람들의 탄성 소리가 들린다. 해저로 들어선 유람선은 이제 모습이 달라진 잠수함이다. 아마 누구나 처음 맛보는 해저의 세상은 해상의 세상과 완전히 다르다.

지상의 세상은 밀집된 기체인 원소들이 빛에 산화되어 밝게 보인다. 하지만 해저는 물 분자의 밀도에 막혀 빛이 멀리 나아가지 못한다. 그러므로 해저 500m로 내려가면 빛은 진행이 더디며 점점 어두움의 해저로 변한다. 얕은 해저는 짙은 안경을 쓰고 보는 세상처럼 보인다. 대형스크린 화면은 해저의 모습을 생생히 담아내고 있다. 희뿌연 모습이지만 해초들과 바다 고기들을 싱싱하게 볼 수 있다.

끝없이 펼쳐진 해저의 모습은 육지의 평야와 다르지 않다. 그 옛날 여기도 육지의 평야였지만, 지금은 바다가 된 것이다. 그러므로 해저 야산이 있고, 흐르는 강이 있고, 마을의 터전이라 짐작되는 해저 평지이다.

　야산처럼 보이는 해저산에는 무성한 해초들이 이리저리 흔들거리고 있다. 마치 야산의 갈대처럼, 이로써 바닷물이 흐르고 있다는 느낌을 받는다. 해초 속에는 수많은 미생물이 자라, 바다생물의 먹이를 제공한다.

　스크린의 화면은 해저의 신비한 모습과 특이한 장면을 담아내며 설명을 해 주니 호기심이 더해간다.

육지보다 3배 넓은 바다의 먹이 사슬

　육지에만 살았던 유람들은 '유리의 바다에 이러한 세상이 있구나.' 하고 놀라워한다. 바다는 육지보다 3배가 넓다. 만약에 문명이 바다에서 이루어졌다면 지상의 생명체들은 연구 대상이 되었을 것이다. 바다 고기의 종류가 점점 늘어난다. 작은 고기에서부터 대형 고기에 이르며 생김새도 다양하다. 여기서도 큰 고기들이 작은 고기를 잡아먹는다. 큰 고기들은 나름의 사냥 기법들을 발전시켜 사냥하고, 작은 고기들은 먹히지 않기 위해 뭉쳐서 대오를 이루며 피해 나간다. 먹고 살기도 힘들고, 살아남기도 힘든 이 세상을 보는 듯하다. 이것이 지상이나 해저에서나 똑같은 이치인가 보다. 하지만 유리의 유람들은 이러한 힘든 생존의 굴레에서 벗어나 신선의 세상에 진입한 것이 아닌가. 호사인은 수로 아 주위의 유람들을 바라본다. 모두가 호기심으로 가득 차 있다.

　스크린에서 담아내는 영상들은 어떠한 영화보다 더 실감난다. 해저 세상의 아기자기한 모습과 끝없이 펼쳐진 해초들의 숲과 해조류들의 움직임, 살아 움직인다는 신비한 해초들의 장관은 보고 보아도 지루하지가 않다.

　수백 마리의 작은 고기들이 일사분란하게 대오를 이루며, 갖가지 형상을 만들어내는 모습은 쇼 중의 쇼였다.

　작가들은 열심히 글을 적어내고 있었으며, 화가들은 그림을 열심히 스케치

하고 있었다.

가도 가도 끝없는 해저 평해는 수많은 영상을 만들어내며 시간이 빠르게 지나간다.

그리고 점차 깊이 잠수해가면서 빛이 사라지고, 어두움이 주위를 감싸고 있다. 해저 1600m에 드디어 도달했다 하지만 잠수유람선에서 비추는 빛이 어두운 바닷속을 환히 보여주고 있다.

심해 안내가 환하게 웃으며 영상에 모습을 보인다. "해저 관광은 만족하셨습니까? 이제 1시간 후면 더 깊은 심해 관광이 시작됩니다. 심해 구간은 수심 2,000미터에서 10,000미터까지 내려갑니다. 그곳의 압력은 상상을 초월하지요.

잠시 후 여러분의 좌석은 가로 8열로 배열된 형태에서 자동으로 접혀 위아래 일렬로 바뀌게 됩니다. 이때 옆 좌석의 유람은 보이지 않으며, 좌우로는 바다가 바로 접하게 되고, 앞쪽 작은 영상 화면을 통해 심해의 신비를 관람하게 됩니다. 화면 아래의 앱을 터치하면 질문도 하실 수 있습니다.

이 유람선은 전면이 특수 투명유리로 되어 있습니다. 유리 재질은 휘어지고 굽어지며 종이처럼 유연하지만, 미사일조차 뚫을 수 없는 강도를 가지고 있습니다. 심해 항해가 시작되면 엔진은 정지하고, 이동 동력은 심해의 압력을 이용합니다. 선체의 앞과 위쪽은 칼날처럼 날카롭게, 뒤와 아랫면은 칼등처럼 넓게 변하여 압력의 힘이 자연스럽게 추진력이 되는 원리입니다. 따라서 유람선의 전체 모습은 납작한 직사각형 형태가 되며, 화면에서 보시는 것과 동일합니다."

화면에는 납작한 직사각형 물체의 군데군데 유람들의 모습이 인영처럼 박혀 있는 모습이 보인다. 이제 해저는 어두워 빛은 사라지고, 유람선에서 밝히는 빛만이 해저를 비추고 있다. 심해의 경사가 갈수록 심해지고 있다. 유람선이 미끄러지듯 아래로 내려간다.

유람선 안의 유람들이 앉아있는 의자가 가운데서부터 위로 올라오기 시작한다. 그리고 배의 폭이 좁아짐을 느낄 수 있다. 안쪽의 수로 아는 위로 오르고, 창 쪽의 호사인은 안으로 밀려든다. 유람선이 심해로 빠르게 내려, 갈수록 유람선은 납작해진다.

호사인과 수로 아는 이제 얼굴을 볼 수 없다. 이제 앞의 스크린 화면만이 유일한 정보다.

호사인은 겁이 난다. 심해는 암흑의 세계다. 하지만 다행히도 유람선의 불빛이 어둠을 밝히고 있어 안심된다. 불빛을 찾아 모여든 심해의 작은 고기들이 몰려와 마치 신기한 모습을 보는 듯 상하좌우로 이동하며 춤을 추고 있다가 사라진다.

'유람선의 속도가 빠르구나.' 하는 생각이 든다.

화면에는 유람선이 변해가는 모습이 보인다. 위는 약간 넓고, 아래는 날카롭고, 좌우는 점점 좁아지고, 호사인과 수로 아는 위아래로 의자가 놓이게 된다. 화면에는 빛을 내는 납작한 물체가 암흑의 공간을 서서히 비행하는 모습이다.

화면에는 기쁨의 소리가 들린다. '30분 후면 여러분은 심해의 오아시스 열해구를 보게 될 것입니다.' 하는 자막과 함께 심해가 보이기 시작한다. 적외선 전자파를 쏘아 심해 면을 보게 하는 것이다.

심해의 지면도 육지의 모습과 다르지 않다. 들이 있고, 산이 있고, 골짜기가 있다. 다만 다른 것은 육지에는 나무가 우거져 보기가 좋지만, 심해는 암석이 깔려있는 모습이다.

심해는 6,000m의 깊이를 나타내고 있다. 산의 중턱을 항해하고 있는 듯하다.

갑자기 주위가 밝아진다. 화면의 자막에 '열 해구에 도착하였습니다.' 하는 안내가 나온다. 300도의 뜨거운 물이 펑펑 쏟아지며, 찬 바닷물과 섞이면서 거품을 내면서 거품들이 위로, 위로 오르고 있는 모습이 장관을 이루고 있었다.

또한 심해 바닷물의 온도를 높이며, 어조류가 생기며, 바다 고기의 서식지가 열 해구 주위에 만들어지게 된다.

수많은 해조류가 빛을 발하며 움직이고 있었다. 열 해구의 심해는 낮은 산의 분지처럼 넓적하게 산으로 둘러싸인 형상을 하고 있었다. 그 분지 여러 군데서 뜨거운 물이 위로 솟구치고, 있는 것이다.

호사인은 생각한다. 여기가 화산지역인가! 심해지역도 화산지가 있고 화산 폭발이 일어나고 있단 말인가 하며 질문한다.

'심해에도 화산지역이 있으며, 그곳은 대개 열 해구 지역으로 뜨거운 물이 솟구치고 있습니다. 유람선은 5곳의 열 해구 심해를 통과하게 됩니다.'

자막이 나온다. '열 해구의 무성한 어조류들은 열 해구의 빛에 의해 자라고, 어조류들은 심해어들의 풍성한 먹이를 만들어내며 공생을 하고 있습니다.'

심해의 인어 공주

여기도 공생의 신비한 일이 벌어지고 있구나. 호사인은 생각하며 감탄한다. 심해어들의 모습은 가지각색이다. 유람선이 그들의 놀잇감인 양 모여든다. 호사인은 깜짝 놀라 외쳤다.

"아니! 인어 공주!"

그는 자세히 살펴보았다. 얼굴은 유람과 꼭 닮아 있었고, 아주 작고 귀여운 체구에 긴 몸이 이어져 있었다. 아래쪽에는 두 갈래로 갈라진 꼬리가 있어 마치 다리를 연상케 했다. 인어 공주가 호사인의 앞으로 다가와 그를 자세히 바라보더니 윙크한다.

호사인이 신기해 마주 윙크하자, 인어 공주도 미소를 지었다.

"세상에, 이럴 수가!"

호사인은 지금껏 인어 공주라는 말을 전해 들은 적은 있었지만, 실제로 본

것은 처음이었다. 그래서 더욱 신기하게 느껴졌다.

　인어 공주가 뒤를 향해 무엇인가 소리를 한다. 그런 후 수많은 인어 공주가 몰려든다. 인어 공주들은 재미있는 구경거리인 양 사면으로 분주히 이동하며, 호사인과 유람들을 바라본다. 인어 공주들의 눈에는 호사인과 유람들은 거대한 괴물이다.

　하지만 그들은 경계도 없이 다가와서 바라본다. 자기들과 같은 모양이라는 것을 아는지 그들도 신기해 보이는 눈치다. 얼굴이 아주 작고, 깜찍하고, 귀여운 인어 공주들을 바라보며, 바다 깊은 심해의 세상에도 문화를 이루고 사는 심해어들이 있구나. 호사인은 생명에 대한 이치가 참으로 신비하구나 하며 감탄한다.

　유람선은 기다리거나 멈추지 않는다. 신비한 열 해구를 통과해 벗어나고 있으며, 심해는 다시 어둠에 휩싸인다. 인어 공주들은 사라지고 흔적이 없다. 시선이 앞 작은 화면에 멈춘다. 밖은 어둡지만, 화면에는 마치 대낮처럼 유람선이 어떠한 위치를 가는지 지형이 환하게 보인다. 레이저로 전자파를 쏘아 지형을 확인하고, 영상 처리하여 밝게 나타나게 하는 것이다.

　심해에도 거대한 산맥이 있고, 수많은 산봉우리가 있으며, 등이 있고, 깊은 계곡이 있다. 유람선은 산맥의 중턱을 따라 이동하고 있다.

　육지에는 나무가 있고, 새도 있고, 동물들이 있지만, 여기의 심해는 빛이 없으니 나무나 해조류가 없다. 심해어가 가끔 나타나지만 아주 작고, 한두 마리씩 다닌다. 먹이가 없기 때문이다. 또한 너무 큰 고기는 압력으로 빠르게 이동할 수가 없다.

　심해어들은 철갑을 두른 듯 아주 단단하고 볼품이 없다.

　유람선은 아래로 계속 내려간다. 내려갈수록 골짜기가 커지지만, 또한 작은 수많은 골짜기가 생겨난다. 그리고 절벽 같은 경사가 느슨해지며 평지와 가까워짐을 직감할 수 있다.

　깊은 심해유람의 14시간 중 6시간이 흐르고 있다. 시간 가는 줄 모르게 시간은 잘 간다.

안내 자막이 나온다. '30분 후, 열 심해 산호초 섬에 도착합니다. 거기서 신비한 산호초의 장관을 보게 될 것입니다.'

유람선이 산 아래로 내려온다. 평지 같지만, 작은 산들이 무덤처럼 군데군데 널려 있다. 유람선은 늘 같은 속도로 이동하는 것 같다. 강 같은 골을 지나고 있다. 다시 평해가 나오고, 희미한 불빛이 나타나기 시작한다. 그리고 약간 큰 동산이 나타나기 시작한다. 불빛이 밝아지면서 동산의 실체가 드러나기 시작한다.

자막이 나온다. '저 동산은 산호초 군단입니다.' 마치 빙산처럼 거대하다. 군데군데서 거품이 솟아 올라온다. 산호초 동산에서 나오는 빛이 달빛처럼 밝다.

그리고 수많은 심해어가 산호초 속을 드나드는 모습들이 보인다. 유람선은 산호초 위를 이동하고 있다. 생각보다 넓다. 상당히 넓은 산호초 섬이다.

수정처럼 밝은 산호초는 아름답고, 신비하며, 황홀하다. 유람선 안에서의 탄성이 이어진다.

자막이 나온다. '여러 군데의 열 해구에서 뜨거운 물이 솟아오르고 있으며, 그 주위에서 산호초가 자라서 이렇게 큰 동산을 이루고 있습니다. 지금도 이 산호초는 꾸준히 자라며, 세력을 확장하고 있습니다.'

심해의 어두움을 비추는 보름달에 비유할 수 있는 산호초 동산. 여기에 오래 머무르고 싶지만, 유람선은 유유히 산호초 동산을 뒤로하며 멀어지고 있다.

다시 자막이 나온다. '잠시 후에는 유람선이 낭떠러지에서 떨어지는 듯한 느낌을 받을 것입니다. 심해의 1만m의 심해에 이르게 됩니다. 깊은 심해는 넓은 평야와 같습니다.'

유람선이 아래로 떨어진다. 마치 절벽에서 떨어지는 느낌이다. 앞의 화면도 유람선이 깊은 바닥으로 떨어지고 있다. 그러나 앞의 3면은 환히 터져 있다.

유람선은 코스 전체가 자동으로 이동한다. 레이저 전자파로 50km까지의 지형을 미리 파악해 장애가 나타나면 미리 알아 대비한다. 그러니 사고란 있을 수 없다.

유람선이 떨어지는 속도가 줄면서 멈추어지는 느낌이다.

자막이 나온다. '심해 1만m에 내려왔습니다. 심해의 저면은 대륙의 넓은 평야와 같습니다. 앞으로 4시간은 수면이 시작됩니다.' 동시에 유람선의 빛이 소등된다. 지금까지 10시간의 심해 관광이 이루어졌는데, 시간이 너무 빠르게 지나갔다.

호사인은 잠을 청한다. 하지만 쉽게 잠이 들지 않는다. 1만m의 압력은 상상을 초월하나 유람선이 압력을 받아내니, 유람선의 실내는 아무런 불편을 느끼지 않는다. 산소도 충분히 조절하니 숨쉬기에도 불편함이 없다.

여기의 유람들은 모든 것이 철저하고, 정확하고, 정밀하고, 책임감이 강하다. 여기는 자기의 맡은 어떠한 업무든 나태하거나 게으름은 곧 죄를 짓는 것이다. 그리고 여기의 법은 모두에게 공평하며 엄격하다. 높은 지위에 있는 자일수록 죄에 대해 가중처벌이 적용된다. 가령 일반인이 죄를 지어 1년의 형을 받는다면 유리왕은 같은 죄라면 3년의 가중처벌을 받는다. 그러니 여기서는 지위 고하를 막론하고 법에 어긋나는 일은 절대 하지 않는다. 그리고 자기의 주어진 업무는 철저히 수행한다. 그래서 여기는 안전사고는 일어나지 않는다. 자기의 업무는 빈틈없이 완수하고, 많은 시간의 자유가 주어진다. 어떻게 보면 행복은 주어진 것이 아니라 만들어 나가며 쟁취하는 것이다.

그러고 보면 자연의 이치도 공짜로 이루어지는 것은 없다. 원인에 의해 결과가 만들어진다. 호사인은 잠이 스르르 든다.

꿈속의 현실

　S 병원의 한적한 특실. 호사인이 누워 눈을 감고 있다. 호사인은 자기가 누워있는 모습을 보고 있는 것이다. 옆에는 어머니와 혜지가 나란히 앉아 있다. 당장 어머니에게 인사를 하며, 어머니와 혜지를 불러보고 싶지만, 소리를 낼 수 없다. 혜지와 어머니가 나를 알아보지 못하고 있다. 그러니 대화가 이루어지지 않는다. 어머니가 근심을 웃음으로 덮고 혜지를 바라본다. 혜지도 어머니가 무슨 말을 하려는지 아는 듯 웃음으로 어머니를 바라본다.

　"밤에 꿈을 꾸었단다."
　혜지가 놀라며 묻는다. "무슨 꿈을요?"
　"이 세상에서 가장 기쁜 꿈을."
　"그럼 호사인이 깨어났나요?"
　"그렇단다. 아주 멋진 모습으로."
　"그래서 어머니 얼굴이 환하시군요."
　그러면서 혜지와 어머니는 침상에 누워있는 나를 뚫어져라 바라본다. 그리고 혜지는 어머니 품에 안기어 펑펑 눈물을 흘린다.
　호사인이 밖으로 나오니 병실 밖에는 수많은 사람들이 모여 있었다. 자세히 보니 세계 각국에서 온 사람들 같았다.
　"아니, 저들이 들고 있는 건… 카메라? 그렇다면 기자들인가? 왜 저들이 여기에 모여 있지?"
　한 기자의 입에서 말이 흘러나온다. "앞으로 10일이면, 50일이야. 그때까지 기적이 일어나야 해."
　옆에 있는 다른 기자가 "왜 50일인가?"
　"영혼이 육신을 벗어나서 50일이 넘으면 육신의 품으로 돌아오지 못한다는 속설이 있지."
　"미신이 아닐까?"

"하지만 어쩐지 신뢰가 간단 말이야."

"그래서 50일째가 되면 고국으로 철수한단 말이군."

"그렇다네."

"숨을 계속 쉬고 있는데 말인가?"

"다른 데 특종을 찾아야지."

호사인은 '내가 40일째 깨어나지 못하고 있다는 사실이 세계적인 특종 사건이 되었구나… 빨리 돌아와야 한다.'라는 생각과 함께 잠에서 깨어났다. 앞에서 화면의 자막이 나온다. '일어나세요. 잠에서 깨어나세요.' 하면서 잔잔한 음악이 흘러나온다.

호사인은 고국의 꿈을 생각하면서 어머니와 혜지를 생각한다. 하지만 수로아가 앞을 막아버린다. 여기의 얼마 남지 않은 동안은 수로아만 사랑해야지 하면서 꿈을 지운다.

심해 핵융합시설 건설 계획

앞으로 8시간은 1만m 심해의 탐험이 이루어진다. 화면을 통해서만 유람선의 이동이 탐지되고, 밖은 암흑의 세상이며, 움직임을 분간할 수 없다.

유람선의 밝은 빛이 흑암을 비추며, 외로운 항해를 하고 있다. 가끔은 반딧불 같은 심해어가 나타나 이리저리 움직이다 사라진다.

자막이 나온다. '바다는 유리 행성의 70%를 점유하고 있으며 육지의 세상과는 비교도 안 되게 광활합니다. 그중 바다의 심해는 60%의 심해 지면을 가지고 있습니다. 하지만 심해는 빛이 전혀 통과되지 않기 때문에 생명이 살 수 없습니다. 그래서 앞으로 심해 지면에 핵융합시설을 건설해 심해 지면에 빛을 별처럼 밝게 하여 새로운 생태계가 탄생할 수 있는 심해환경을 만들어나갈 원대한 계획을 가지고 있답니다.'

호사인은 너무 감격하면서, 자막에 질문을 보낸다. "핵융합이 일으키려면 최소 6천만도 이상의 열이 필요한데 어떻게 가능한지요?"

답변 자막이 나온다. '1억 도에도 견딜 수 있는 용기를 만들고, 위아래 피스톤을 설치하고, 용기 안에 수소를 채워 심해의 기압을 이용해 압력을 가하면, 용기 안의 수소가 피스톤의 압력에 의해 무한정의 열이 오르게 됩니다. 그리고 6천만 도 이상이 되면, 드디어 핵융합이 일어나 빛을 발하게 됩니다.'

호사인은 깊이 생각하며, 과학의 도전이란 결국 우주도 정복할 수 있겠구나 하며 마음이 벅차오른다.

화면에 나타난 심해지면은 깨끗하고 잘 정리되어 있다. 혹시 여기까지 청소하지는 못하겠지 하는 생각을 하는데, 화면의 문자가 나타나 '이 넓은 심해도 청소 로봇이 감시하며, 쓰레기가 발생하면 로봇을 이용해 수거합니다.' 하고 알려준다.

참으로 놀라운 일이구나. 유리행성의 문화는 아무리 칭찬해도 부족함이 없구나 하고 생각한다.

밖은 물로 덮여 있고, 흑암이지만 앞의 화면은 심해 지면이 보이고, 먼 곳의 지형도 눈에 들어와 시원함을 더해준다.

지구의 과학계에서는 심해의 여행은 달나라 여행보다 어렵다고 했다. 그러면, 호사인은 지금 달나라보다 어려운 심해여행을 하고 있다. 그리고 지구 인류 중 가장 행운아가 된 기분으로 감격한다.

화면에 나타난 유람선은 암흑의 세상에 찬란한 불빛을 발하며 유유히 흐르고 있는 모습이 외롭기까지 하다.

화면에 '놀라지 마세요.' 문구가 나오면서 거대한 회오리가 일어나면서 요란해진다. 마치 엄청난 태풍이 회오리를 일으키며, 세상의 물체를 날려버릴 심산이다.

다시 자막이 나온다. '심해의 화산폭발 지역입니다. 10km 거리에서 일어나는 일이니 안심해도 됩니다.'

심해화산 폭발음은 대단하다. 거대한 검은 물체가 위로 치솟고 있는 장관은 너무나 엄청난 모습이다. 가운데는 환한 불꽃이 솟아오르고 있다. 화산이 바닷물에 식는 모습이 세상을 삼켜버릴 태세다.

유람선 안에서는 놀라움의 감탄사가 흘러나온다. 저 장관을 카메라에 담아 지구 인류에게 보여주면 얼마나 좋을까!

호사인은 생각한다. 화면에서는 화산폭발의 장면을 다각도에서 보여주고 있다. 참으로 대단한 장관이다. 하지만 유람선은 아무런 요동도 없이 흐르고만 있다.

잠시의 시간이 지나니 화면도 정상으로 돌아와 화산폭발의 장면이 사라진다.

심해 지면에도 깊은 강이 있다. 거기는 1만2천m까지 내려간다. 자막에는 '지금 심해 강을 건너고 있습니다.' 하는 안내가 나온다.

화면에서도 강의 깊이가 드러난다. 어지러울 정도이다. 유람선은 강을 유유히 건넌다. 한참을 지나 강을 건넌 뒤 심해 지면으로 돌아온다.

심해 지면이지만 육지의 지형과 다를 것이 없다. 아기자기하고, 높고 낮은 지형이 있으며, 언덕이 있으며, 골이 있다. 단지 초목이 없어 밋밋할 뿐이다. 그리고 엄청난 압력이 심해 지면을 다지고 있는 모습이다.

호사인은 질문한다. "지구의 바다는 달이 있어 인력이 작용하여 밀물과 썰물이 있어 바닷물이 흐르는데 이곳도 바닷물이 흐릅니까?"

바로 답변이 나온다. '물이란 흐르지 않고 한곳에 오래 머물러 있으면 썩어버립니다. 바닷물도 예외는 아니지요. 지구 행성에는 달이란 위성이 있지만, 유리에는 오호라 삼각 위성이 있습니다. 달과 같은 위성이지요. 그러므로 여기도 밀물과 썰물이 있으며, 바닷물이 흐르고 있습니다. 그 여파로 바닷바람이 불어대며, 파도가 일어나 바닷물에 산소가 공급되어 생명체가 살아갈 수 있답니다.'

화면을 바라보니 유람선이 서서히 비탈을 오르고 있었다. 좌우의 바다는 숨이 막힐 정도로 흑암이지만, 앞의 화면은 사면과 상당히 먼 곳까지 지형을 훤하게 보여준다. 그러므로 답답함을 덜어주며 시간이 잘 간다.

자막이 나온다. '앞으로 3시간에 걸쳐 유람선은 심해 지면을 서서히 올라 벗어나게 될 것입니다.'

심해를 들어올 때는 절벽의 낭떠러지에서 떨어지는 기분인데, 오를 때는 마치 산에 오르는 기분이다.

심해저면 절경의 신비롭고, 신묘한 모습들이 언어의 한계로 표현하기가 어려워, 아쉬움을 느낀다. 이 불모지의 심해에서 핵융합을 이용해 빛을 만들어내고, 빛으로 하여금 새로운 생명의 세계를 만들어내는 유리 유람들의 위대함을 생각한다. 지구 행성 사람들을 생각하니 마음이 저려온다. 근본적으로 철학부터 바꿔야 한다. 고대의 철학자들은 부유한 기득권의 가정에서 자라 그들의 기득권을 지키기 위한 철학이고, 그들의 낙원을 만들어내기 위한 철학이었다.

수많은 종교의 철학 역시 결국 권력과 결탁하여 조직화된 서열 체계로 굳어졌고, 그 결과 세계의 평화를 이루지 못하고 있다.

무엇이 문제인가? 호사인은 서서히 눈을 뜨기 시작한다.

유람선이 깊은 심해를 오르면서 잠수함으로 환원되며, 호사인과 수로 아는 서로 옆 좌석에 앉아, 마치 오랫동안 헤어져 그리움에 목마른 사랑처럼 서로가 껴안으며 반가워한다. 그러면서 함께 해저평야를 바라본다. 깊은 심해의 어두움에서 벗어나니 희미한 해저평야도 대낮처럼 밝아 보이고, 마음도 확 트이며 환해진다. 그리고 해저평야의 어조류들의 조화롭고 너울거리는 환상에 취하며, 잠수유람선은 관광 유람선으로 변하며, 바다 위에 모습을 드러낸다.

간판 위로 오른 관광유람들은 크게 탄성을 지르며, 마치 태초의 신비의 새로운 세상을 만난 듯 서로 얼싸안고 저 푸른 하늘과 바다의 아름다움에 취해 춤을 춘다. 호사인과 수로 아도 모두와 하나가 되어 흥의 기쁨 속으로 빠져든다.

25장
황혼의 천사들

제22일

　유람들은 21세부터 80세까지 일을 한다. 81세에 은퇴하고 평균 125세까지 산다. 직업을 은퇴하고 45년의 긴 세월을 어떻게 보내는지 궁금해진다.
　이곳도 온갖 산천초목이 빨간 단풍으로 물들어 있어 한국의 전형적인 가을을 연상하게 한다. 곱디곱게 물들어 단장한 잎들은 힘이 쇠한 듯 나무에서 떨어지며, 빙글빙글 돌아 온갖 재주를 부리며, 처량하게 날아가다 땅에 꼬꾸라진다. 잎사귀를 잃은 각종의 나무들은 그동안 애써 낳은 열매들을 주렁주렁 선보이며, 뽐내듯 자랑하고 있다.
　사계절의 환경에서 봄에 파종하여 여름에 가꾸고, 가을에 수확하여 겨울을 대비한 유리의 모습은 마치 황혼의 아름다움을 보는 듯하다.
　단풍도 가지가지, 열매도 가지가지, 매미와 곤충들이 떠나갈 듯 노래를 부르고, 나비와 고추잠자리 벌들도 마지막 추수로 겨울을 준비하듯 바쁘게 움직이고 있다.
　"관광열차 역사로 가지요. 오늘은 황혼의 천사들을 방문한답니다."
　호사인이 "황혼의 천사?" 하며 반문한다.
　"유람들의 평균 수명은 125세랍니다. 마지막에는 노환이 생겨, 거동이 불편하여 돌봄이 필요하지요. 이렇게 죽음의 시간에 도착한 유람들을 시혼의 천사라고 부릅니다."
　수로 아가 잠시 생각을 정리한 뒤 말을 이었다. "유리의 모든 유람은 80세에 정년을 맞습니다. 이후 90세까지 10년 동안은 보조 업무를 하지요. 젊은 부부가 아기를 낳거나, 어떤 유람이 다치거나 병으로 근무하지 못할 때 대신 일을 돕는 역할입니다.
　그리고 90세에서 100세까지의 10년은 아주 자유로운 시기입니다. 이때를 '휴년'이라 부르며, 마음껏 관광을 누리며 편히 지냅니다.
　100세에서 110세까지는 후세를 가르치고 보살피는 일을 맡습니다. 이 시기에 누구나 평생 쌓아온 지식과 지혜를 모아 자서전을 쓰게 되지요. 이 자서전은 신선 평론가들의 평가를 거쳐 지혜 철학서에 담겨 교육에 활용됩니다. 지혜 철학서는 마치 사자성어나 탈무드 같은 책이라 할 수 있습니다.

110세에서 120세에 이른 분들은 거동이 불편하거나 기력이 약한 이들을 곁에서 도우며 손발이 되어 줍니다."

호사인은 고개를 갸웃했다. '고령의 노인을 젊은 유람들이 돌봐야지, 노인이 노인을 보살핀다고?' 그러나 속으로만 생각할 뿐 말은 하지 못했다. 지금까지 본 유리의 제도는 어느 하나 허술한 구석이 없었기 때문이다.

드디어 황혼의 천사 역에 내리어 역사를 나온다. 역시 붐비지 않고 한산하다. 날씨가 유난히 맑고 화창하다. 하늘에는 뭉게구름이 느리게 이동하며, 가끔 햇빛을 가리어 준다. 또한 갈매기가 'V'자를 그리며, 남에서 북으로 쫓기듯 날아간다. 산천초목의 자연은 황홀함의 무대를 장식하고 있는 듯하다.

호사인과 수로 아는 지형이 잘 그려진 이정표 간판에 서서 관람지역을 선정한다.

한국의 서울로 말하자면 구민회관에 해당하는 건축물이 2층으로 지어져 있고, 역시 옥상에는 나무숲이 우거져서, 문화가 자연을 보호하고 있음을 보여주고 있었다.

앞쪽에는 잔디광장이 넓게 깔려 있어 운동하기에 좋고, 또한 각종 운동기구가 늘어져 있고, 구민회관 같은 건축물이 수십 동 늘어져 있으며, 중간중간에는 집들이 한가하게 들어서 있어 노인 주거의 성격을 띠고 있다.

3동의 관람계획을 짜고 옆으로 이동해 로봇 티가 운영하는 마차에 올라탄다. 첫 번째 동의 목적지를 입력하니, "안녕하세요. '황 티' 입니다. 목적지까지 친절하게 모시겠습니다." 하며 반갑게 인사한다. 마차가 천천히 출발하며, 친절하게 주위도 안내하며 궁금증을 풀어준다.

"여기는 마치 천국과도 같은 곳입니다. 사계절이 약간은 있지만 기온 차가 크지 않아 언제나 살기에 적당하지요. 늘 꽃이 새롭게 피어나고, 새들이 지저

귀며 노래합니다. 벌과 나비들이 꽃을 찾아 꿀을 모으고, 땅에는 미생물이 번성하며 곤충들도 가득하지요. 그 덕분에 만물이 늘 풍성합니다.

죽음을 앞둔 유람들도 두려움이나 근심 없이 환한 미소를 짓습니다. 곁에는 늘 동료 유람들이 함께하며 서로를 돕고 돌보아 주기에 외로울 틈이 없지요. 가끔 자녀들이 찾아와 문안을 드리기도 하지만, 그렇다고 그들을 애타게 기다리며 그리워하지는 않습니다."

마차는 오솔길을 능숙하게 운전하며, 지형을 소개하기도 한다. 드디어 목적지인 3동에 도착하여 하차한다.

넓은 대지 위에 2층의 건축물이 아담하고 아름답게 들어서 있고, 남쪽을 향한 뜰에는 잔디가 넓게 깔려 있다. 빙 둘러 가장자리에는 수많은 운동기구가 설치되어 있었다. 오전인지라 아직 광장에는 유람들이 전혀 보이지 않는다. 수로 아, 호사인이 건물 안으로 다정히 손을 잡고 들어간다.

상당히 넓은 홀의 무대에 수많은 교향악단이 각가지의 악기를 연주하며, 저마다 소프라노, 알토, 베이스의 음색이 혼합한 노래는 경이롭고 황홀하다.

그리고 홀에는 음악에 맞추어 수많은 남녀 황혼의 천사 유람들이 어울려 흥겹게 춤을 추고 있었다.

젊은 호사인과 수로 아가 보아도 흥겹고 신나고 황홀하다. 두 사람은 입구에 서서 모습을 관망하고만 있었다.

한참을 지나니 음악이 멈추고, 춤도 멈추고 조용해진다. 모두가 흥겨워 상기된 얼굴이다. 누가 이 유람들을 노인이라 할 수 있을까 하고 의심이 들게 한다.

조용한 가운데 무대 위에 한사람이 올라와 큰 소리로 적막을 깬다. "여러분, 기뻐하세요. 호사인과 수로 아가 입구에서 우리의 모습을 보고 있었답니다. 두 분을 무대로 소개합니다. 어서 오십시오."

모두가 함성을 지르며 박수로 환대한다. 호사인과 수로 아는 손을 흔들어 답례하고는 환한 미소로 무대에 오른다.

사회자가 자기를 먼저 소개한다. "나는 105세의 3동 황혼의 천사의 집 총무 '무지개'입니다. 반갑습니다." 하며 호사인과 수로 아와 포옹으로 인사를 나누니 다시 박수갈채가 쏟아진다.

수로 아와 호사인이 동시에 "환대해 주셔서 정말 감사하고 기쁩니다." 하며 노인유람들을 향해 양손을 흔들어 답례하며, 고개 숙여 인사한다.

환호와 박수가 멎자, 흥분된 호사인이 입을 열었다. "오늘 수로 아 님이 황혼의 천사 집을 탐방한다고 하기에, 저는 처음에 고개를 갸웃했습니다. 천사는 천사인데 왜 굳이 황혼의 천사일까 의아했지요. 그런데 알고 보니, 황혼이라는 말이 지구, 대한민국의 언어로는 곧 노인을 뜻한다는 것을 알게 되었습니다.

하지만 지금 이 순간, 제가 뵙는 여러분은 초원 위를 달리는 소년 소녀 같습니다. 그러니 저는 여러분을 황혼의 천사가 아니라, 초원의 천사라 부르고 싶습니다.

환한 미소, 멋진 머리 스타일, 세련되고 화려한 의상, 그리고 당당하고 활기찬 건강함. 이런 모습을 지닌 여러분을 누가 감히 황혼이라 부를 수 있겠습니까?" 박수가 쏟아진다.

죽음에 소망을 둔 내세관

"지구 행성의 노인 세대는 나라마다, 개인마다 차이가 있지만, 대체로 어렵고 가난합니다. 경쟁과 능력이 중시되는 지구 사회에서, 인류는 젊어서는 결혼해 가정을 꾸리고 자녀 교육과 생계에 매달리다 보니 정작 노후를 위한 저축은 거의 하지 못합니다. 극소수 능력 있는 이들만이 여유 있는 노후를 보내지만, 대부분은 빈곤 속에 힘겨운 세월을 맞이하지요. 그래서 지구의 노인 세대를 따라다니는 이름표는 '가난하고, 외롭고, 쓸쓸하며, 허무하고, 낙이 없는 세대'가 되어버렸습니다."

호사인이 황혼의 천사들을 사면팔방으로 바라보며, "나는 수로 아 님 덕분에 지구 행성에서 240광년의 상상할 수 없는 먼 이곳 유리에 와서 22일째 여기를 보고, 느끼고, 탐방하고 있습니다. 그리고 3일 후면 여기를 떠나야 합니다. 그래서 오늘 황혼의 천사 집을 탐방하게 되어 너무 보람을 느낀답니다. 내가 지구로 돌아가 여러분의 모습을 알리면 지구 행성의 노인들도 큰 꿈을 가질 수 있다고 생각하기 때문입니다." 다시 박수가 쏟아진다.

"여러분은 가난하지도 외롭지도 쓸쓸하지도 허무하지도 않고 너무 행복해 보입니다. 지구의 노인들은 죽음에 대한 두려움과 공포가 누구나 존재한답니다. 그러므로 종교가 탄생하고, 종교가 사후 내세관을 심어주어, 천국과 극락과 같은 내세의 희망을 주고, 죽음에 대한 공포를 소망으로 갖게 하여 평안하게 해주기도 합니다. 하지만 여러분은 죽음에 대한 공포도 전혀 보이지 않습니다. 나는 앞으로 여러분을 초원의 천사, 즉 영원히 시들지 않는 천사로 부르고 싶답니다." 환호와 박수가 끊이지 않는다.

무지개 총무가 앞으로 나오며 "호사인 내가 호사인의 말대로 황혼의 천사를 초원의 천사로 바꾸어 부르지요. 그리고 초원의 천사들의 궁금증을 모아 질문합니다. 호사인께서 그 먼 지구 행성에서 여기까지 어떻게 오실 수 있었는지 궁금하답니다." 하고 이야기한다.

호사인이 그동안 과정을 이야기하니 초원의 천사들이 놀라며 감탄한다.

무지개 총무가 "수로 아 님이 참으로 큰일을 하셨습니다. 우주 별들의 행성 생명체가 문명적으로 서로 교류할 수 있는 가교역할을 수로 아 님이 해내셨군요. 수로 아 님에게 큰 박수를 부탁합니다." 하고 이야기하자 초원 천사의 박수가 우렁차게 쏟아진다.

수로 아가 앞으로 나오며 인사하고 지구의 문명을 소개한다. "지구 행성의 문명은 고대에는 유리 행성의 문명보다 훨씬 앞서 있었습니다. 하지만 지구에서는 발전된 문명이 지속으로 발전되지 못하고, 전쟁과 기근으로 몰락하고 다시 시작하고 하면서 문명의 발전이 단절되어 버렸기 때문에 현재는 유리 문명에 뒤져 있답니다. 만약에 여기 유리의 문명도 유리왕 시대에 의인과 악인의 전쟁에서 악인인 태약신 무리가 승리했다면, 지구 행성의 문명과 다르지 않았을 거라 생각됩니다.

현재 지구 행성 문명의 문제는 인구폭발의 문제, 환경의 오염문제, 가난과 기아의 문제, 갈라진 국가들의 힘의 우위를 갖기 위한 전쟁문제, 핵무기의 핵전쟁입니다.

여기에 일부 지구 세계의 자본이 고대의 사채업자나 고리대금업처럼 불법 영업이 금융업으로 합법화되어 세계 경제를 마비시키는 등의 문제로 심각한 위기에 처해 있답니다.

나는 지구 행성 과학위원장으로 지구를 수 회 방문하여 지구의 문제점을 발견하고, 지구를 구할 생각을 연구하다가 교류가 필요하다는 인식을 하게 되었답니다.

그러던 중 우연히 호사인을 찾았고, 호사인의 의식을 데려와 교류의 장을 열고, 유리의 문명을 지구 인류에게 알려야 한다는 인식을 하게 되었답니다."

모두가 수로 아의 지구인류애에 감동하며 박수를 친다.

신선의 무지개 총무

수로 아가 호사인을 향해 "무지개 총무를 소개합니다. 무지개 총무는 신선에 있었던 분입니다." 하고 소개하자, 호사인이 놀라 "신선이라고요!" 하고 말한다.

"그렇지요. 여기서는 100~110세 동안 두 가지 일을 합니다. 하나는 자서전을 쓰는 일이고, 하나는 초원의 천사들을 관리하고 보호하는 역할을 합니다. 이 기간을 '전관 시대'라고 합니다. 전관 시대 유람들의 경력도 다양하여 저마다 맞는 역할을 하게 된답니다.

  20세에 의무학교를 마치고, 50%는 직장으로 50%는 상급진학으로 하여 3년 학제마다 50%는 직장으로 50%는 상급 학제로 올라가는 동안 신선 학제까지는 60세가 되어 신선 그룹에 편제되어 유리 왕국에 봉사합니다. 하지만 아무리 고학력이라도 자랑할 것이 없는 것은 직장인이나 진학하여 공부를 계속하는 자나 똑같이 점화가 부여되기 때문입니다. 그러니까. 호사인의 나라로 보자면 국가에서 월급을 받고 공부한 셈이지요. 또한 진학하지 않고 20세에 직장을 갖는 유람도 많은 여가를 활용해 다양한 교양서적으로 교양을 쌓으므로 전관 시대에 이르면 모두가 비슷하게 박식하답니다."

  호사인은 여기의 모든 제도를 들으면 들을수록 신선함을 느끼며 감탄한다.

  어느 초원 천사가 호사인을 향해 "지구 행성에서 가장 즐겨 부르는 노래를 불러주세요." 하고 청하자 모두가 박수를 치며 좋아한다. 무지개 총무와 수로 아도 눈빛으로 재촉한다.

  호사인이 목청을 가다듬고 눈을 감고 구슬픈 감정을 실어 아리랑을 부른다. 호사인의 구성진 가락이 공간을 가득 채운다. 수로 아는 어렴풋이 그 뜻을 헤아리지만, 무지개 총무와 초원의 천사들은 익숙지 않은 곡조에 고개를 갸웃거릴 뿐, 그 깊은 정서를 다 이해하지는 못한다.

  수로 아가 나서며 노래 가사의 내용을 설명한다. 한국은 수 세기 동안 주위 여러 나라들의 침략을 받았고 한 때는 일본의 식민지가 되었으며, 마지막에는 외세의 침략으로 분단비극을 겪은 역사를 설명하니, 초원 천사들이 머리를 끄덕이고 이해하며 처음으로 눈물을 흘리며 박수를 친다.

  무지개 총무가 "한 번만 질문을 받겠습니다." 하고 말하자, 한 초원 천사가 일어나, "호사인은 형제자매가 있나요? 양친의 부모님은 계신가요? 지구 행성에 혹시 애인이 있나요?" 하고 세 가지 질문을 한다.

  호사인은 잠시 눈을 감았다가 천천히 입을 열었다.

  "저는 형제자매가 없는 외동아들입니다. 우리나라에서는 이런 경우를 '독자'라고 부르지요. 다행히 부모님은 아직 건강히 살아 계십니다."

그는 말을 잇다 잠시 머뭇거리며 수로 아를 흘끗 바라본다. 수로 아가 고개를 살짝 끄덕이자, 호사인은 조심스레 이어간다.

"어릴 적부터 곁을 지켜준 혜지라는 친구가 있었습니다. 함께 성장하며, 때로는 저와 결혼하자는 고백도 했지만… 그럴 때마다 제 머릿속에는 수로 아의 환영이 떠올라 이성에 대한 마음을 잃곤 했습니다. 지금도 혜지는 결혼하지 않았고, 부모님은 그녀를 친딸처럼 아끼고 계십니다."

수로 아가 순간 미안한 듯 눈길을 떨구더니, 이내 장난기 어린 웃음을 띠며 말했다. "이번에 지구로 돌아가면, 혜지와 결혼하시겠군요. 결국 저를 배신하는 거네요."

그 말에 모두가 폭소를 터뜨리며, 순간 공간이 환한 웃음으로 가득 찼다.

무지개 총무가 능숙하게 호사인에게 질문한다. "22일 동안 이곳에 머무르며 탐방을 하였습니다. 느낀 소감을 들려주시며 합니다."

호사인이 잠시 생각을 정리하고, 감탄을 담아 말한다. "모든 것이 새롭고, 충격이랍니다. 모든 유람이 지구 행성의 가장 부유한 자보다 더 부유하고, 더 행복하고, 더 아름답고, 더 화려하고, 더 교양이 있고, 더 박식하고, 하지만 사유재산 보유는 전무하다는 것에 놀랐습니다. 사유재산이 없고, 경쟁이 없는 사회가 이렇게 풍요로울 수 있다는 생각에 흥분했습니다. 지구 행성에서도 한때 모두가 공평하고, 평등하고, 모두가 잘살아 보자는 공산주의와 사회주의 같은 제도가 불꽃처럼 일어나 자본주의와 대립하다 자본주의에 침식당해 결국은 망해버린 경험이 있답니다. 아무리 편리한 기계라도 능숙하게 다룰 수 있는 교육이 필요하다는 절실한 생각을 하게 되었답니다. 그리고 여기의 모든 제도는 너무나 완벽하여 틈을 찾을 수 없고, 이 제도를 다루는 유람들도 너무 완벽하여 틈을 찾을 수 없다는 것을 알게 되었답니다. 결국은 교육이 이러한 완벽한 세상을 이루었다고 생각합니다. 감사합니다."

무지개 총무가 "짧지만 모든 소감이 들어있는 것 같습니다. 그러고 보니 동방의왕은 진정한 교육자였다는 생각이 듭니다. 수고하셨습니다."

수로 아가 무지개 총무에게 "한 분만 더 질문을 받지요?" 하고 제안하자 무지개 총무가 화답하며 "질문하실 분?" 하고 입을 열며 초원의 천사를 바라본다. 예리하고 지혜가 깊은 것으로 보이는 한 사람이 "지구 행성의 인구는 얼마며, 몇 개국의 국가가 있으며, 언어와 글은 국가마다 다른지 궁금합니다." 하고 묻자 좋은 질문이라며 모두가 박수를 친다.

"인구는 약 70억 명에 이르고요. 국가는 크고 작은 국가가 있지만 약 200여 국가가 있습니다. 그리고 언어와 글은 국가마다 다릅니다."

초원의 천사들이 "와!" 하며 웅성거린다.

한글과 한국어를 유리 왕국의 언어로 통일한 이유

수로 아가 나서면서 초원의 천사를 바라본다. "고대에서는 유리도 여러 국가로 갈라져 있었고, 언어와 글도 각각 달랐답니다. 하지만 초대 유리왕이 한글과 차이는 있지만, 누구나 쉽게 배울 수 있는 글을 창제하시고 이 글을 유리 왕국에 보급하여 말과 글을 통일하였으며, 이후 유람언어 학자가 지구 행성을 여행하여 대한민국의 한글을 발견하여 연구하였고, 그 결과 한글과 한국의 언어가 사물의 현상을 다양하게 표현할 수 있고, 언어의 표현도 자유자재로 할 수 있어 가장 우수하다고 인식하였답니다. 그래서 유람의 선조들이 호사인 나라의 한글과 한글 언어를 유리 왕국의 글과 언어로 통일시켰답니다. 그 후 과학의 발전과 교육의 진도가 굉장히 빨라졌답니다."

호사인은 깜짝 놀랐다. 한글이 우수하다는 말은 수없이 들어왔지만, 이곳 유리 왕국의 통일 언어와 문자로 자리 잡았다니 경이롭기 그지없었다.

그때 무지개 총무가 앞으로 나와 환하게 웃으며 말했다. "이제 호사인과 수로 아의 일정이 바쁘답니다. 남은 20분 동안은 다 함께 춤추고 노래하며 작별

인사를 나누지요."

흥겨운 음악이 흘러나온다. 호사인과 수로 아는 3동의 초원의 천사 탐방을 마친다.

7동의 황혼의 천사 집

여기는 7동의 황혼의 천사 집, 넓은 홀에는 아무도 없어 조용한 적막이 흐르고 있다. 호사인과 수로 아는 주위를 돌아보며, 실내의 고풍스러운 그림과 잘 꾸며진 장식들을 감상하며, 황혼 천사들의 기품을 생각한다.

원근법과 색상의 섬세함과 정교한 조화는 현실감과 일치하는 그림들과 아기자기한 조각품과 화분에 담겨 향기와 아름다움의 조화를 만들어내는 꽃들의 분위기는 포근함과 안정감, 편안함을 만들어내고 있었다.

"저 그림들 한 폭 한 폭에는 역사의 깊은 뜻이 담겨 있답니다. 그래서 역사를 알면 그림들의 소중함이 더해진답니다." 호사인이 수로 아를 바라보며 고개를 끄덕인다.

"안녕하십니까? '황 티' 입니다. 총장님이 부르십니다." 상냥하게 인사하는 황 티는 로봇답지 않게 매력적이었다. 2층으로 안내한 황 티는 인사하고 사라진다. 점잖고 지혜로운 황혼 천사가 나타나 "어서 오세요. 예정에 들어 있어서 기다리고 있었답니다. '실비' 총장입니다." 하며 정겨운 얼굴로 반긴다.

"감사합니다." 수로 아와 호사인도 "뵙게 되어 영광입니다. 실비 총장" 하며 인사한다. 총장이 접견실로 인도하며, 자리를 같이한다. 수로 아가 소개했다.

"이분은 97대 전직 유리왕 신선이시며, 115세로 재능의 달인이신 실비 총장님이십니다. 지금도 청춘 못지 않으시지요."

호사인이 실비 총장을 바라보며 감탄한 마음으로 "귀한 분을 만나서 마음이 뛰고 있답니다." 하니 모두가 웃음으로 편안한 분위기가 자연스레 만들어진다.

황혼의 천사가 시혼의 천사를 돌본다

"여기의 황혼의 천사들은 오전 두 시간은 각자의 취미를 즐기고, 오후 두 시간은 노래와 춤으로 건강을 다집니다. 나머지 시간은 120세가 넘은 시혼의 천사들을 돌보며 함께 시간을 보내지요." 호사인이 고개를 흔들며 "일과가 힘들지 않을까요?" 하고 묻는다.

실비 총장이 중후한 미소를 지으며 "이러한 일정을 소화하므로 죽음의 직전에도 기력이 맑아 평화로움으로 생을 마감할 수 있답니다." 하고 답한다.

호사인도 긍정하며 "어떠한 생활이 있습니까?" 하고 다시 묻자, 실비 총장은 "차를 들고 돌아보지요." 하고 말한다.

동시에 황 티가 차를 쟁반에 들고 들어온다. 실비 총장이 수로 아를 바라보며 "젊음과 노년의 차이는 결국 혈액순환에 있습니다. 이 차는 그 흐름을 원활하게 해주지요." 하며 차를 먼저 음미하고, 차를 호사인과 수로 아에게도 권한다.

수로 아가 "차의 맛이 일품입니다. 향기도 좋고, 기분이 상쾌해지니, 혈액순환이 빨라지는 느낌이 듭니다." 하고 감탄한다.

"감각이 빠르군요. 사실 우리는 늘 마시기 때문에 느낌이 없답니다." 하며 웃음꽃을 피운다.

사후세계를 믿는 시혼 세대

호사인이 궁금하여 "110~120세까지의 세대는 무슨 세대입니까?" 하고 묻는다.

실비 총장이 "시혼 세대라 합니다. 죽음의 새로운 시대를 연다는 뜻이지요." 하고 답한다.

"그렇다면 사후 세계도 있다고 믿나요?"

호사인의 질문에 실비 총장이 잠시 눈을 감고 생각한 뒤 대답했다. "사실 유리에서는 종교를 좋게 보지 않습니다. 그 이유는 분명합니다. 태유신이 종교를 빙자해 세상을 정복하고, 악인의 세상을 만들어 버렸기 때문이지요.

지구 행성도 크게 다르지 않습니다. 종교인들의 어리석은 분쟁이 세상을 어지럽히고, 수많은 갈등과 전쟁을 일으켜 왔습니다. 그 결과 '종교는 악이다'라는 인식이 뿌리 깊게 자리 잡았고, 지금 이곳에서는 종교가 철저히 배척당하고 있답니다."

호사인도 지구촌의 종교역사를 생각해 본다. 과거로부터 종교가 관련되지 않은 전쟁이 없을 정도로 종교는 수많은 전쟁을 일으켰다.

호사인이 다시 질문한다. "그러면 120세 이상인 시온 세대는 종교를 인정하며 사후세계도 인정하는 것인가요?"

실비 총장이 고개를 끄덕이며 "그러한 셈이지요." 하며 눈을 감고 한참을 명상에 잠기고, 천천히 눈을 뜨며, 호사인과 수로 아를 바라보며 무겁게 입을 연다.

우주 성서 교칙

동방의왕인 초대 유리왕은 종교를 철저히 배격하여 모든 종교를 금기하였습니다.

당시 유리왕은 80세까지 40년 동안 통치하셨으며 지금의 모든 제도의 도를 놓으셨고, 운명하시기 전 금박지로 포장된 귀한 상자를 남기셨는데, 유언으로 이 상자를 궁에 잘 보전하여 1,000년 후 개봉하여 내용을 세상에 알리라는 말을 남기셨지요.

이후 1,000년이 된 1월 1일 신선과 선사와 모든 유리 유람의 관심 속에 동방의 왕인 초대 유리왕의 유언 상자를 개봉하였는데 안에는 우주 성서라는 책이 들어 있었습니다. 그리고 책에는 놀라운 내용이 들어 있었습니다.

[우주 성서]
〈1. 나는 평생에 우주 성신을 섬겼노라.
2. 우주 성신은 영적인 존재이며 지혜와 지식과 능력이 무한하여 상상을 초월한 무한한 우주를 운행하시며, 마음으로 경배하는 자를 찾아 무한한 자비를 베푸시는 신이노라.
3. 나는 어려서 환상에 우주 성신이 빛으로 나타나 "너는 마음으로 나를 섬기고 경배하면 너에게 지혜와 명철과 지식을 무한히 얻게 하고, 너에게 세상의 도를 주어 태초처럼 아름다운 세상을 만들게 할 것이니라." 하는 소리를 들었고, 그 후 나는 마음으로 늘 우주 성신을 경배하였느니라.
4. 1,000년 후에는 모든 유람의 평균수명이 125세가 될 것인즉 죽음에, 임박한 120세 이상의 시혼 세대에게만 우주 성신을 경배하게 하여 죽음의 공포를 면하고 새로운 세상의 시작을 알리어 소망을 갖게 하라.
5. 시혼 세대는 신선이 총장이 되어, 시와 아름다운 곡으로 찬양을 지어 우주 성신을 경건한 마음으로 찬양하도록 하여라.
6. 시혼 세대 외에는 누구도 종교의 조직이나 믿음을 금하며, 세상의 불행은 종교전쟁에서 시작되기 때문이다.〉

이러한 6가지 내용이 들어 있었지요.
그 후 시혼 세대에게는 우주 성신을 섬기도록 믿음을 심어주며 아름다운 찬양을 부르며 우주 성신을 경배한답니다.

호사인이 궁금하여 "죄의 벌에 대한 개념은 없습니까? 예를 들어 세상 살면서 선한 일을 많이 하면 천당에 가고 악한 일을 많이 하면 지옥에 간다는 개념 같은 경이 있나요?" 하고 묻는다.

실비 총장이 인자하게 웃으며 "여기는 처음부터 죄에 대한 개념이 없습니다. 어떤 유람이 죄를 지었다 해도 교도소에서 죗값을 치르기 때문에 누구도 죄인이란 인식이 없습니다. 그러므로 천당이나 지옥 같은 개념이 전혀 없답니다." 하고 답한다.

호사인은 잠시 생각하다 물었다. "죄의 근본은 무엇입니까?"

실비 총장이 깊은 생각을 한 후 "문명이 만들어내지요." 하고 답하자 호사인이 멍하니 실비 총장을 바라본다.

"동물의 세계는 같은 동족을 죽이거나 괴롭히거나 약자의 것을 빼앗아 먹어도 죄가 되지 않습니다."

호사인은 흠, 하고 신음한다. 실비 총장은 호사인을 바라보며 "동물의 세계에는 양심이나 윤리나 계명이나 제도나 법 등이 없으며, 문명의 사회만이 이러한 법 등이 있고, 이러한 법 등이 죄를 만들어내고 있습니다."

"그렇다면 문명이 죄인을 만들어내니 문명이 곧 고통이라 볼 수 있습니까?"

실비 총장이 머리를 흔들며 "잘못된 문명이 죄를 양산하여 죄로 인해 고통을 주지요."하고 답한다.

호사인이 이해할 수 없다는 듯이 고개를 갸우뚱하며 실비 총장과 수로 아를 번갈아 바라본다. 수로 아가 보충설명을 한다. "조금 전 말씀드린 것처럼, 여기에서는 죄에 대한 인식 자체가 희미합니다. 누구나 죄로부터 해방되어 있다고 믿지요. 심지어 죄를 지어 교도소 생활을 한 이들도 죄책감의 고통을 느끼지 않습니다. 왜일까요? 죄의 시작은 욕심에서 오기 때문입니다. 지구 행성 문화에서는 능력의 경쟁 사회이고, 신분의 서열사회입니다. 섬기는 문화가 차별을 두어, 멸시 천대로 이어져, 권력 재벌의 귀족과 약자인 가난의 천민으로 갈라져 있습니다.

 인간은 누구나 문명으로 하여금 인권이 평등하게 보장되어야 하지만, 그렇지 못하므로 신분 상승의 욕구 등 권력 재벌의 도전문화가 욕심을 만들어내지요."

 실비 총장이 잠시 깊이 생각한 뒤 호사인을 바라보며 말했다.

 "문명이 어떻게 죄를 만들어내는지 아십니까? 신하는 왕을 공경하고, 하인은 귀족에게 순종합니다. 그러나 그것은 진정한 존경심에서가 아니라, 신분을 유지하고 먹고살기 위해 어쩔 수 없이 따르는 것일 뿐이지요. 마음속에는 불만이 가득하지만, 드러내지 못할 따름입니다.

 목욕탕에 들어가 보십시오. 모두가 옷을 벗으면 똑같은 존재입니다. 왕이나 귀족이라 해서 하인보다 나을 것이 무엇이겠습니까? 결국 차이는 권력과 재산, 그리고 그것을 지키려는 제도일 뿐입니다.

 이처럼 사유재산이 허용된 문명 속에서 사람들은 권력과 돈, 명예를 얻기 위해 끝없는 욕심을 부리게 됩니다. 그 과정에서 미움과 시기, 질투, 도적질, 살인, 다툼이 끊이지 않게 되지요.

 물론 법이 있습니다. 하지만 그 법은 공정하게 적용되지 못하고, 권력자와 재벌의 사유물이 되어 버립니다. 결국 법은 가난한 민중을 억압하고, 새로운 죄를 양산하는 무서운 도구로 전락해 버린 것입니다."

법이 공정해야 문명사회

 호사인이 한참을 실비 총장을 바라보며 생각을 정리한다. "법이 없어야 합니까?"

 "아니지요. 문명의 사회에서는 법이 절대 필요하지요. 오히려 공정하고 강해야 하지요. 그리고 욕심이 없어야 하지요. 창고를 만들어 부를 쌓아두지 말아야 하지요. 초원의 사자들을 보세요. 수백 마리의 말이 있어도 그들이 배를 채울 수 있는 한 마리 이상의 사냥은 하지 않습니다. 만약 사자가 인류의 심성을 가졌다면 사자들이 굴을 파서 창고를 만들어 한꺼번에 수백 마리를 사냥해 굴에 쌓아두었을 것입니다. 생각해 보세요. 사자는 결국은 굶어 죽을 것입니다. 우리 유리를 보세요. 모두가 부를 쌓아두지 않아도 모두가 부유하고, 사랑하며, 죄의 노예가 되지 않고, 행복하지 않아요?"

호사인이 의아심을 나타내며 질문한다. "문명사회의 인권의 평등과 공평과 이성적 사랑의 자유는 성적 타락의 죄악을 불러온 경우가 고대역사에서 볼 수 있습니다. 가령 부녀와 모자와 남매와 같은 근친 성행위와 남자와 남자 여자와 여자끼리의 동성 행위는 사회의 타락, 혼란을 일으켰습니다. 유리에는 이러한 문제가 없나요?"

"여기는 법이 공정하고, 공평하게 적용되며, 엄하고 강합니다. 그래서 누구나 법으로 정한 법률을 어긴다는 생각은 상상도 못 합니다. 청춘남녀의 사랑은 얼마든지 할 수 있습니다. 하지만 성행위의 결정권은 여자에게 있습니다. 남자가 여자의 허락을 무시하고 성행위를 강요하면 엄벌을 받습니다. 하지만 여자의 승인으로 성이 이루어졌다면 후에는 여자의 책임입니다. 여자는 피임의 교육을 철저히 받음으로 혼전의 임신은 용납이 안 되고, 만약 임신이 되어 출산했다면 아기를 키울 수 있는 2년의, 시간을 주고 아기가 유아시설로 간 다음, 1년의 죄를 교도소에서 벗어야 합니다. 또한 결혼한 부부는 어떠한 이유를 불문하고 30년 동안 이혼이 안 되고, 부부 외 성행위는 성행위를 한 쌍방이 모두 엄한 벌을 받게 됩니다. 그리고 30년의 부부생활의 기간이 지나면, 자유인이 되어 새로운 유람과 사랑을 할 수 있고, 이혼도 한쪽이 원하면 마음대로 할 수 있습니다. 다만 근친과 동성의 성행위는 평생 법으로 금해져 있습니다. 그러므로 성행위로 사회적 타락은 절대 있을 수 없습니다."

호사인은 실비 총장을 바라보며 존경을 표하고 "너무 깊은 고견을 들었습니다." 하며 감사를 표한다.

"시혼 세대의 취미 생활의 모습을 보지요." 하며 위쪽의 벽의 위에 말아진 하얀 천을 내리며 화면이 들어온다. 50개 이상의 방에는 각자의 무엇인가를 열심히 배우고 있다. 또한 지도하는 황혼의 천사들도 보인다. 화면에는 글을 붓글씨로 예술적 기법으로 연습하고 있다. 정서, 행서, 흘림체 등 갖가지의 붓글씨 모습은 아름답고 황홀하기까지 하다. 글을 가지고 이렇게까지 아름답게 표현할 수 있다니 예술 중의 예술이구나 하는 생각을 하게 된다.

다음은 상당히 넓은 방인데, 유람들이 바둑을 열심히 배우며 두고 있다. 호사인이 질문하여 "여기서도 바둑이 인기가 있나요?" 하고 묻는다.

실비 총장이 "물론입니다. 바둑은 무한한 수가 들어 있으며, 시간 가는 줄 모르면서 즐길 수 있고, 두뇌도 명석해지지요." 하고 말한다. 바둑을 두는 시혼의 천사들 모습이 너무 평화로워 보인다.

이 밖에 악기를 다루거나 음악을 연습하거나 춤을 배우는 등 수많은 시혼 천사들이 취미를 배우고 있었다.

12동의 시혼의 천사 집에 들어서니, 우주 성신을 찬미하는 찬송가, 음악이 아름답고, 은은하게 흘러나온다. 모두 병동처럼 넓은 방으로 되어 있었다. 120세 이상의 시혼의 천사들의 50%는 거동이 불편하여 로봇 도우미가 필요했다. 여기도 힘든 일 즉 목욕을 시킨다든가 옷을 갈아입히는 일 대소변을 돕는 일은 지능 로봇들이 맡아 하고, 황혼 세대들은 말동무를 하며 사사로운 일을 돌보고 있었다.

방들이 크고 넓어 여러 시혼 천사들이 외롭지 않게 생활하고 있지만 때로는 작은 독방에 중병을 앓고 있는 시혼의 천사도 있었다.

하지만 누구도 죽음에 대한 공포는 보이지 않고 지극히 평온해 보인다. 여기도 황혼의 천사가 정성으로 말동무를 해주며 무료하지 않게 해주고 있었다.

시혼의 천사 장례절차

125세 된 시혼의 천사가 운명을 하였다. 호사인과 수로 아가 총장을 만나 장례절차의 제도를 물었다.

"장례는 3일의 절차로 이루어집니다.
 1. 자녀에게 알리고
 2. 운명 유람을 목욕시켜 새 옷으로 갈아입히고
 3. 관을 준비하여 입관하고, 얼굴만 보게 하여 자녀와 지인에게 하직 인사를 하게 하고, 추모객들은 관 옆에 꽃을 놓아 작별을 축원하고
 4. 얼굴을 덮고 안치장으로 갑니다.
 5. 안치장에서 약품 처리하여 봉인하면, 1년에 완전히 분해되지요.
 6. 1년 후 안치실을 열고, 분해된 흙을 소각하여 날려 보냅니다. 이것으로 장례는 모두 끝이 납니다."

"그 후 고인을 위해 제사 같은 추모는 없나요?"

실비 총장이 고개를 흔들며 "안치실로 들어가기 전 고인의 평안을 위해 자녀와 지인들이 모여 집회를 열고 고인을 축원합니다. 그 이상은 없습니다." 하고 답한다.

호사인이 한참을 생각한 후 "유리와 같은 아름다운 세상을 하직한다는 것은 많은 미련이 남을 것 같은데요?" 하며 실비 총장을 바라본다. 실비 총장이 잔잔한 미소를 지으며 "125세 평생 모든 것을 누리고 알고 하였는데 무슨 미련이 더 있겠습니까. 육신을 영원히 이탈하여 새로운 의식으로, 우주의 무한한 미지 세계 개척의 꿈이 가득하답니다. 그러므로 죽음에 대한 공포가 없으며, 아주 편안하게 죽음을 맞이한답니다."

호사인과 수로 아는 큰 감명을 받으며, 실비 총장에게 아주 정중히 인사를 한 뒤 헤어진다.

26장
죄의 옷을 벗다.

제23일

　유리 왕국은 법을 어겨 죄를 짓은 죄수들을 어떻게 교화시킬까? 교도소의 실상을 알아본다.
　파란 하늘에 흰 구름이 뭉게뭉게 한가하게 흐르고, 기러기가 빠른 날갯짓으로 'V'자를 그리며 여유로운 구름을 잡아 보겠다는 듯 하얀 구름 속으로 급하게 들어간다.
　아래에는 끝없는 바다 위에 한 폭의 그림 같은 산림이 무성한 '교화도'가 파란 바다 위에 홀로 외롭게 떠 있다.
　호사인과 수로 아는 소형 유람선을 그들만이 타고 교화도를 빙 돌며 배회하고 있다. 타원형인 섬은 먼 데서는 작게 보였지만 가까이 다가와 보니 생각보다 상당히 넓게 인지되었다. 섬의 둘레는 모두 절벽으로 섬의 접근이 어려워 보인다. 한 바퀴하고도 반을 돌아, 섬의 선착 지점을 겨우 발견하고 섬에 발을 디디게 되었다.
　하늘 높이 우거진 나무들이 하늘을 덮어, 아래서는 약간 캄캄하기까지 하여 여름의 더위에도 으슥하게 몸이 떨려온다. 온갖 짐승들의 보호를 받기 위해 철망 터널 길을 따라, 안으로 이동하며 주위의 경관을 살핀다.
　그러다 안내 전광판에 발길을 멈춘다. 교화도는 넓었다. 높지는 않지만 수많은 산이 모여 있고, 그 산들의 중턱에 교도소란 건물들이 번호를 붙여 분류하고 있었다. 그리고 아래는 글의 제목과 글들이 적혀 있다.
　'죄의 옷을 벗는 곳.
　유리 왕국의 유람들은 모두가 동등한 예우를 받지만, 죄를 지은 유람은 예우하지 않는다. 그러나 죄의 옷을 벗으면 동등한 예우를 받는다. 여기에 온 죄인들은 죄의 기간에 따라 혹독한 고통으로 죄의 옷을 벗는다. 그러는 동안은 인권은 없다. 권리도 없다. 죽어도 억울해할 수 없다. 그러나 죄의 기간에 죄의 옷을 벗은 후는 누구도 죄인이라 부르지 않는다. 차별하지도 않는다. 그리고 동등한 예우를 받는다.'라고 적혀 있었다.

 호사인의 나라로 말하면 교도소다. 호사인은 교도소를 가본 적이 없다. 다만 들어서 대충 알고 있을 따름이다. 수로 아도 여기의 방문은 처음이다. 모두가 생소한 표정이다.

 앞쪽을 바라보니 큰 대문이 보이고 작은 문이 열리면서 마차가 이곳을 향해 달려오다, 호사인과 수로 아 앞에 멈춘다. 무덤덤해 보이는 안내 로봇이 내리면서 인사한다. "안녕하세요? 호사인 님 수로 아 님, 저는 '도 티' 안내입니다. 두 분을 잘 모시고 오라는 교도 총장님의 명을 받고 달려왔답니다."

 "그래, 고맙다. 안내해다오." 하며 수로 아가 답한다. 호사인과 수로 아는 마차에 타고, 도 티가 안내한 대로 이동하며 주위의 경관을 관람한다.

 도로만 있고 관리가 되지 않은 자연의 산들은 각종의 나무들이 영역경쟁을 하며 복잡하게 어우러져 있었다. 큰 나무와 작은 나무 가시나무와 갈대들이 하늘을 향해 경쟁하고 있었다.

 작은 산등을 넘으니 하얀 이층집이 보인다. 마차가 하얀 이층집에 정차하자 "들어가시면 됩니다." 하고 안내한다.

 마차에 내리니 마차와 도 티는 사라진다. 1층 안으로 들어서니 넓은 사무실에 5 유람이 사무를 보고 있었으며, 입구의 유람이 나오며 반갑게 인사를 하고, 뒤쪽의 교도 총장에게 안내한다. 교도 총장이 일어나 큰 소리로 "어서 오세요. 호사인과 수로 아 님. 이곳은 방문자가 없어 언제나 외롭답니다. 반갑습니다." 하고 인사하며 호사인과 수로 아를 번갈아 포옹한다.

 수로 아가 "이곳에 도착할 때는 너무 한적하여 약간의 두려움도 있었답니다. 하지만 이렇게 환대해 주시니 마음이 놓이고 시원합니다." 하며 환하게 웃으니, 교도 총장과 호사인도 환하게 웃는다.

 교도 총장이 손으로 안내하며 "자리를 옮기지요." 하며 앞장선다. 2층으로 오르며 시설이 잘 꾸며진 귀빈실로 안내된다.

 "도 티, 차를 준비해 가지고 오너라."

"네." 하는 대답이 들리고, 총장이 자리를 권한다. 둥근 탁자 주위를 삼각형 위치의 포근한 의자에 앉으며 서로를 마주 본다.

교도 총장이 호사인을 바라보며 말한다. "'교화도'를 방문해 주셔서 기쁩니다. 유리의 모든 유람이 시청각 교육을 통해서만 '교화도'를 알지 직접 방문하는 일은 드물답니다."

수로 아가 답한다. "이곳의 경관은 너무 아름답군요. 교도 총장은 늙지 않을 거 같군요."

"맞아요. 요새의 자연이 시간을 멈추게 할 것 같아요." 호사인이 공감한다.

"시인처럼 멋있게 말씀하시는군요." 하며 교도 총장이 호사인을 바라본다.

"감사합니다. 모든 것이 생소하지만, 아름다운 유리 행성을 보면서 절로 문구가 떠오른답니다."

교도 총장이 말한다. "자연이 늘 마음을 치유한답니다."

이때 도 티가 쟁반에 3잔의 차를 들고 들어오며, 공손히 각각의 탁자 앞에 고급찻잔의 받침대 위에 찻잔을 올려놓는다. 교도 총장이 먼저 차를 음미하고 차를 권한다. 호사인과 수로 아도 차를 맛보며 맛과 향기를 극찬한다. "정신이 맑아지며 기분이 좋아지는군요. 이러한 차는 처음 들어본 것 같습니다."

"귀한 손님이 이렇게 칭찬해 주시니, 감사합니다. 사실 여기서만 나오는 차랍니다." 하며 교도 총장이 답례한다.

차를 마신 뒤 마음을 정리한 교도 총장이 "여기의 근무는 늘 죄를 닦는 불행한 유람들을 보고 있답니다. 그래서 마음이 불안해진답니다. 하지만 먼 자연의 아름다움에 빠져 마음을 치유합니다." 하고 이야기한다.

호사인과 수로 아가 천천히 공감하면서 묻는다. "자세히 알고 싶습니다."

1~12번의 교도형 실상

"자, 모두 제가 바라보는 방향으로 돌아앉으시겠습니까?"라는 말과 함께 홀 안의 불빛이 꺼지고 벽 쪽에 화면이 나타난다. 그러면서 교도소의 위치가 나타난다. 화면 위에는 1번부터 12번까지 번호가 매겨진 교도소들이 넓은 간격을 두고 배치되어 있었다.

잠시 후 자막이 이어졌다. '죄수는 이곳에 입소하면 가장 먼저 1번 교도소로 들어옵니다.' 하면서 입소하는 유람의 모습을 보여준다. 죄수들은 지금까지 보여준 아름다운 유람들의 모습은 찾아볼 수 없고, 불안, 근심, 두려움에 떨고 있는 모습이 역력하다.

죄수들은 자기가 입고 온 의상을 벗어 칸막이에 넣어 자물통을 채우고, 키를 교 티에 맡긴 후 죄수복으로 갈아입는다. 그리고 3~5명이 모인 교도 방에 들어간다.

이때부터 죄수들은 모든 자유를 억압당한다. 죄수들은 1번부터 12번까지의 교도소를 거치게 되어 있는데, 죄수의 죄에 따라 각 교도소의 구속 기간도 달라진다. 예를 들어 1년 형을 선고받은 죄수는 각 교도소에서 한 달씩 머무르며, 12곳을 모두 지나야 형기를 마치게 된다. 반대로 10년 형이라면 각 교도소에서 10개월씩을 살아내야만 비로소 죄의 옷을 벗게 된다는 것이다.

화면은 다시 1번 교도소 내부로 전환되었다. 좁은 방 안에는 네댓 명의 유람 죄수들이 함께 생활하며, 모든 활동이 철저히 통제되고 있었다.

'죄수들은 하루 한 시간씩 의무적으로 운동을 하고 목욕을 합니다. 체조와 달리기이며, 달릴 때는 일정 이상의 속도를 달려야, 그렇지 않으면 뒤에서 관 티의 채찍을 맞게 됩니다.' 자막에서 설명이 이어진다.

'2번 교도소에 입소한 죄수들은 작은 독방에 갇히게 됩니다. 운동, 목욕 시간을 제외한 시간 모두 독방에 머무릅니다. 여기서부터 고통이 시작됩니다. 1번의 교도소는 여럿이 모여 있으니 서로 이야기를 하며 위로가 되었는데, 혼자인 독방은 사정이 전혀 다릅니다. 시간이 가지 않습니다. 그러면서 후회를 합니다.

 3번 교도소는 독방이고 빛이 없습니다. 누워있을 수 있는 공간과 변기통이 전부입니다. 그들의 꿈은 운동과 목욕 시간이지만, 운동이 너무 힘들어 이 또한 고통이지요. 1년의 형이면 1달, 10년의 형이면 10달을 빛이 없는 어둠의 독방에서 죄의 옷을 벗어야 합니다. 대개 장기형의 죄수는 3번 독방에서 죽어갑니다.'

 호사인이 교도 총장을 바라보며 "너무 불쌍하군요. 신선 의회에 인권개선의 건의를 해보셨나요?" 하고 물었다.

 교도 총장은 고개를 흔들며 "인정이 법을 변화시킬 수는 없답니다. 죄수는 인권 보호의 법에서 제외되어 있답니다." 하고 단호하게 말한다.

 자막에서 설명이 이어진다. '4번 교도소는 노역의 교도소입니다. 칸막이 장소에 많은 모래를 쌓아놓고, 옆의 장소로 옮기라는 노역인데 부지런히 10시간의 노역을 해야 옮길 수 있는 양입니다. 뼈가 망가질 정도의 노역이지요. 힘이 들어 뼈만 앙상하게 남는답니다.

 5번 교도소는 3번 교도소와 비슷하지만, 조그만 구멍에서 빛이 들어온답니다.

 6번 교도소는 2번 교도소와 비슷합니다. 독방이지만 빛이 들어온다는 것이지요.

 7번 교도소는 1번 교도소처럼 여러 죄수가 함께 있게 되어 정서적 불안감이 사라집니다.

 8번 교도소에서는 독서를 할 수 있고, 장기와 바둑 같은 취미 생활을 할 수 있습니다.

 9번의 교도소에서는 하루 한 번의 교양 강좌가 열립니다. 죄에 대한 경각심과 죄가 사회에 미치는 영향과 법이 없으면, 죄가 없는데, 그러면 동물의 사회로써 문명사회가 될 수 없다는 등 다양한 강좌가 이루어집니다.

죄의 옷을 벗다.

10번 교도소에서는 방과 밖을 마음대로 이동할 수 있게 되어, 교도소 내에서 이동의 자유가 보장됩니다.

11번 교도소는 노래와 춤을 추게 하여 마음의 정서를 회복하여 줍니다.

12번 교도소는 죄수가 되기 전 다니던 직장의 복귀를 위해 직장 복귀의 연수를 합니다.

12번의 교도소 형기를 마치면 직장에 복직되고, 누구도 죄수를 전과자라 차별하지 않으며, 오히려 모두가 친절하게 대해주어 다시는 죄를 짓지 않습니다.'

자막이 화면 아래 뜨면서, 교도 생활의 모습을 생생하게 보여주고 있었다.

호사인이 질문한다. "탈옥하는 죄수는 없나요?"

"죄수들은 탈옥이 불가능하다는 인식을 하고 있습니다. 그리고 갈 곳이 없습니다. 또한 한 동의 교도소에 교 티 교도관이 20이 근무하면서 철저히 감시하며, 죄수의 수발을 하고 있습니다."

"죄수의 옷을 벗은 유람들의 소감들이 있나요?" 하고 호사인이 묻자, 교도 총장이 웃으며 "호사인은 꼼꼼하군요. 형기를 마친 죄수들은 '기분이 좋아 하늘을 나는 것 같답니다. 하지만 유람들이여, 죄는 절대로 지으면 안 됩니다. 여기는 지옥보다 더 무서운 곳입니다.' 하고 소감을 말합니다." 하고 답한다.

화면이 지워지며, 호사인과 수로 아가 돌아서 교도 총장과 마주한다.

지구 행성의 지구촌은 국가마다 범죄가 늘어나며, 교도소는 죄수들이 넘쳐난다. 죄수들도 차별이 있어 권력자나 재벌들은 시설이 잘된 호텔 교도소에 수감된다. 그리고 아무리 무거운 죄를 범해도 권력자나 재벌들은 유능한 변호사를 고용하여 미꾸라지처럼 법망을 피해 빠져나간다. 어쩌다 구속이 된다 해도 호텔 방 같은 교도소에 수감되어 고통을 느끼지 못한다. 그러므로 권력자나 재벌들은 죄를 무서워하지 않는다. 죄는 가난한 자, 배우지 못한 자의 몫이다.

호사인은 지구촌의 교도행정과 비교하며 질문한다. "죄수의 차별이 있나요?" 교도 총장을 바라보며 질문한다.

하지만 교도 총장은 알아듣지 못하고 수로 아를 바라본다. 수로 아가 호사인의 말을 풀어 해석해 준다. "지구촌의 거의 모든 국가는 교도 행정에 대해 '유전무죄 무전유죄'란 말이 유행하고 있답니다."

"무슨 뜻입니까?" 교도 총장이 성급하게 질문한다.

수로 아가 호사인을 바라보고서는 설명한다. "돈이 있으면 죄를 지어도 무죄가 되고, 돈이 없으면 죄가 없어도 죄가 된다는 교도 행정의 공정하지 못한 것을 비난하는 말입니다. 그래서 호사인은 그러한 차별이 여기는 없는지 묻는 것입니다."

교도 총장이 크게 웃으며 "지구 행성은 죄수가 넘쳐나겠군요. 여기는 차별이란 있을 수 없고, 직급이 높은 유람일수록 가중처벌을 받으며, 교도소의 수감은 절대 차별이 없답니다."

"죄수의 수는 늘어납니까, 아니면 줄어듭니까?" 호사인이 묻자, 교도 총장이 답한다.

"죄수가 제일 많을 때는 유리왕 초기입니다. 이때는 교도소가 부족하여 교도소를 많이 만들었지요. 하지만 유리 왕국이 안정되면서 교도 행정이 강화되면서 죄수가 점점 줄어들어 지금은 유리 왕국에 3곳 정도의 교도소가 있는데 모두가 거의 죄수들이 없어 비어 있는 상태입니다."

호사인은 놀란다. 25억의 유람이 사는 유리에 겨우 3곳의 교도소가 있는데, 그마저도 거의 비어 있으면 범죄율이 제로에 가깝다는 것이 아닌가.

교도 총장이 더 말한다. "우리의 교도 행정은 누구나 죄를 짓지 않도록 미연에 방지하는 데 그 목적이 있습니다. 그래서 유치원 시절부터 모형 교도소를 만들어 아이들이 직접 죄수 체험을 하게 하지요. 또 잘못을 저지르면 실제로 이 모형 교도소에서 작은 벌을 받으며 죄의 대가를 배우게 합니다. 이렇게 해서 죄의 싹을 일찍부터 잘라내고, 교화와 교육을 통해 바른길로 인도하는 것입니다."

호사인은 할 말을 잃어버린다. '너무나 철저하고 완벽한 제도가 만들어 내는 문명사회이구나.' 하고 호사인이 한참을 생각한다.

"여기의 죄수는 주로 어떠한 죄로 죄수가 됩니까?" 호사인이 묻자 교도 총장이 답한다.

"이곳에서 가장 빈번하게 발생하는 범죄는 성범죄입니다. 그다음으로는 공무를 태만히 하거나 의무를 저버리는 직무 유기죄가 많습니다. 여 유람들의 경우에는 혼인 전후의 임신과 출산 과정에서 비롯되는 잘못이 가장 많으며, 그다음으로 직무 태만이 뒤를 잇지요.

이곳의 모든 유람은 자신에게 맡겨진 직무에 끝까지 책임을 집니다. 이를테면, 한 고위 직급자가 결재를 잘못 내려 피해가 발생했다면, 그 책임 또한 본인이 온전히 감당해야 합니다.

그다음으로 자주 거론되는 것은 거짓말, 모욕죄, 폭력 등이 있습니다. 하지만 이는 과거의 통계일 뿐, 지금은 거의 사라져 더 이상 큰 문제가 되지 않습니다."

호사인이 다시 질문한다. "여기 교도소에는 현재 몇 명의 죄수가 복역하고 있나요? 그리고 수용할 수 있는 죄수는 얼마나 되지요?"

"50명이고, 최대 천 명까지 수용할 수 있답니다."

수로 아가 묻는다. "교도소 현장을 방문할 수 있나요?" 교도 총장이 다시 답한다. "직접 대면은 안 되고, 시청각 화면으로만 가능합니다. 가족이라도 면회는 안 됩니다."

호사인은 '아무리 그래도 가족 면회까지 안 되다니… 가혹한 인권침해가 아닌가?' 하고 물어보고 싶었지만, 용기가 나지 않았다.

교도 총장의 만찬 초대

교도 총장이 분위기를 반전시킨다. "오늘 만찬은 나의 집으로 초대해 함께 하는 게 어떻습니까?" 호사인과 수로 아가 뛸 듯이 기뻐하며 "처음 받아본 초대라 감사하지만, 부인께 피해가 되지 않을까요?" 하고 답한다.

"천만에요. 부인께서도 아주 기뻐할 것입니다. 지구 행성에서 오신 호사인과 수로 아를 아주 보고 싶어 한답니다. 지금쯤 음식 재료가 와서 열심히 음식을 준비하고 있답니다. 특별히 호사인을 위해 지구 행성의 한국 음식을 배워 준비하고 있답니다." 호사인이 놀라며 "이 외딴섬에서 어떻게 음식 재료를 구하지요?" 하고 묻는다.

교도 총장이 웃으며 "군 행정부마다 음식 재료 백화점이 있고, 쇼핑화면을 통해 재료를 주문하면 1시간 내로 재료가 배송된답니다. 아울러 조리 안내까지 보내져 무슨 요리든 만들 수 있답니다." 하고 답한다.

호사인이 놀라 이야기한다. "나의 나라에서는 설이나 추석 명절, 가끔 집에서 많은 가족이 모여 잔치를 하는데 음식을 준비하느라 많은 시간이 걸리며, 주부들이 지쳐서 병이 생기고 한답니다. 그런데 여기는 힘이 안 들고 간단하군요."

수로 아가 보충설명을 한다. "음식 백화점 재료 쇼핑화면을 열면 푸짐한 음식 사진이 나와요. 필요한 음식을 번호대로 주문하면, 자동으로 음식이 만들어집니다. 잔치가 끝나면 음식 그릇과 음식 찌꺼기를 모두 수거해가기 때문에 여기는 힘들거나 어려움이 없으며, 음식쓰레기도 발생하지 않는답니다."

교도 총장이 "산책하듯 걸어가면 여기서 40분이 걸립니다. 산책을 하지요." 하며 일어선다.

밖으로 나오니 석양의 햇살에 눈이 부신다. 하지만 시원한 바람이 불어와 상쾌함을 만들어 준다.

교도 총장이 철조망 터널 길의 문을 열고, 호사인과 수로 아를 들어오게 하고 문을 닫는다. 교도 총장은 철조망 길을 따라 앞장선다. 곳곳에 몇 아름이 큰 나무들이 그늘을 만들고, 어둡게 한다. 가운데 교도 총장의 양옆에 호사인과 수로 아가 나란히 걸으며 이야기가 시작된다.

"교화도 섬은 아름다운 섬이지요. 모든 식물이나 동물 관리를 하지 않습니다. 그러므로 식물이나 동물들도 세력 확장, 영토 확장 등 생존경쟁이 치열합니다. 그래서 이곳의 맹수는 사납답니다. 가끔은 먹는 자와 먹히지 않는 자의 싸움이 치열하여, 구경할 때는 살아간다는 것이 저렇게 치열하구나 생각하면서 유람들의 문명이 얼마나 아름다운지 감명을 한답니다. 우리의 유람들도 문명이 없던 원시 시절에는 저렇게 치열한 경쟁을 해야만 살 수 있지 않나 생각을 한답니다."

수로 아가 나서 대답한다. "1,000년 전에는 유람들도 맹수의 공격에 피해를 많이 입었지요." 수로 아가 멈칫하고는 시선을 집중하고 멈춘다. 호사인과 교도 총장도 수로 아의 시선이 집중된 쪽으로 모인다. 호사인도 역시나 놀라는 눈치다.

거대한 구렁이와 고양이만 한 살쾡이와의 생사의 싸움이 벌어지고 있다. 덩치로 보자면 살쾡이는 한입의 먹잇감이다. 하지만 구렁이가 아무리 빠른 동작으로 살쾡이를 잡아 삼키려 해도 살쾡이가 민첩한 동작으로 4개의 앞뒤의 날카로운 발톱으로 구렁이의 머리를 할퀴어 버리니, 피투성이가 된 구렁이가 이상한 소리를 지른다.

일단 살쾡이의 동작을 멈추게 하려면, 살쾡이를 긴 몸으로 감아야 하는데, 큰 구렁이는 동작이 느려 뜻을 이룰 수가 없다. 그리고 계속 살쾡이의 발톱이 공격해 구렁이가 피투성이가 된다.

그러자 갑자기 이상한 소리가 들리며, 새끼구렁이 정도의 다부진 수많은 뱀이 나타난다. 그리고 빠르게 살쾡이를 에워싼다. 분위기를 파악한 살쾡이는 위협을 느끼고 공격을 하는 척 하면서 잽싸게 달아나기 시작한다. 하지만 작은 뱀들도 빠르게 추격한다. 일단 살쾡이의 몸을 선두가 감아버리면, 살쾡이는 뱀들의 먹이가 되어 버린다. 하지만 살쾡이가 워낙 빨라 도망에 성공하고 자취를 감추어 버린다. 뱀들이 추격을 멈추고 돌아와 구렁이를 보호하며, 함께 어디론가 사라진다.

교도 총장이 "저 큰 구렁이는 뱀들의 왕이라고 보면 됩니다. 구렁이를 사자나 호랑이나 코끼리나 기린까지도 무서워 피하고 있습니다. 사실 구렁이의 입이 있는 머리 부분이 어떠한 맹수들의 동작보다도 민첩합니다. 그러므로 사자의 무서운 입이 구렁이의 머리를 물어 작살을 내려 해도 오히려 구렁이의 머리 동작이 빠르기에 뜻을 이루지 못하고, 오히려 구렁이의 몸이 사자의 몸을 감아버리지요. 그러면 사자는 숨을 쉬지 못하고, 비참한 죽음을 맞이하지요. 그 무서운 구렁이가 작은 살쾡이에게는 천적이 되어 꼼짝 못 하는 꼴이 아이러니하지요. 하지만 작은 뱀들은 잘 훈련된 병사와 같아서, 살쾡이 동작을 피하면서 동시에 몸을 감아버립니다. 그래서 살쾡이는 구렁이는 무서워하지 않지만, 작은 뱀들은 무서워 도망가는 것입니다."

호사인과 수로 아가 신비하게 생각하고, 기뻐하며 "전문가가 되셨군요. 너무 재미있습니다." 하고 말한다. 교도 총장이 수로 아를 바라보며 설명한다. "이들의 생태를 늘 관찰한답니다. 그래서 자연히 알게 된 것입니다."

호사인이 말한다. "동물의 세상도 관심을 가지고 관찰하면 신기한 일들이 많군요."

"식물의 세계도 생존경쟁이 심하며, 알면 알수록 신비한 일들이 참으로 많답니다." 총장이 말을 마친다.

정상에 오르니 시야가 확 트이며 넓어진다. 교도 총장이 "저 아래 보이는 집이 내가 부인과 같이 사는 집입니다." 하며 손가락으로 가리킨다.

아담한 야산이 둘러싸인 중턱의 집은 멀리서 보아도 고급 별장처럼 보인다. 교도 총장이 통화기로 "도착 10분 전입니다." 하고 알리니 "알겠습니다." 하는 상냥한 음성이 들린다.

드디어 일행이 집 앞에 이르니 뜻밖에 대문이 있었다. 그뿐만 아니라 튼튼

한 울타리가 집을 빙 둘러 보호하고 있었다. 자세히 보니 거대한 그물이 집을 완전히 덮고 있었다.

교도 총장이 벨을 누르자, 묵직한 대문이 서서히 열렸다. 눈앞에는 넓게 트인 뜰이 펼쳐졌고, 그 한가운데에는 고운 자태의 부인이 서 있었다. 그녀는 감격스러운 눈빛으로 호사인과 수로 아를 바라보았다. 양옆에는 가 티들이 예를 갖추어 인사를 올리고 있었다. 교도 총장이 부인을 바라보며 "지구 행성에서 오신 호사인과 지구 행성 교류위원장 수로 아입니다." 하고 소개한다.

또 호사인과 수로 아를 바라보며 "나의 부티 부인입니다." 하고 양쪽으로 소개한다. 호사인이 "초대해 주셔서 영광입니다. 이러한 초대는 처음입니다." 하고 인사하자 뒤이어 수로 아도 말한다. "정말 아름다우세요."

부티 부인이 감명한 표정으로 말한다. "나의 인사말을 가로채셨답니다. 두 분을 만나게 되어 내 생애 가장 행복한 날이 될 것입니다." 하며 서로의 인사로 친근한 분위기가 만들어진다.

부티 부인이 "어서 들어가시지요." 하고 홀의 창 쪽에 위치한 귀빈실로 안내한다. 홀은 무도장처럼 아담하고 기품있게 꾸며져 있었다. 귀빈실은 편안함을 주면서도 아주 고급스러웠다. 보석으로 만들어진 테이블과 황금빛 나는 의자에 호사인과 수로 아에게 자리를 권하고, 교도 총장과 부티 부인이 맞은편에 앉는다.

부티 부인이 정 티와 가 티를 불러 "인사해라. 아주 먼 지구 행성에서 온 호사인과 지구 행성 교류 위원장 수로 아란다." 하며 소개한다.

가 티와 정 티가 "두 분을 뵙게 되어 반갑습니다." 하며 고개 숙여 인사한다. "차를 준비해 오렴." 하고 명하자, 가 티와 정 티가 "예." 하고 답하며 물러난다.

"차를 마시는 시간이면, 음식이 준비됩니다." 하며 부티 부인은 호사인을 향해 "여기의 음식문화에 대해 지구 행성과의 소감을 말해 주세요." 하고 요청한다.

호사인이 생각을 정리하고 답한다. "많이 다르답니다. 여기는 모든 음식을 공장에서 만들어 각 가정에 배달하여 먹지만, 지구 행성 거의 모든 나라에서는 각 가정에서 주로 여성 배우자들이 시장에서 음식 재료를 사다가 집에서 직접 요리하여 먹는답니다."

부티 부인이 놀라며 "지구 행성에는 지능 로봇 도우미들이 없나요? 힘들어 어떻게 살지요?" 하며 반문한다.

호사인이 웃으면서 "지구 행성에서는 더 힘들게 살아가는 인류도 많답니다." 하고 답한다.

하지만 부티 부인은 이해가 안 간다는 듯 고개를 갸우뚱한다.

수로 아가 보충하여 "여기는 하나의 왕국이지만, 지구 행성은 200여 개의 크고 작은 나라가 있으며, 나라마다 말이 다르고, 글도 다르며, 문화가 다르고, 문명도 다르답니다. 원시적 문명을 가지고 있는 나라도 있답니다."

부티 부인이 한참을 생각하다 "여기는 악과 선의 싸움에서 의인들이 승리를 거두어 왕국이 세워졌지만, 지구 행성은 태유신 같은 악이 세상을 지배하겠군요?" 하고 물었다.

호사인은 동의할 수밖에 없었다.

가 티가 나타나 "만찬이 준비되었습니다." 하는 소리에, "일어나시지요." 하면서 부티 부인이 일어나 안내를 한다.

거실 홀의 건너편에 만찬실이 있었다. 깨끗한 분위기의 만찬실이 식욕을 돋구었다. 4인실의 식탁에는 푸짐한 음식이 가득히 차려져 있었다.

호사인이 놀란 것은 어머니가 차려주신 푸짐한 잔치상과 비슷해서다.

부티 부인의 안내로 자리에 앉는다. 음식 그릇을 자세히 보니 그릇마다 아래쪽에 열선이 들어 있고, 전기와 연결되는 코드가 있었다. 그러니까 그릇 자체에서 음식이 자동으로 요리되어 있었다.

음식은 육류와 생선, 야채 등의 다양한 요리들이다. 호사인이 부티 부인을 바라보며 "준비하시느라 고생 많이 하셨습니다." 하고 인사한다.

부티 부인이 손을 내젓는다. "아닙니다. 이 음식들은 재료 백화점에서 준비한 것입니다. 그릇에 음식 재료가 담기어 덮개에 씌워져 있으며, 여기서 전기선을 연결하면 자동으로 음식이 됩니다."

교도 총장이 "자 그럼 음식을 드시지요. 호사인께서 맛을 평가해 주어야 인정을 받으니까요." 하며 음식을 권한다. 호사인이 음식을 맛보며 감탄사를 쏟아낸다. 부티 부인을 쳐다보며 "이렇게 맛있는 음식은 처음입니다." 하고 극찬한다.

수로 아도 고개를 끄덕이며 "푸짐하고 맛이 일품입니다. 나는 지금까지 재료백화점에서 음식 재료를 주문해 본 적이 없답니다." 하며 무안해한다.

"어디서나 주문을 하면 1시간 이내에 도착합니다. 먹고 난 후에는 다시 그릇과 혹시나 남은 음식도 모두 거둬 갑니다. 설거지도 할 필요 없어 편리합니다." 하며 소개한다. 수로 아가 크게 고개를 끄덕이며 긍정한다.

음식에 곁들여 곡주를 마시며 이야기한다. 호사인은 훈훈한 잔치 기분을 느낀다. 교도 총장이 덧붙여 설명한다. "유리에는 해마다 세 번의 큰 명절이 있습니다. 그리고 가정의 경사가 있을 때마다 온 가족이 함께 잔치를 열지요. 세 명절은 첫째, 동방의왕 탄생일입니다. 둘째, 의인과 악인이 맞서 싸운 전쟁에서, 네 성검이 악의 근원인 태약신을 물리친 날입니다. 셋째는 바로 유리 왕국의 건국일이지요. 이 세 절기에는 유리 왕국의 모든 유람이 한마음이 되어 경축하며, 가정마다 또한 서로의 생일을 축하하고 기쁨을 나눈답니다."

부티 부인이 덧붙여 "보통 절기와 경사에는 푸짐한 잔치를 하게 됩니다." 하고 말한다.

부티 부인이 따뜻하게 말했다.

"호사인 님과 수로 아 님은 오늘 밤 이곳에서 묵고 가세요. 여기는 육지와 멀리 떨어져 있어, 손님이 오시면 대부분 하루 밤을 머무르고 가신답니다. 방은 이미 잘 정리해 두었습니다."

수로 아가 반가운 눈빛으로 호사인을 바라본다.

호사인도 기쁜 얼굴로 대답한다.

"너무 폐를 끼치는 건 아닐까요?"

부티 부인이 손사래 치며 웃었다.

"절대로 그렇지 않습니다. 가사일은 모두 가 티와 정 티가 맡아 하고 있으니 전혀 신세가 되지 않으셔도 됩니다."

호사인의 마음도 한결 가벼워졌다.

"만찬도 즐기셨으니, 잠시 샤워를 하시고 홀에서 춤을 추시지요. 아름다운 조명과 음악도 준비해 두었습니다."

호사인과 수로 아는 서로를 바라보며 기쁘게 고개를 끄덕였다.

"오늘은 아주 유쾌한 밤이 되겠군요." 하며 교도 총장도 좋아한다.

후식을 마친 뒤, 모두 각자의 욕실로 들어갔다. 샤워라 하지만 따로 움직일 필요는 없었다. 가만히 서 있기만 하면 부드러운 털들이 몸 전체를 구석구석 닦아주고, 입을 벌리면 이와 입안까지 말끔히 청결해졌다. 샤워가 끝나면 시원한 바람이 살결 위의 물기를 털어내듯 말려 주었고, 곧바로 새 무대복으로 갈아입을 수 있었다.

홀에서는 이미 음악이 흘러나오고 있었고, 은은하면서도 화려한 조명이 공간을 물들이며 분위기를 한껏 고조시키고 있었다.

호사인과 부티 부인, 수로 아와 교도 총장은 서로 마주 보며, 예를 갖추어 인사하고, 음악에 맞추어 춤을 춘다. 오색찬란한 빛이 얼굴마다 스치며, 아름다움을 더해준다.

부티 부인이 호사인의 눈동자를 바라보며 말한다. "지구 행성에 대해 공부를 좀 했지만, 지구 행성에서 오신 호사인을 직접 만나니 무슨 말을 먼저 해야 할지 말문이 막히는군요."

"가벼운 것부터 물어보세요. 아는 대로 답변해 드리지요."

"지구 행성도 과학 문명이 상당히 발달했다고 알고 있습니다. 그런데 왜 가난하고 굶주린 사람이 많지요?"

호사인이 잠깐 생각한 뒤 부티 부인을 바라보며 말한다. "간단하지만 어려운 질문입니다. 간단하게 답하자면 능력주의지요. 개인이 능력 있으면 잘살고, 능력이 없으면 가난하게 된답니다."

부티 부인이 이해가 안 된다는 듯 호사인을 바라본다. "유리는 사유재산이 인정되지 않고, 필요도 없지만, 지구 행성은 사유재산이 인정되며 또 필요하답니다. 그러므로 모두가 능력을 발휘하여 부를 축적하는 경쟁을 하게 되고 그래서 능력에 따라 부자가 되거나, 가난해집니다." 호사인이 설명을 덧붙였으나, 부티 부인은 여전히 아리송한 표정이다.

호사인이 생각을 정리하고 말한다. "여기는 일을 하는 모든 유람에게 필요한 점화를 똑같이 지급됩니다. 하지만 점화를 능력에 따라 지급한다면, 점화의 편중이 생기어 점화가 많은 유람과 점화가 적은 유람이 생기게 되고, 점화가 많은 유람은 부하게 되고, 점화가 적으면 가난하게 됩니다. 이해가 됩니까?"

부티 부인이 고개를 끄덕인다. "지구 행성에는 점화에 상응하는 돈이 있습니다. 200여 국가로 분리된 국가는 국가마다 돈의 단위가 다르며, 그 돈으로 무엇이든지 살 수 있습니다. 고급 주택도 살 수 있고, 화려한 옷도 살 수 있고, 귀한 재료로 만든 음식도 먹을 수 있지요. 그러나 돈이 없으면, 아무것도 할 수 없습니다. 결국 가난하고, 굶주리게 됩니다. 그래서 돈을 벌기 위한 경쟁을 합니다. 돈을 많이 가지고 있으면 부자가 되고, 돈이 없으면 가난하게 되거든요."

부티 부인은 한참을 생각하고, 이해하는 듯 호사인을 바라보며, "그럼 누구나 능력을 키우고 돈을 많이 벌어 부자가 될 수 있지 않나요?" 하고 이야기한다.

"맞습니다. 하지만 제도에 문제가 있답니다."

부티 부인이 이해가 안 가는 듯 호사인을 바라본다.

"능력은 교육을 통해서 키울 수 있습니다. 교육의 장인 유치원부터 대학교까지 있지만, 누구나 교육을 받을 수 있지는 않습니다."

부티 부인이 의아해하며 묻는다. "왜 그렇지요?"

"여기처럼 가까운 곳에 골고루 교육의 장이 있지도 않으며, 교육을 받으려면 돈이 필요합니다. 그래서 돈이 있는 가정의 자녀는 충분한 교육으로 능력을 마음껏 키울 수 있어 부자가 될 수 있지만, 가난한 자녀는 돈이 없어 교육을 받지 못해 능력을 키울 수 없어 가난이 대물림되고 있는 상황이지요."

부티 부인이 충분히 이해한 듯 고개를 끄덕이며 "그렇군요." 하며 탄식한다. 호사인은 다시 이어서 말한다.

"여기는 사유재산이 필요하지 않습니다. 누구나 충분히 점화를 받고 있기에, 필요 이상의 점화는 없어도 됩니다. 그리고 교육의 균등으로 누구나 충분한 교육을 받을 수 있고, 실력과 재능에 따라 누구나 신선까지의 교육도 받을 수 있기에, 부자도 가난한 자도 없는 것입니다."

부티 부인이 잘 알았다며 말한다. "벌써 1시간이 지났군요."

호사인과 수로 아, 교도 총장과 부티 부인이 파트너가 되어 계속 춤을 춘다.

자정 무렵, 가 티가 나타나 마감을 알린다. "취침 시간이 되었습니다." 하고 알리니 음악이 멈춘다. 호사인과 수로 아가 "즐거운 밤이었습니다." 하며 감사하자 교도 총장 부부도 화답한다. "우리 부부도 정말 영광스러운 밤이었답니다." 정겨운 인사를 나누고, 정 티의 안내를 받으며 호사인과 수로 아가 숙소로 향한다.

27장
환상적인 남극, 얼음 도시

제24일

 유리 왕국은 남극이나 북극에도 얼음고을이 있다. 고을이라고는 하지만 관광지에 가깝다. 얼음 속을 파서 얼음고을을 만들어 살며, 얼음 동산 위에 전망대를 만들어 남극을 한눈에 바라보며, 남극의 신비한 비경을 바라보며 감탄하게 된다.
 호사인과 수로 아는 남극의 얼음도시행 열차를 타고, 눈을 감고, 휴식을 취하나 잠이 오지 않고 생각에 잠긴다.
 수로 아가 말한다. "오늘이 마지막 여행입니다. 내일은 오전에 유리왕을 만나고, 오후에는 송별 행사가 있고, 그 후 유리 행성을 떠나 지구 행성으로 귀환하게 됩니다." 호사인이 쳐다보자 이어서 말한다.
 "마음을 크고 담대하게 생각하세요. 지구를 구할 사명이 있어요. 유리처럼 멋진 지구를 만드세요."
 "가능할까요?"
 수로 아가 나무라듯 천장을 바라보며, "나는 지구 행성을 사랑하는 데에 나의 청춘을 바쳤어요." 하고 말한다.
 호사인은 수로 아를 바라보며 고개를 끄덕인다. "당신의 끝없는 사랑 덕에 지구 행성도 유리처럼 아름다워질 거예요."
 관광열차가 멈추며 은방울 같은 안내 음성이 들린다. '얼음 도시에 도착하였습니다.' 그러자 유람들이 자리에 일어서서 서서히 출구를 향해 걸음을 옮긴다.
 모든 유람이 하나같이 아름답다. 출구를 나오니, 화려한 도시의 정경이 드러난다. 수많은 유람이 황홀한 웃음을 지으며 즐거워한다. 약간의 냉기가 돌지만, 추위를 느낄 정도는 아니다. 곳곳에 화분이 있어 꽃들이 향기를 만들어 내고 있었다. 안내 이정표가 곳곳에 쓰여 있다. '여기는 남극의 거대한 얼음 동산 중심에 위치한 10만 평 규모의 얼음 도시입니다'

조금 지나니 다시 이정표가 나온다. '이 도시의 특징은 남극을 한눈에 볼 수 있는 전망대입니다. 얼음 동산의 정상보다 300m 높은 전망대는 신비한 남극의 기후를 볼 수 있습니다. 누구나 순서에 따라 엘리베이터를 타고 쉽게 전망대에 오를 수 있습니다.'

여기도 역시나 기념품 가게들이 줄지어 있다. 특히나 안내 티들은 멋진 옷을 입고, 친절하게 고개 숙여 관광유람의 편의를 돌보고 있었다. 호사인과 수로 아는 여기저기 돌아보며 시선이 바쁘게 움직인다. 얼음 동산 속에 이렇게 멋진 도시가 만들어져 있다니 놀랍다.

이정표가 보인다. '이 도시는 얼음을 파서 만든 도시입니다. 얼음벽은 강철로 막고, 다시 보온재를 1m 두께로 막아 냉기를 완전히 차단하고, 온방장치를 하였기 때문에 도시의 온기와 냉기가 통과하지 않아 얼음을 녹이지 않습니다.'

남극의 온도는 평균 영하 70도에 가깝다. 하지만 얼음 도시 온도는 20도에 이른다. 호사인과 수로 아는 신비한 얼음 도시의 미관에 반한다. 특히나 기후의 그림전시는 그림마다 아름다움이 환상이다. 엘리베이터 앞에서 차례를 기다린다.

모든 유람이 호사인과 수로 아를 알아보지만, 즐거운 여행에 방해가 될까봐 모른척한다. 예의와 배려가 넘친다. 유람들은 근심과 걱정이 없다. 밝고 편안하다. 얼굴에는 웃음이 가득하다. 그래서 더욱 아름답다.

지구 인류는 부한 자나 가난한 자나 근심 걱정이 가득하며, 만족이 없다. 창고를 만들어 놓고, 채우고 채워도 만족이 없다.

호사인은 유람과 지구인을 비교하며 생각해 본다. 과학 문명의 혜택을 유람은 똑같이 누리지만, 지구 인류는 과학 문명의 혜택을 소수의 일부만 보고 있다.

드디어 차례가 왔다. 엘리베이터에는 20여 명이 탈 수 있다. 호사인과 수로 아는 설레는 마음으로 엘리베이터에 오른다. 그리고 오르기 시작한다. 아래부터 높이의 수치가 나타난다. 얼음 도시에서 얼음 동산 정상까지 300m, 정상에서 전망대까지 300m, 얼음 도시에서 전망대까지는 600m의 높이인 셈이다. 한참을 오르니 정상에 이른다. 그리고 남극의 전경이 모습을 드러낸다. 지하의 도시에서 지상의 세상으로 나온 셈이다. 모두가 탄성을 지른다.

남극의 환상

모든 것이 빠르게 움직인다. 빛도 빠르게 이동한다. 구름도 빠르게 이동한다. 바람도 빠르게 움직인다. 오를수록 시야가 넓어진다.

엘리베이터 안에는 망원경이 20여 대 배치되어 있어 누구나 망원경을 이용하여 먼 곳까지 자세히 관찰할 수 있다.

호사인과 수로 아 도 망원경을 이용하여 먼 곳을 관찰한다. 바닷물이 보인다. 사막의 오아시스처럼 얼음으로 덮인 남극에 바닷물이 둥그렇게 자리하고, 주위에는 하얀 곰들과 물개들이 어우러져 서로 비비고 있다. 물개 한 마리가 바다 속에서 고기를 잡아 밖으로 나와 먹고 있다. 곰들이 옆에서 먹고 싶다는 듯 바라보고 있다. 하지만 그들은 고기를 뺏기 위하여 싸우지 않는다. 물개가 반쯤 먹고 남긴 채 바다로 다시 들어간다. 곰들이 그제야 물개가 먹고 남긴 고기를 먹는다. 그들은 평화롭다. 먹이를 위해서 싸우지 않는다.

엘리베이터가 전망대에 이르자 우리 일행이 내리고, 먼저 있었던 일행이 오른다. 약 20여 명이 관람할 수 있는 전망대는 천천히 회전하면서 사면팔방을 볼 수 있게 되어 있었다. 전망대는 약간 흔들리고 있었다. 안내판에는 약간 흔들려야만 안전하다는 표시가 있었다. 또한 밖에서의 바람세기를 나타내는 풍속계는 수시로 숫자가 바뀌고 있었다. 5~10까지의 숫자는 초속의 숫자라고 한다.

전망대는 하늘에 떠 있는 모습이다. 남극의 세상은 순간순간 변하고 있다.

마치 큰 무대의 조명이 수시로 변하며, 무대를 장식하듯 수많은 형상이 연출되고 있다.

끝없이 펼쳐진 하얀 얼음의 세상은 군데군데 바닷물에 노출되어 수증기를 뿜어내며, 백곰과 펭귄, 물개 등이 살아가고 있다.

얼음평야 같지만 높고 낮은 얼음 동산들이 있어 운치를 드러내고 있다. 파란 하늘은 찾아볼 수 없다. 붉은 노을이 하늘을 덮고 있다. 노을에 물든 구름이 바람과 함께 빠르게 운행된다. 동에서 남에서 서에서 북에서 동시에 전망대를 향해 바람과 구름이 돌진하다 부딪쳐 회오리를 일으키며, 위로 솟아오른다. 힘이 다한 듯 고기압이 되어 아래로 가라앉는다. 그리고 고기압은 동서남북으로 밀려난다. 위에서는 저기압들이 고기압으로 변하여 전망대를 향해 밀려와 회오리를 일으키며 높이 오르다, 아래로 꺼진다. 그리고 높은 공기들이 에너지가 약한 빛에 반사되어 붉은빛을 띠며 하늘을 붉게 물들인다. 그리하여 아래의 구름이 붉고, 검고, 하얀색을 만들어내며, 환상의 세상을 만들어낸다. 또한 가끔은 큰 태풍처럼 회오리바람을 일으키며, 이리저리 옮기면서 구름 기둥을 만들어내고 있었다. 구름이 없어진 하늘은 고운 무지개, 색을 만들어내며, 남극의 세상을 붉게 물들이고 있다.

호사인과 수로 아, 그리고 나머지 18명의 유람들도 이 환상적인 현상에 감탄하며 환호하고 있다.

이러한 환상적인 세상을 20분 동안 맛보다 다음 차례에 자리를 양보하게 된다. 호사인과 수로 아는 남극의 환상을 지우지 않으며 전망대를 내려온다.

"남극은 왜 추울까요?" 하고 호사인이 수로 아를 바라보며 질문한다. 수로 아가 천천히 입을 연다. "유리 행성도 같지만, 지구 행성을 보자면, 지구는 태양을 공전하면서 자전을 합니다. 타원형의 공전으로 인해서 지역에 따라 4계절이 생기고, 자전으로 인해서 낮과 밤이 생기지요. 지구는 태양을 1년에 한 번 공전하면서 시속 약 108,000km의 속도로 공전하고, 하루에 한 번 자전합니다. 지구의 둘레가 40,000km니까, 적도 중심이 시속 1,600km로 자전하고 있는 셈이지요. 적도 중심은 시속 1,600km이지만 남극이나 북극은 양 끝 지점이기에 사람이 서 있으면 24시간에 한 번 회전합니다. 즉 시속 3cm이지요. 위도가 0도인 적도는 시속 1,600km이지만, 180도인 남극이나 북극은 속도가 없는 움직임이 거의 없는 상태입니다. 하지만 지구 행성이나 유리 행성의 대기권의 밀도는 적도나 남극과 북극이 동일합니다. 적도의 대기권인 원소들은 시속 1,600km로 회전하며 움직이나, 남극이나 북극의 대기권은 거의 움직임이 없고. 반면에 북위나 남위가 45도라면, 여기의 대기권은 시속 800km로 회전하며, 만약 북위 남위 36도라면 대기권이 시속 1,000km로 회전하며 움직입니다. 물론 공전의 속도는 적도나 북극, 남극이 동일하지만요."

"적도는 더우며, 남극이나 북극이 추운 이유는 무엇일까요?" 수로 아가 호사인을 바라보며 질문한다. 그러나 호사인은 전혀 감이 오지 않는다.

수로 아가 하나의 예를 든다. "장난꾸러기 아이가 정지해 있는 차에 공을 던지면 공은 가볍게 튕겨 나옵니다. 하지만 시속 1,600km로 달리는 차에 공을 던진다면 엄청난 에너지가 발생해 멀리 튕겨 나갑니다."

호사인이 놀라며 이제야 알았다는 듯이 "적도가 더운 것은 빛이 대기권의 원소들과 시속 1,600km로 부딪혀 큰 에너지가 발생하기 때문이며, 남극이나 북극이 추운 것은 빛의 움직임이 거의 없는 원소들과 부딪혀 에너지가 약하게 발생하기 때문이라는 말이지요?"

수로 아가 고개를 크게 끄덕이며 말한다. "우주의 만물은 움직임의 속도에 비례해 에너지가 발생하지요." 호사인과 수로 아는 전망대에서 내려왔지만, 황홀한 감정이 가시지 않는다.

28장
유리 왕의 만남과 귀향

제25일

　넓고 웅장한 귀빈실의 황금의자에 유리왕이 왕의 정복을 입고 있어 업무의 시간임을 알 수 있다. 맞은 편에는 수로 아와 호사인이 앉아 왕을 바라보고 있다. 위엄이 있지만 인자하고, 예리하지만 부드럽고, 지혜와 지식이 넘치지만 겸손해 보인다. 유리왕은 부드럽고, 카랑카랑한 음성으로 수로 아를 치하한다. "수로 아는 유람의 역사에 큰 공을 세웠소. 수로 아의 지성으로 유리 왕국은 지구 행성과 교류할 수 있게 되었소. 이것은 우주의 외로운 유리 행성에 지구 행성이란 친구가 생긴 셈이지요. 그 공이 역사에 가장 큰 공이 되는 것입니다."
　"왕이시여, 과찬입니다. 제가 좋아서 한 일입니다."
　이때 젊은 여인이 쟁반에 차를 가지고 와서 테이블에 놓는다. 왕이 여인을 가리켜 "왕의 비서업무를 하는 '수라'라고 합니다. 오늘 귀한 손님이니 특별히 차를 부탁했답니다." 하고 소개한다.
　"안녕하세요, 호사인 님, 수로 아 님. 제가 특별히 신경을 써서 준비한 차입니다. 유리왕님과 뜻깊은 만남을 가지시길 바라요." 하며 눈을 맞춘다.
　호사인과 수로 아가 동시에 "이렇게 귀한 대접을 해주시니 감사합니다." 하고 덕담을 한다.
　유리왕이 "수라, 앉으세요." 하며 자리를 권한다.

고대의 두 의식 선사

　유리왕이 이야기를 한다.
　"우리 유리 행성에서는 고대의 정평 도원장에서 두 명의 선사가 의식과 육체를 분리하여, 의식만으로 시간과 거리를 초월하여 빛과 같이 이동하여 태유신의 거처와 그들의 음모를 모두 파악하게 되어, 결국은 4성검이 태약의 악당을 무찌르게 되었지요. 이렇게 악을 무찌른 뒤 동방의왕인 초대 유리왕이 그 의식을 발전시켜 유리 행성의 대기권 밖으로 벗어나서 우주 탐험이 시작되었답니다. 그리고 의식이 육체를 떠나 얼마까지 있을 수 있나 알아간 거죠. 꾸준히 발전시켜 지금은 50일 동안 의식이 육체를 떠나 있어도 생명에 지장이 없도록 발전하였고, 의식도 속도를 발전시켜 현재는 빛보다 7,000배 빠르게 우주를 운행하지만, 앞으로는 빛보다 10,000배 빠르고, 육체의 생명도 100일까지 늘린다면 우리 은하수의 영역을 모두 탐험할 수 있게 됩니다. 그렇다면 지구 행성과 같은 생명이 있고, 문명이 발달한 행성이 많이 발견될 것으로 기대하고 있습니다. 지구 행성은 약 1,500년 전에 의식 우주 탐험대에 의해 발견되었고, 지금까지 수많은 의식이 지구 행성 곳곳을 탐험하여, 속속들이 알고 있답니다. 하지만 안타깝게도 지구 인류와는 전혀 교류를 할 수 없어 애를 태웠지만, 지구과학위원장인 수로 아의 공으로, 호사인이 유리 행성을 방문하게 해 교류의 기초를 놓은 셈입니다."

유리왕이 호사인을 바라보며 물어본다. "유리 행성에 대한 소감을 말해 줄 수 있나요?"

호사인은 한참 동안 생각을 다듬어 입을 연다. "지구 행성의 우주 천문과학도 240광년 거리에 이러한 아름다운 문명의 유리 행성이 있다는 사실은 상상도 못 하고 있습니다. 더욱이 놀라운 것은 1500년 전부터 유리 유람들의 의식이 지구 행성에 와서 지구 문명의 역사를 탐험했다는 것은 지구 인류는 꿈에서도 모르고 있었다는 사실입니다. 그런데 수로 아 덕분에 유리 문명의 실상을 맛보니, 꿈속의 나라에 온 기분이랍니다. 모든 것이 풍요롭고, 아름답고, 완벽하고, 근심 걱정 없이 사랑이 넘치니 감탄하고, 신기할 뿐입니다. 그러면서 지구의 문명을 생각하니 눈앞이 캄캄해진답니다." 하면서 유리왕을 바라본다.

호사인을 바라보며 유리왕이 신중하게 말을 시작한다. "지구 행성 문명의 문제점을 알아보고, 원인을 알아보고 대안점을 알아보지요. 지구 과학 문명의 능력은 우리 유리처럼 모두가 부자로 사랑으로 아름답게 살아갈 수 있습니다. 그러면 문제를 구분해 보지요.

 1. 도시 문명과 사막화로 식물의 부족 문제
 2. 인구 증가의 문제
 3. 쓰레기와 환경 파괴, 공해 문제
 4. 빈부와 기아 빈곤 문제
 5. 국가 간의 지배력 확보 경쟁과 과학 첨단 살인 무기의 경쟁으로 핵전쟁의 공멸 등의 다섯 가지로 구분할 수 있습니다. 호사인께서는 어떻게 생각합니까?"

"네, 1번을 빼고는 지구에서 뜻있는 분들의 공통된 의견입니다."

유리왕은 다시 "그러면 호사인은 이러한 문제들을 여기 유리에서는 어떻게 해결되고 있는지를 숙지하셨나요?" 하고 말한다.

"예. 대충은 인식했지만, 유리왕의 고견을 듣고 싶습니다."

유리왕이 이야기한다. "지구 행성의 가장 심각한 현상으로 본 문제를 지구 행성 학회에서는 아직 깨닫지 못하고 있습니다. 지구의 도시화, 사막화, 무자비한 벌목으로 인해 식물이 줄어들고 있습니다. 그로 인해 바닷물이 넘쳐 육지를 장악하며 환경이 재앙으로 변하고 있습니다. 유리 행성의 물은 지금도 여전히 생성되고 있습니다. 하지만 일정하게 유지하고 있는 것은 식물들이 물을 분해하고 있기 때문입니다. 그러나 지구 행성 문명의 도시화 사막화 무자비한 벌목으로 식물의 양이 줄어들어 물이 불어나며 이로 인해 육지가 침식당하며 환경이 재앙으로 변해가고 있습니다."

호사인은 들어보지 못한 재앙에 놀라며, 유리 행성 문화가 나무를 가꾸며 건물 옥상에까지 심는 이유를 알게 된다.

"2. 인구문제는 선진국에서는 문제가 안 됩니다. 교육비가 많이 들어 스스로 산아 제한하고 있기 때문이지요. 하지만 후진국은 모두가 교육의 기회가 적어 피임의 무지로 아이들을 많이 낳기 때문에 지구 전체적으로는 인구가 계속 증가하고 있지요. 이것은 선진국이 후진국에 교육의 기회를 모두에게 줄 수 있도록 도와주면 되지요.

3. 쓰레기 문제는 식생활을 개선하여 음식 찌꺼기를 줄여야 하고, 생필품을 일회용에서 연속용으로 바꾸어 사용해야 합니다.

환경 파괴의 주범인 콘크리트 건축물의 무제한 건축을 줄이고, 이미 건축된 건축물이라도 옥상을 이용해 녹화 사업을 벌여야 합니다. 사막화된 땅들에도 나무를 심어야 합니다. 이러면 바닷물이 넘쳐 육지를 침범하지 않을 것입니다.

공해 문제는 전기에너지의 생산 및 화석연료 사용으로 공해가 발생하는데, 무공해로 전기에너지를 충분히 생산할 수 시스템으로 바꾸면 공해도 해결할 수 있다고 봅니다.

4. 빈부와 기아 빈곤 문제는 호사인의 나라 대한민국이 해결할 수 있습니다. 한국은 전쟁으로 잿더미로 변한 무의 국에서 70년 만에 선진국으로 우뚝 솟은 저력 있고 놀라운 부유의 나라입니다.

한국은 가난한 나라를 도울 때 다른 선진국처럼 잡은 물고기를 주지 않고, 물고기 잡는 법을 가르쳐 가난한 나라를 부유하게 만들어 줍니다. 예를 들어 가난한 나라의 마을에 우물을 파주어 깨끗한 물을 마시게 하고, 화장실을 만들어 주어 위생관리를 해주고, 지붕을 개량해 집에 비가 새지 않게 하고, 사막을 개간하여 농사짓는 법을 가르치고, 가축의 품종을 개량해 풍부한 육류의 고기를 먹게 하고. 공장을 세워 가난한 나라에 일자리를 만들어 주어 잘살게 합니다.

하지만 다른 선진국들은 식량이 부족한 나라에 식량을 지원해 주고, 통화가 부족한 나라에 통화를 빌려주고, 전기와 수도, 도로를 놓아주고, 고정적으로 이익을 챙기며 실질적 가난한 나라의 발전에 도움을 주지 못하고 있습니다. 그러므로 사실은 백의민족 한국만이 해결할 수 있는 문제입니다."

유리왕이 이어 말한다.

"자본가들이 어떻게 생산자들의 수익을 합법으로 수탈해 가는지 생각해 봅시다.

ㄱ. 자본가들은 부동산을 통해 엄청난 부를 만듭니다. 미지의 헐값인 땅을 사들여 정부의 로비를 통해 개발하여 땅을 금값으로 만들어 거부가 되는 것입니다. 생산에 종사한 근로자는 평생을 일해도 겨우 먹고살기 힘들지만 이렇게 자본가들은 어떠한 노력도 없이 자본으로 떼돈을 벌어들입니다.

ㄴ. 또한 자본가들은 돈을 투자하여 빈곤한 국가에 전기나 수도, 철도를 놓아주고, 안정적으로 돈을 벌어 갑니다. 빈곤한 국가에 도움을 주려면 제조업 공장을 많이 만들어 일자리를 만들어 주어야 하는데 자본가들은 빈곤한 국가를 그렇게 돕지 않고 더 빈곤하게 만들어 버립니다.

ㄷ. 은행이나 투자은행은 자금을 대출해주고 이윤을 받습니다. 그래서 은행들은 시중의 부를 모두 쓸어 은행 창구에 쌓아갑니다."

유리왕은 깊이 호흡하고, 호사인과 눈을 마주한 뒤 다시 입을 연다.

"고대에서는 누구나 자급자족의 능력이 있어 자력으로 살아갈 수 있었습니다. 산업사회에서는 모든 재화 물품을 기업이 대량으로 생산하기 때문에 손쉽게 사서 쓸 수 있는 편리함이 있지만, 통화를 벌 수 있는 일자리가 점점 적어지며, 일자리가 귀해지고, 실업자가 발생하며, 기아와 빈곤이 생깁니다. 여기서는 일찍이 동방의왕인 초대 유리왕께서 이러한 고리대금업자와 통화자본가들의 문제를 아시고, 통화 대신 점화로 불로 소득의 싹을 없이 함으로 모두가 부유하게 하는 틀을 만드신 것입니다. 그러므로 지구 행성에서도 자본가의 통화제도 개선, 부동산의 불로 소득을 개선하면 빈부가 개선되리라 믿습니다."

호사인이 크게 감동하며 고개를 끄덕이며 긍정한다.

"5. 핵전쟁의 위협은 지구 행성의 인류와 문명을 공멸하게 만드는 아주 위험한 일이지요. 이러한 무기들을 경쟁이나 하듯이 만들어 대는 것은 가장 위험한 일이고요. 이것은 '국가 간의 패권'을 점유하기 위한 것이지요. 패권 국가의 자본가 무기 생산 업체와 무기 판매상은 끊임없이 국가 간, 인종 간, 종교간, 분쟁을 유도하여 전쟁을 유발하고, 새로운 첨단무기를 개발하여, 만들고, 실험하며 소비하기 위함입니다. 그러면서 강국들은 첨단무기의 경쟁으로 우위를 점하며, 패권을 지켜나갑니다. 이 일의 해결은 어렵지요. 자본가와 패권 국가들이 변하기는 어려우며, 많은 의인이 힘을 합해 평화의 물결을 이루어 나가는 수밖에 없습니다."

호사인이 우울해지며, 한숨을 쉰다.

유리왕이 웃으며 말한다. "지구 행성에도 의인들이 많이 있습니다. 유리 행성의 모든 법과 교육과 제도를 즉 호사인이 보고 느낀 것을 전하면 지구 행성도 많은 변화를 하게 될 것입니다. 그러기 위해서 수로 아가 헌신했고요."

호사인도 마음이 편해졌는지 웃음을 짓는다. 그리고 다시 묻는다. "지구 행성의 가장 시급하고 개선해야 할 문제들을 지적해 주세요."

법과 교육의 중요성

유리왕이 환하게 웃으며 깊게 생각한 다음 말한다.

"가장 먼저 교육입니다. 그중에 우선 법과 인권 교육입니다. 여기는 유치원 때부터 인권과 죄와 법을 가르치고, 실지로 유치원생이라도 죄를 지으면 벌을 받습니다. 그러므로 여기서는 학교에서 폭력이나 왕따나 차별이란 상상도 할 수 없습니다. 그래서 학생들이 서로 존중하고, 사랑하고, 도와주며, 편안하게 누구나 공부할 수 있어서 불량 학생이 없습니다. '네가 친구를 미워하면, 친구가 너를 미워한다. 친구를 욕하면, 친구가 너를 욕한다. 네가 힘 있다고 약한 친구를 때리면, 너보다 센 친구가 너를 때린다. 네가 친구를 사랑하면, 친구가 너를 사랑한다.' 등의 교육을 철저히 가르치며, 친구를 때리면 강도에 따라 유치원이라도 학교 내에 독방을 만들어 5~10일의 구금을 하고 있지요. 이렇게 유치원 때부터 법을 가르치고, 죄의 무서움을 알게 하며, 인권유린의 죄를 짓지 못하게 하지요. 그래서 모두가 교육을 통해 인권의 존중을 받게 합니다. 유치원 때는 가벼운 독방에 처벌받지만, 상급학교에서는 죄에 대한 처벌의 수위가 높아지고, 법과 죄에 대하여 꾸준히 가르쳐 누구도 법을 위반하여 죄를 범하지 못하도록 철저한 교육을 하지만, 그래도 죄를 범하면 절대 용서가 없고, 강하게 처벌되지요. 또한 여기의 법은 쉽고, 간단하고, 누구나 알 수 있도록 단순하지요. 지구 행성의 국가들처럼 변호사제도가 없지요. 누구나 법을 알고, 유리왕이라도 법망의 예외는 있을 수 없고, 오히려 높은 지위에 있을수록 가중처벌이 있습니다. 법은 곧 인권의 보호와 깨끗한 제도의 능률을 만들지요."

호사인이 질문한다. "법이 어떻게 제도의 능률을 만들지요?"

유리왕이 대견하게 호사인을 바라보며 답한다. "여기는 누구나 자기가 맡은 업무에 나태하거나 게으르거나 태만한 업무를 하면 큰 벌을 받습니다. 유리 왕국의 모든 체계가 연동되어 있는데, 한 유람의 업무 무능은 전체에 큰 문제를 야기하기 때문이지요. 그러므로 짧은 업무에 휴가가 많지만, 업무시간은 최선을 다해 자기의 업무일 처리를 하지요. 그리고 유리 왕국의 업무 체제 서열은 아주 엄격하여 상위행정의 지시는 철저히 따라야 하고, 업무시간이 아니면 모두가 친구가 됩니다. 유리왕이라도 업무시간을 벗어나면 어떠한 유람들과도 친구가 됩니다. 이 모두는 교육에서 시작됩니다. 태어나서 유아교육, 유치교육, 일반교육, 직업 또는 상급 진학 교육까지 마치면 20세가 됩니다. 이때까지의 교육은 2만 점화의 가불점화로 이루어집니다. 그리고 20세가 넘으면, 직업을 갖든, 상급학교에 진학하든, 똑같이 점화가 나옵니다. 그리고 20세에 진학하지 않고, 직업을 가져도 시간이 많아 교양서적을 많이 보기 때문에 다방면에 아주 박식합니다. 교육의 핵심은 생각을 바르게 하는 것입니다. 이를 사상이라고 하지요. 모든 것은 생각에서 이루어집니다. 올바른 생각의 핵심은 사랑이지요. 사랑의 생각은 인격의 완성입니다."

호사인이 놀라며, '모두가 교육에서 시작되고, 지구 행성의 문제는 교육에 있구나.' 하고 생각한다.

청정에너지 전기생산

"두 번째는 청정에너지 생산이지요. 어떠한 화석연료가 아닌 자연을 이용한 무한정의 에너지 생산이 필요하지요. 호사인도 전기 생산기업을 견학하여 전기의 발전원리를 인지했으리라 생각합니다. 지구 행성에서도 자연의 힘을 이용한 에너지를 생산한다면 환경오염이 많이 개선되리라 생각합니다."

능력에 따라 지위 업무가 맡겨짐

"세 번째는 제도입니다. 유리가 이렇게 풍요로울 수 있는 것은 무엇보다도 효율적인 제도운영 덕분입니다. 능력에 따라 지위와 업무가 주어지며, 따라서 맡겨진 업무에 최선의 효율을 내고 있습니다. 지구 행성의 국가는 능력이 전혀 없는 자들이 가식적인 선거를 통해 또는 타락한 지도자의 임명에 따라 등용되어 맡겨진 직위에 사명을 다하지 못한 사례들이 아주 많습니다. 국가적인 손실이지요. 가령 언론의 왜곡에 의해 어리석은 지도자가 선출된다면, 국가에 큰 손실이 발생하는 경우가 허다하지요. 그러므로 제도관리가 아주 중요합니다."

유리왕과의 점심

유리왕은 주위를 살피고 말한다. "이제 점심시간이 되어가니 통로를 지나며 중앙업무를 열심히 하는 유람들과 작별의 인사들을 나누지요."

타원형 건물의 중앙에 통로가 있고, 양 밖과 안쪽에 늘어선 업무실에서 많은 유람이 호사인과 수로 아에게 손을 흔들며 반긴다. 하나같이 멋있고 아름다운 남녀 유람들이 어울려 손을 흔드는 모습은 다시는 볼 수 없는 황홀한 환상이다.

작별의 환영 무대

작별의 시간이다. 돔 운동장의 지붕이 활짝 열려 파란 하늘에 맑고 깨끗한 햇살이 수많은 관중을 돋보이게 하고 있었다.
언제 왔는지 유리왕이 중앙에 위용 있게 앉아 있고, 양옆에는 신선과 선사들이 앉아 있으며, 그리고 수많은 유람이 자리를 같이하고 있다.
이제 실내 운동장으로 변모하기 위해 돔 운동장의 지붕이 닫히면서 대신 조명이 서서히 돔 운동장을 장식하고 있었다. 10만 관중의 좌석이 있는 10층 높이의 돔 운동장은 오직 하나뿐인 유리 행성의 자랑거리이다. 지붕이 완전히 닫히고, 음악이 흐르면서 박수가 터져 나온다.
돔 운동장의 중앙의 무대에서 시호라가 관중을 향해 손을 흔들고 입을 연다. "안녕하십니까? 호사인의 지구귀환 환송식의 사회를 맡은 시호라 입니다. 우선 신선 해성의 호사인의 귀환 환영 연설이 있겠습니다."

해성의 귀환 환영 연설

박수와 환호가 넘치며 신선 해성이 단상에 올라 인사를 한다. "호사인이 유리 행성에 머무는 시간은 25일에 지나지 않습니다. 하지만 유리 행성의 25억 유람은 하나같이 애정의 마음으로 지구 행성의 호사인을 25일 동안 보아 왔습니다. 그리고 지구 행성에 대한 지대한 생각으로 변했다고 보아도 틀리지 않습니다. 그동안 호사인이 우리 유리의 문화와 문명을 돌아보며, 수없이 감명과 감탄과 신기해하기까지 하였습니다. 이것은 우리의 문명과 문화의 제도가 부족함이 없고, 완벽하다는 자부심을 가져도 틀리지 않다는 증거입니다. 만약에 우리가 지구 행성의 문명과 문화를 접하지 않았다면, 우리는 초대 유리왕의 공을 지금처럼 실감하지 못했을 것입니다. 만약 4성검이 태유신의 무리를 제거하지 못했다면, 바다보다 깊은 동방의왕의 지혜는 사장되고 소멸되어 버렸을 것입니다. 또한 태유신의 무리가 세상을 완전히 점령하였다면, 지금의 유리 상황은 지구 행성보다 못한 현상으로 전락하였을 것입니다. 지구 행성의 긴 역사를 돌아볼 때 지구 행성에도 동방의왕과 같은 지자가 수없이 많았습니다. 하지만 의롭고 지혜로운 자는 악한 권력자에 희생되어 뜻을 이루지 못하였으며, 지구 행성의 지혜로운 자는 모두가 우리와 같은 문명과 문화를 이루기 위해 수없이 노력하였지만 뜻을 이루지 못했습니다. 그것은 의롭고 지혜로운 자를 왕으로 추대할 수 있는 세력이 없기 때문입니다. 우리도 정평 성검 같은 세력이 없었다면, 태유신 같은 어마어마한 세력의 권력을 어떻게 물리칠 수 있겠습니까? 하지만 호사인의 지구 행성도 절망할 필요는 없습니다. 상당한 민권의식과 인권의식이 발달해 있으니, 호사인께서 여기의 모든 제도를 보고 들은 사실을 그대로 알리면, 지구 행성도 크게 변하리라 믿습니다. 끝으로 호사인의 귀환을 진심으로 축하하며 모두가 박수로 크게 환영합시다." 우레 같은 함성의 박수가 돔 운동장을 가득 메운다.

수로 아가 호사인에게 말한다. "태유신이 100명의 의인을 십자가에 화형 시킬 때, 죽음 앞에서 의연하고 태연하고 담대하게 태유신을 향해 악의 저주로 꾸짖어 만인에게 태유신을 악으로 물들여 버린 의인의 용기를 기리기 위해, 용기의 의인 의왕으로 추대되어 지금까지 이어져 오고 있으며 그분이 '신성 해성'이랍니다."

호사인이 고개를 끄게 끄덕이며 공감을 표시한다. 시호라가 다시 무대에 서며 말한다. "호사인과 수로 아를 위해 2시간의 연극이 있겠습니다. 2,000년의 생생한 모습으로 성검의 결투, 후성과 소냐의 사랑 로맨스, 유리왕의 추대식 등의 연극이 있겠습니다."

박수와 함성이 돔 운동장을 메우며 무대가 펼쳐진다. 호사인과 수로 아와 모든 관객이 점차로 흥분의 도가니에 빠져든다. 그러다 시호라가 무대에 등장하여 입을 연다.

"이제 마지막 무대가 되겠습니다. 우리 모두 호사인의 귀환을 환영하기 위해 모두가 일어나 옆 유람과 어울려 흥겹게 춤을 추며 축하합시다."

호사인과 수로 아도 손을 흔들어 답례하고, 음악에 맞추어 수로 아와 호사인이 답례의 춤을 추기 시작한다.

운동장에는 어느새 젊은 남녀 유람들이 모여 수로 아와 호사인을 에워싸고, 흥을 더해준다. 박수가 끊이지 않는다.

한 시간쯤 지난 뒤 음악이 멈추고, 시호라의 안내 음성이 들린다.

"의식 우주 비행 선장은 호사인을 인도하시기 바랍니다."

소리와 함께 수로 아는 바람같이 사라진다.

그리고 시호라가 호사인 앞에 서서 환하게 웃으며 손을 내민다. 호사인은 악수로 감사를 표한다.

멋진 비행 선장이 호사인 앞에 나타나 멋지게 웃으며 손을 내민다. 호사인도 손을 내밀며 악수를 한다. "다시 신세를 지게 되었습니다."

그리고 의식 우주 비행 선장과 호사인은 각자의 정해진 자리에 눕는다. 무대의 조명이 꺼지고 돔 운동장의 지붕이 열리면서 빛이 찬란히 빛나면서 파란 하늘이 유난히 선명하다. 마지막 시호라의 음성이 장내를 장식한다. "지금 호사인의 '의식 우주 비행선'이 유리 행성을 벗어났습니다."

관중들은 모두 파란 하늘을 바라본다. 박수 소리가 끊이지 않는다.

29장
깨어나다.

밤하늘의 총총한 별빛이 동방의 바다 너머 붉은 노을의 용트림에 빛을 잃어 가고 있다. 만물은 창조의 새날을 맞이하기 위하여 잠잠하며 숨을 죽인다.

S 병원의 별실에는 담당 간호사가 피곤한 잠을 이기지 못하고 꾸벅꾸벅 졸고 있다.

같은 층 505호 병실에는 호사인이 49일째 잠에서 깨어나지 않고 있다. 옆에는 혜지가 애타듯 맑은 눈으로 "사인아, 사인아." 연달아 부르며 애잔하게 속삭이고 있다. "너는 깨어나야 해. 언제 눈을 뜰 거니? 너는 이대로 가면 안 된다. 나는 너를 가게 할 수 없어. 어머니를 생각해. 어머니의 가슴에 못을 박을 수 없지 않니… 너는 그토록 사랑한 어머니에게 제대로 효도도 못했지 않니…. 사인아, 내 말 들리니? 어서 눈을 떠봐." 간절한 마음으로 사인의 얼굴을 만지며 눈꺼풀을 열어 눈동자를 바라본다.

언제나 움직임이 없는 맑은 눈동자. 그러나 기적 같은 이상한 현상이 생긴다. 눈동자가 움직인다. 지금까지 볼 수 없었던 기적 같은 일이다. 혜지가 놀라며 마음 졸이며 긴장한다. 혜지가 두 손에 힘을 주며 어깨를 흔들며 큰 소리로 "사인아!" 하고 부르니 눈꺼풀이 움직인다.

혜지의 놀라는 큰 소리에 졸고 있던 간호사가 급하게 달려와 긴장하며 "환자에서 손을 떼세요. 안정하며 환자의 상태를 관찰해야 합니다. 의식이 돌아올 때 조용해야 됩니다." 하고 지시한다. 혜지를 옆으로 세우며 간호사가 환자의 움직임을 관찰한다.

눈꺼풀이 떨리나 눈이 떠지지 않는다. 간호사가 긴장하며 따뜻한 물수건을 갖다가 눈꺼풀을 닦으면서 가벼운 마사지를 해 주니 눈이 떠진다. 드디어 기적이 일어나기 시작한다. 그리고 간호사와 옆에 있는 혜지를 바라본다. 그러나 입이 열리지 않는다. 간호사는 다시 따뜻한 물수건으로 입언저리와 얼굴을 마사지해 준다. 호사인의 입이 열리며 신음 소리를 낸다.

혜지는 흥분하며 놀라고, 큰소리로 환호의 소리를 지르고 싶으나 간호사의 제지로 참으며 눈만 크게 구르고 있다. "호사인 님, 들리면 대답해 보세요."

깨어나다.

"네." 하는 대답이 들린다.

간호사도 기적 같은 일에 감동하지만 억누르고, 혜지를 가리키며 말한다. "이 사람, 누구세요. 이름을 말해 보세요."

입술을 더듬거리며 힘들게 "혜지." 하고 말한다.

간호사가 혜지를 바라보며 이야기한다. "빨리 이 소식을 부모님에게 알리세요." 그러자 혜지가 밖으로 뛰어나가 호사인 어머니의 핸드폰 번호를 누르나 기억이 혼돈되어 여러 번의 착오 끝에 겨우 통화가 이루어진다.

"어머니, 기적이 일어났어요. 호사인이 깨어났어요. 눈을 떴어요. 말대답도 했어요."

수화기에서는 긴박한 목소리가 들린다. 혜지는 "빨리빨리 오세요." 하고 핸드폰을 끊고 호사인 앞으로 달려온다.

간호사가 혜지를 진정시키며 "우선 가볍게 팔과 다리 몸을 마사지해 주세요. 혈액순환이 중요해요."라고 안내한 다음 담당 의사에게 이 사실을 알린다.

그리고 호사인에게 말을 계속 시킨다.

"혜지가 누구지요?"

"나의 친구요."

"조금 있으면, 부모님이 오시는데 인사할 수 있어요?"

"당연히 해야지요."

"이 세상에서 가장 보고 싶은 사람이 누구지요?"

"어머니요."

호사인이 혜지를 보며 말한다. "힘이 아직 없어. 기력이 회복되며 말할게."

혜지가 눈물을 억제하지 못하고 펑펑 쏟아내며 밖으로 나간다.

간호사가 "방금 나간 여자분이 어머니와 똑같이 정성으로 간호했답니다." 하고 말한다.

이때 급한 발소리가 들리며 의사가 들어온다. 그리고 뒤이어 어머니와 아버지가 들어온다. 의사가 뒤돌아서 부모님을 막으며 말한다. "회복에는 안정이 필요합니다. 긴장을 푸시고, 천천히 제가 부르면 들어오셔서 만나세요."

부모가 인정하며 마음을 안정시킨다. 의사가 청진기로 호사인의 건강을 체크하고 "여기가 어디인지 아세요?" 하고 물으니 호사인이 천천히 뚜렷하게 말한다. "S 병원 특실 505호입니다."

의사와 모두가 신기해하고, 놀라면서 의사가 지시한다. "부모님을 들어오게 하시지요."

의사가 다시 묻는다. "호사인 님은 의식이 없는 상태로 이곳에 입원하였고, 지금 깨어났는데 어떻게 여기에 입원해 있는 병실을 정확히 알지요?"

호사인은 아주 천천히 입을 연다. "나의 의식이 육체를 떠나 먼 여행을 했어요. 그리고 지금 돌아온 것입니다."

모두가 서로를 바라보며 놀란다. 의사가 간호사를 향해 말한다. "담당 신경과 의사를 불러오세요."

잠시 후 안정감 있는 분위기의 중년인 신경과 의사가 긴장한 모습으로 들어온다. 신경과 의사가 차분하게 "먼 여행지는 어디이지요?" 하고 묻는다.

"지구와 비슷한 유리 행성입니다." 호사인이 답한다.

의사가 다시 묻는다. "유리 행성이 어디에 있지요?"

천천히 호사인이 이야기한다. "지구에서 240년 광년 떨어진 유리별의 행성이지요."

모두가 고개를 갸웃하며 혹시 정신이상인가 생각한다.

호사인이 주위를 돌아보다 어머니와 아버지를 발견하고 부른다. 아버지와 어머니가 호사인 앞으로 다가온다. 이어서 어머니가 차분하고, 부드러운 목소리로 말한다. "고맙다. 돌아와서 산고의 고통에서 해방된 것 같구나."

아들의 "미안해요." 하는 말에 아버지가 답한다. "아니다. 오늘은 내 평생에 가장 기쁜 날이다."

신경과 의사가 다시 묻는다. "유리 행성은 지구와 같다고 하셨는데 어떤 면이 그렇게 같습니까?"

깨어나다.

호사인이 생각하며 천천히 입을 연다. "크기가 같고요. 태양과 지구의 거리처럼 유리별과 유리 행성의 거리가 같고요. 공전과 자전의 주기도 같고요. 환경이 같고요. 여기서는 인류를 사람이라 하지만 거기의 인류는 유람이라 하고요. 거기도 지구처럼 과학 문명이 발달하고 있고요. 천국같이 아름다운 곳입니다." 부모와 혜지, 간호사와 의사들 모두 놀라면서 사실일까 아닐까 의심한다.

신경과 의사가 "놀라운 일이군요. 호사인께서는 50일 동안 음식을 먹지 않아서 기력을 회복하는 데 30일이 걸립니다. 여기의 규칙을 따라주시고, 편안한 안정을 취하시기 바랍니다." 하고 말한다.

"네." 하는 답변을 받은 후에 의사가 가족을 밖으로 불러 따로 말한다. "50일간 음식을 먹지 않아 소화계가 정지되어있는 상태입니다. 소화계를 회복시키는 일은 절대 안정이 필요합니다. 방문객의 면회를 자제시키고, 꼭 필요한 가족이나 친구에게도 주의하여 면회하게 하세요. 면회는 소수로 제한할 것입니다."

기자단에게도 알리고, 간단히 브리핑해 준다. 기자들은 이 희대의 의식불명 상태에 있던 호사인이 깨어났다는 사실을 지구촌에 전한다. 그리고 호사인의 양해를 얻으면, 30일 후에 기자회견을 할 수 있도록 하겠다고 전한다.

그동안 안타까운 마음으로 간호는 간호사와 어머니와 혜지가 교대로 하였다. 그러나 앞으로는 호사인이 깨어나 기쁜 마음으로 가벼운 대화를 하면서 간호하니 기력이 빠르게 회복되어 가고 있었다.

첫날은 따뜻한 물을 마시게 하고, 2~3일은 보리차를 마시고, 4~10일은 맑은 미음에서 진한 미음으로, 11~20일은 죽에서 밥으로, 21~30일은 밥에서 영양식을 충분히 먹게 하고, 가벼운 운동과 마사지에서 근육운동으로 하여 30일이 되니 이제는 완전히 건강이 회복되어 있었다.

신경과 의사가 호사인과 마주하고선 테스트를 한다. "혹시 나를 기억하나요?" 호사인이 한참 기억을 더듬다 말한다. "아, 비행기 안에서 손수건을 주신

분 아닌가요?"

 신경과 의사가 호사인의 얼굴을 주시하며 "맞아요. 그런데 당시에 무슨 악몽을 꾸었지요?" 하고 묻는다.

 호사인이 당시 악몽의 기억을 찾아 자세하게 신경과 의사에게 말하며, 당시의 배려에 감사한다. 신경과 의사가 기록을 정리하며 '정신감정에는 이상 없음.' 하고 기록한다. 가장 기뻐하는 사람은 역시 혜지다. 얼굴에 웃음이 가시지 않는다. 물론 어머니도, 아버지도 감격에 겨워하는 표정이다.

 호사인은 건강이 회복되면서 기자회견을 준비하기 시작했다. 그리고 작가와 화가도 섭외해서 도움을 받기로 하였다.

기자회견을 시작한다

 드디어 30일이 되었다. 호사인은 몸과 마음 정신이 모두 회복되어 있었다. S 병원의 대강당에는 세계각지에서 온 기자단이 성황을 이루고 있었다. 특히 첫날의 브리핑에서 유리 행성의 존재에 대해 초미의 관심이 되어 있었다. 그래서 오늘의 기자회견에 많은 기자들이 모여든 것이다.

 단상에 호사인이 서고, 바로 앞에는 섭외된 작가와 화가가 메모지를 준비하고 있고, 앞에는 가족과 친구들 그리고 언론사 기자들이 앉아 있다. 드디어 호사인은 자기가 고등학교 때 환상의 여인을 만났던 일부터 여행을 하게 된 동기, 그리고 의식이 납치되어 우주에서와 의식의 세계와 유리 행성에서 경험한 문명 등을 5시간의 긴 시간에 걸쳐 되도록 자세히 설명한다.

 세계의 기자단은 호사인의 유리 행성 경험으로 유리 행성의 모든 문명과 문화를 접하면서 학계와 정치계, 경제계, 예술계 및 모든 인류가 지대한 관심을 가지며 지금까지 외부 행성의 문명을 발견하지 못한 과학계도 특별한 관심을 가진다.

호사인은 별도로 5인의 작가를 섭외해 긴 시간에 걸쳐 유리 행성에서의 여정을 자세히 기록하여 《유리 행성》이란 책을 발간한다.

　책이 널리 팔리게 되고 독자층이 늘어나자 유리 행성의 문명이 세상에 알려지며, 지구의 문명이 변화하기 시작한다. 세상이 바뀐 것이다.

새로운 문명의 유리행성 2

1판 1쇄 발행 2025년 10월 1일

지은이 신현대
펴낸이 정원우
기획총괄 이원석
디자인 조수빈
교정교열 민지현
펴낸곳 파랑

출판등록 2021년 7월 6일 (제2021-00220호)
주소 서울시 강남구 강남대로 118길 24 3층
이메일 tele.director@egowriting.com

© 2025, 신현대 All rights reserved.
ISBN 979-11-93200-37-7 (03810)

이 책은 저작권법에 따라 보호받는 저작물이므로 무단전재와 무단복제를 금지하며, 이 책의 내용을 이용하려면 반드시 저작권자와 본사의 서면동의를 받아야 합니다.